毛姆经典文库·短篇小说

万事通先生

Mr. Know-All

［英］威廉·萨默塞特·毛姆 著

杨建玫 娄遂祺 译

群众出版社

图书在版编目（CIP）数据

万事通先生／［英］威廉·萨默塞特·毛姆著；杨建玫，娄遂祺译．—北京：群众出版社，2016.3
（毛姆经典文库）
ISBN 978-7-5014-5499-0

Ⅰ.①万…　Ⅱ.①毛…②杨…③娄…　Ⅲ.①短篇小说—小说集—英国—现代　Ⅳ.①I561.45

中国版本图书馆 CIP 数据核字（2016）第 046798 号

毛姆经典文库·短篇小说
万事通先生
［英］威廉·萨默塞特·毛姆　著　杨建玫　娄遂祺　译

出版发行：群众出版社
地　　址：北京市丰台区方庄芳星园三区十五号楼
邮政编码：100078
经　　销：新华书店
印　　刷：北京通天印刷有限责任公司印刷
版　　次：2016 年 5 月第 1 版
印　　次：2016 年 5 月第 1 次
印　　张：8.5
开　　本：880 毫米×1230 毫米　1/32
字　　数：171 千字
书　　号：ISBN 978-7-5014-5499-0
定　　价：30.00 元

网　　址：www.qzcbs.com
电子邮箱：843195700@qq.com

营销中心电话：010-83903254
读者服务部电话（门市）：010-83903257
警官读者俱乐部电话（网购、邮购）：010-83903253
文艺分社电话：010-83901730　　010-83903973

本社图书出现印装质量问题，由本社负责退换
版权所有　侵权必究

毛姆经典文学语录

月亮和六便士就在眼前。是为一份六便士的生活疲于奔命,还是为仰望心中那轮明月而有所放弃?

良心是我们每个人心头的岗哨。它在那里值勤站岗,监视着我们,以免干出违法的勾当。

改变一个好习惯容易;改变一个坏习惯谈何容易!这是人生的一大悲哀!

养成阅读的习惯等于为自己筑起一个避难所。它几乎可以助你逃避生命中所有灾难。

人们常常发现:一位卸任后的首相当年不过是大言不惭的演说家;一个解甲归田的将军也无非平淡乏味的市井英雄。

一经打击就灰心泄气的人,永远都是失败者。

毛姆经典文学语录

　　爱情需要有一种软弱无力的感觉，要有体贴爱护的要求，有帮助别人、取悦别人的热情；它是自私的——如无显现，便是巧妙地遮掩起来了；还包含着某种程度的腼腆和怯懦。

　　我们要容忍他人，如同容忍自己。

　　一个人落水了，游得好不好无关紧要；要紧的是他得挣扎出去，不然就得淹死。

　　要抬高一个人，最容易的办法是贬低另一个人。

　　要知道一个人的本质，让他承担一种责任是最有效的办法。

　　人们嘴里说的请你批评，但心里要的却是你的赞美。

目 录

午　餐 ◎ 1
万事通先生 ◎ 8
蚂蚁和蚱蜢 ◎ 18
格拉斯哥来客 ◎ 24
池　塘 ◎ 40
未被征服的人 ◎ 91
舞男与舞女 ◎ 128
雨 ◎ 152
家 ◎ 206
母　亲 ◎ 213
浪漫的年轻淑女 ◎ 233
诺　言 ◎ 246
珍珠项链 ◎ 255

午　餐

我是在剧场看戏时见到她的。在幕间休息时，她向我招手示意，我便走过去，在她身边的座位上坐了下来。我已很久未和她谋面，若不是有人在我面前提起过她的名字，估计我这次几乎要认不出她来了。她饶有兴致地和我攀谈起来。

"哇，从我们初次见面到现在已事隔多年了。时光荏苒，你我都老了。你还记得我们初次会面的情形吗？你还邀请我吃了午餐呢。"

我能不记得吗？

那是二十年前的事了。当时我住在巴黎，在拉丁区有一间狭小的公寓，从房间可以俯瞰到一片公墓。我的日子过得十分拮据，可怜的收入只够勉强度日。她是我一本书的读者，给我来信讨论有关书的问题，我便回信向她致谢。没过多久，我又收到她的另一封来信。信中说她将路经巴黎，希望和我见面聊一聊，但她时间较紧，只能在下周四抽出空来。那天上午她要参观卢森堡公园，问我是否能在富瓦约酒店请她共进一顿简单的午餐。

富瓦约是法国议员经常光顾的酒店，以我当时的经济条件，对它是望而生畏的。但当时我被她信中的恭维话冲昏了头脑，再说我那时还年轻，还没有学会对女士说"不"（顺便插一句，几乎没有男人年轻时学会拒绝女士；到他们学会时，往往年事已高，无论说什么对女人而言都无关紧要了）。我兜里只有八十法郎（金法郎），维持我到月底的开销没问题。即使一顿简单的午餐也会花费我十五法郎。就算如此，如果我在以后的两周省下喝咖啡的钱，还是可以马马虎虎将生活应付过去的。

我便回信，约她星期四中午十二点半在富瓦约酒店见面。她并没有我想象的那么年轻，虽说有点姿色，但并非美丽动人。实际上，她已年届不惑（一个颇具魅力的年龄。若非初次相见，很难令人激情迸发，神魂颠倒）。她留给我的印象是她那一口大牙洁白整齐，不过数量多得超过了实际需要。她十分健谈，但似乎更倾向于谈论她所了解的关于我的事情，我准备做一名认真的听众。

菜单拿来时我大吃一惊，价格之高远远超过我的预期。但她的话使我一颗悬着的心落了下来。

"我午餐从来不吃什么东西。"她说。

"哦，可别这样！"我慷慨地答道。

"我只吃一道菜。我觉得，现在人们吃得太多啦。或许来点鱼还行，不知道他们有没有鲑鱼。"

哦，当时还不到吃鲑鱼的季节，就连菜单上也没有这道菜，但我还是问了一下侍者是否有鲑鱼。有，刚进了一条鲜美的鲑鱼，是酒店今年进的第一条鲑鱼。我便为我的客人点了这道菜。侍者问她，在等待烹制鲑鱼时是否还要些别的。

"不要了。"她答道，"我午餐只吃一道菜。不过，你们要是有鱼子酱，我倒不妨吃一点。"

我的心微微一沉。我知道自己买不起鱼子酱，但又不便对她直言，只好叮嘱侍者一定要上一份鱼子酱。我只为自己点了菜单上最便宜的菜——羊排。

"我觉得，你吃肉食并不好。"她说，"不知道你在吃了像羊排这样油腻的食物后还怎么工作。我可不想让我的胃胀得难受。"

接下来的问题是喝什么。

"我午餐从来什么都不喝。"她说。

"我也不喝。"我随声附和道。

"白葡萄酒例外。"她好像没有听到我的话，继续说道，"法国葡萄酒的酒劲比较小，有助于消化。"

"那你想喝点什么？"我问道。我虽然依旧好客，但已不像先前那么热情了。

她露出洁白的牙齿，朝我嫣然一笑："除了香槟，我的医生禁止我喝任何其他饮品。"

我想，当时我的脸一定发白了。我点了半瓶香槟酒，顺便又漫不经心地说医生绝不允许我喝香槟。

"那你喝点什么？"

"水。"

她吃了鲑鱼，接着吃鱼子酱，神采飞扬地谈论着艺术、文学和音乐。而我心里在犯嘀咕，不知道账单会花掉我多少钱。当我的羊排端上来时，她又煞有介事地告诫我说："我看你午餐吃得太多，这个习惯不好。你为何不效仿我只吃一样东西？那样，对你的身体肯定大有好处。"

"我只吃这一道菜。"我说。这时，侍者拿着菜单又走了过来。

她装模作样地向侍者摆摆手，把他打发到一边。"不，不。我午餐从来不吃什么，就吃这一点。我不想多吃，也是为了谈话方便。我不能再多吃了，除非他们有大芦笋。如果没有品尝这儿的大芦笋，就这样离开巴黎将是莫大的憾事。"

我的心再次下沉。我在商店见过大芦笋，知道它们价格不菲，看到它们时我也常常馋涎欲滴。

"这位夫人想知道你们有没有大芦笋。"我问侍者。

我真希望他说没有。侍者那牧师般大大的脸庞却露出了愉快的笑容，向我保证说，他们的芦笋又大，又好，又嫩，堪称极品。

"我一点也不饿,"她叹了口气,"但你要执意请我品尝的话,来一点儿也无妨。"

我只好为她要了一盘芦笋。

"你不吃点儿吗?"

"不,我从来不吃芦笋。"

"我知道有些人不爱吃芦笋。事实上,你吃的那些肉倒了你的胃口了。"

在等着芦笋送上来时,我突然慌了起来。现在的问题已不是我还能剩下多少钱来维持这个月的开销,而是我兜里的钱还够不够付账。要是我差了十法郎而不得不向客人借钱,那就太难堪了!我可丢不起这脸!我很清楚我的兜里到底有多少钱。一会儿后,倘若钱不够付账,我决定这么办:把手往口袋里一摸,故意惊叫一声,跳起来说钱被小偷偷走了。当然了,如果她的钱也不够付账,那场面就尴尬了。那时,唯一的应对办法就是将我的手表抵押出去,以后再来赎回。

芦笋端了上来,个个又粗又大、鲜嫩多汁,令人垂涎欲滴。诱人的奶油香味直钻我的鼻孔,就像耶和华嗅到虔诚的犹太人供上的烤得香喷喷的供品一样。我一边眼巴巴地看着这个寡廉鲜耻的女人将芦笋大口、大口地往嘴里塞,一面彬彬有礼地给她讲着巴尔干半岛戏剧界的现状。她终于吃完了。

"要咖啡吗?"我问道。

"好的,就来一杯咖啡冰淇淋吧。"她回答说。

到了这时,我也豁出去了,便给自己要了杯咖啡,给她要了杯咖啡冰淇淋。

"你知道，有一点我特别相信，"她边吃冰淇淋，边说，"一个人在吃过饭站起来时，应该感觉还能再吃一点儿。"

"你还饿吗？"我有气无力地问道。

"哦，不，不饿了。你看，我一般不吃午餐。早上喝一杯咖啡，直到晚上才吃饭。即使偶尔中午吃午餐，我向来最多只吃一道菜。我这也是在劝你啊。"

"哦，我明白啦！"接着，更糟糕的一幕出现了。我们在等咖啡的时候，领班的侍者手里拎着满满一篮子大桃向我们走过来，虚伪的脸上堆满了殷勤奉承的笑容。那些桃子颜色鲜红，红得酷似纯真少女羞涩的小脸蛋；色调之瑰丽，犹如一幅意大利风景画。那时的桃子肯定还没到上市季节，只有上帝才晓得它们值多少钱。不过，我稍后就知道了它们的价格——我的客人一边说着话，一边漫不经心地随手拿起一个桃子。"你看，你吃了一肚子肉！"——她是指我那一块小得可怜的羊排——"现在什么也吃不下了。而我不过随便吃了一点，还可以再享用一个桃子。"账单呈上来了。买过单后，我发现兜里剩下的钱连像样的小费都不够付了。当我向侍者付小费时，她的目光在我留给侍者的三个法郎上停留了片刻。我知道，她一定觉得我很吝啬。

走出酒店时，我面临的情形是：身无分文，我要如何度过这个月。

"跟我学学！"她边和我握手，边说，"午餐最多只吃一样东西。"

"我会做得更好。"我回敬道，"晚餐我什么都不吃了。"

"幽默家！"她开心地喊着，然后跳上一辆出租马车，"你是一个十足的幽默家！"

不过，我最终还是报了仇。我自认为不是报复心极强的人，但当不朽的神灵也被触怒并干预此事时，我自鸣得意地静观这个结局的发生想必也是可以原谅的。如今，她的体重已重达二十一英石①。

---

① 大概相当于二百九十四磅。

万事通先生

认识马克思·凯兰达之前,我潜意识中就有点儿讨厌他了。

那时,第一次世界大战刚刚结束,远洋客运航线异常繁忙,很难预订到舱位。客运代理人不管替你订到何种舱位,你都只能凑合着接受;单人舱就别指望了。很高兴我订到了一个双人舱。

但在得知同舱客友的名字时,我有点儿大失所望了。"凯兰达"这个名字使人联想到紧闭的客轮舷窗,连一丝夜风也吹不进来。十四天和任何人住同一客舱，都是一件很糟糕的事（我要从旧金山到横滨）。不过，要是我的舱友叫"史密斯"或"布朗"，我也不至于这么沮丧。

我登上客轮后，发现凯兰达已将行李放到了下铺。一看到他，我就不大喜欢他那副尊容。他的手提箱上贴了很多标签，一只盛放衣服的箱子巨大无比。他已把洗漱用品从手提箱里取了出来。他是有名的"科蒂先生"香水的老主顾。因为我在洗脸盆架上看到了他摆放的这个牌子的香水、洗发精和润发油。他的黑檀木牙刷上镶嵌着镀金的名字缩写，但有些污浊不堪。

我对凯兰达一点儿也不喜欢，就到吸烟室去要了一副扑克牌打发时间。我还没开始玩，一个人向我走了过来，说他猜我是某某某，还问我对不对。

"我叫凯兰达。"他微笑着补充道，露出了一口洁白的牙齿。接着，他又坐了下来。

"哦，是的。好像我们住在同一个客舱啊。"

"这也可以说是运气！你难以想象得到，是和谁同住一个客舱吧。听说你也是英国人，我十分高兴。在国外，我觉得我们英国人应该团结在一起。你明白我的意思吧？"

我眨了一下眼睛。"你是英国人吗？"我问得似乎有点儿笨拙。

"当然啦。你不会说我看起来像美国人吧？我是地地道道的英国人。本来就是。"

为了证明自己的话，凯兰达先生从口袋里拿出护照，在我鼻子底下轻轻晃了晃。

乔治国王属下的臣民真是千奇百怪。凯兰达先生五短身材，体格强健，黝黑的脸膛刮得干干净净，鹰钩鼻子肉乎乎的，一双大眼睛熠熠闪烁，一头长长的黑色卷发油光发亮。他口齿伶俐，但绝非英国口音，说话时还伴有夸张的手势。我敢肯定，仔细检查一下他那本英国护照就能拆穿他的假话，凯兰达先生一定出生在比英国更湛蓝的天空下。

"想喝点儿什么？"他问道。

我狐疑地看着他。禁酒令正在执行，很显然船上绝对禁止饮酒。况且不渴的时候，我也闹不清自己是更讨厌姜味汽水还是柠檬水。

凯兰达先生向我露出了东方人狡黠的微笑："威士忌苏打水还是马提尼，只需说句话。"

他从两个后裤兜里掏出了两个细嘴酒瓶，放到了我面前的桌子上。我选了马提尼。他又喊来服务员，要了一杯干冰和两个杯子。

"这鸡尾酒很不错。"我说。

"哦，这玩意儿我有的是。如果你在这艘船上还有其他朋友，可以告诉他们你结识了一个哥们儿，全世界的酒他那儿都有。"

凯兰达先生很健谈。他谈到了纽约和旧金山，还评论戏剧、绘画和政治。他也是个爱国者。虽然英国国旗只是一块令人肃然起敬的布料，但如果让一位从亚历山大港或贝鲁特来的绅士挥舞它，不禁令人觉得多少有些不太庄重。凯兰达先生看起来很随和，我也不想摆谱自抬身价。可我还是觉得，和一个完全陌生的人交谈时,他在我的名字前加上"先生"之类的尊称是必要的。凯兰达先生显然想让我更自在些,对我并没有使用这种敬称。

我真的不喜欢凯兰达先生。他刚坐下时,我把扑克暂时放到了一边。可现在我觉得,我们只不过初次谋面,就谈了这么久,就继续玩起牌来。

"把'3'放在'4'上。"凯兰达插嘴说。还有什么比这更烦人的!你在玩牌,才翻起一张牌,还没看清它是什么,旁边却有人告诉你该把这张牌放在哪儿。

"就要通关了!就要通关了!"他嚷道,"把'10'放在'J'上。"我强忍着怒火和憎恶,玩完了那把牌。

这时,他一下子把扑克抢了过去。"你喜欢玩扑克魔术吗?"

"不喜欢。我讨厌用扑克变戏法。"我回答说。

"来,让我给你露一手!"

他给我表演了三种戏法。然后,我对他说,我得下去到餐厅占个座位。

"哦,那你就别操心了。"他说,"我已经给你占了座了。我想,既然咱们同住一个包舱,也应该在同一张桌上吃饭嘛。"

我真不喜欢凯兰达先生啊!

他不仅晚上和我同住一个客舱,一日三餐还非要跟我挤在同一张桌上吃饭,就连在甲板上散步也要紧跟着——你还没法斥责他。他从未想到自己并不受欢迎,反而确信你也一定想见到他,就像他乐于见到你一样。假如你在自己家,你一定会飞起一脚把他踢到楼下，迎面"呼"地一声把门关上，让他慢慢明白自己是个不受欢迎的客人。

他很善于与人打交道，不出三天，就和船上所有人都认识了。他什么事儿都干：组织大扫除，主持拍卖，为运动会筹资，举办套环和高尔夫球比赛，筹办音乐会，还筹备化装舞会。无论何时何地，你总能见到他。他也一定是船上最遭嫉恨的人，我们都戏称他为"万事通先生"。即使当面这样叫他，他也把这当成奉承话。

不过，最令人难以忍受的还是他在饭桌上的表现。在一个小时的大部分时间里，我们只能听任他的摆布。他精神饱满，兴致勃勃，啰里啰嗦，喋喋不休。和别人相比，他无所不知，无所不晓。谁要是与他的观点相左，就会伤害他那颗唯我独尊的虚荣心。无论一个话题多么无足轻重，他都会紧抓不放，直到你心服口服。他从未想过自己会出错，仿佛是那种无所不知的人。有一天，我们和一位医生同坐在一张桌旁用餐，凯兰达先生当然可以像以往一样按照自己的意志掌控一切。因为那位医生是懒散之人，而我对这一切漠然视之。倒是有个叫拉姆塞的人是个例外，他正好也坐在那里。他跟凯兰达先生一样主观武断，而且他对黎凡特①式一味高傲自负的风格深恶痛绝。因此，两人之间尖刻的、无休止的争论就爆发了。

---

① 黎凡特（Levant）是历史上一个不甚精确的地理名称，指中东托罗斯山脉以南、地中海东岸、阿拉伯沙漠以北和上美索不达米亚以西的一大片地区。今天位于该地区的国家为叙利亚、黎巴嫩、约旦、以色列和巴勒斯坦。本文的"黎凡特式"指高傲自负之人。

拉姆塞在美国驻神户的领事馆工作。他来自美国中西部，是一位人高马大的胖小伙，绷得紧紧的皮肤下脂肪松弛，刚买的新衣服被将军肚撑得鼓鼓的。他这是要返回驻地去上班，最近刚坐飞机回纽约接来了在家待了一年的妻子。

拉姆塞太太身材娇小、美丽动人，举止令人愉快，而且说话风趣幽默。虽然丈夫在领事馆的收入不怎么高，她的穿着也很朴素，但她知道怎么打扮能够与众不同，给人一种文雅恬静的印象。本来我也不会过多关注她，可她具有一种独特的气质。这种气质也许在女性中很常见，但如今在她们的举止中已不明显。你看见她，就不会不被她谦卑的态度所打动。这使得她就像人外套上绣的一朵花一样，整个人显得娇艳美丽。

一天晚上，大家在饭桌上无意间谈到了有关珍珠的话题。当时报纸曾大肆报道精明的日本人在用人工方法培育珍珠。医生评论说，这样将不可避免地降低天然珍珠的价格，还说人工珍珠已经够漂亮了，不久就会完美得以假乱真。惯性使然，凯兰达先生马上参与到这个话题的讨论中来。他给我们讲述了关于珍珠的所有应了解的知识。我相信，拉姆塞对珍珠知之甚少，但他不肯放弃对这位高傲自负者嘲讽的机会。不到五分钟，我们便置身于一场充满火药味的争论中。我曾经目睹过凯兰达先生热情洋溢、口若悬河的样子，但和今天相比，绝对逊色三分。

最后，也许拉姆塞说的某句话刺激了他，他拍案而起，大喝一声："听着，我讲的话可是有根有据的。我这次去日本，就是要调研日本的珍珠养殖业。我是专业人士。你去问一下，没有哪个懂行的人会说我讲的不对。世界上最好的珍珠我全都了解；如果说还有什么我不了解的有关珍珠的问题，那它们肯定不值一提。"

这对于我们而言，确实是个新闻。虽说凯兰达先生是个口若悬河之人，但他从未对任何人提及自己到底是干哪一行的。我们也只是模糊地知道，他去日本是出于商业目的。这时，他以胜利者的姿态看着坐在桌边所有的人。

"无论他们培育什么样的珍珠，像我这样的专家瞟一眼就能看出来。"突然，他用手指了一下拉姆塞太太戴着的项链，"请相信我的话，拉姆塞太太！你戴的那条项链将来不会比现在少值一分钱。"

谦逊的拉姆塞太太脸一红，顺手将项链塞进了衣服里。

拉姆塞稍稍向前倾了一下身子，瞟了一下在场所有人，脸上闪过一丝笑意。"拉姆塞太太的那条项链很不错，是吧？"

"我一眼就看出来了。"凯兰达先生接着说，"嘿，刚才我还在想，这几颗珍珠真纯正。"

"当然，这条项链不是我亲自买的。我倒想知道，你觉得它值多少钱。"

"哦，在一般的市场上，它大概卖一万五千美元。可要在纽约第五大道买的，你说花了三万美元的话，我也不奇怪。"

拉姆塞冷笑了起来："你会奇怪的。这条项链是我们离开纽约前一天我太太在百货商店买的，只花了十八美元。"

凯兰达先生的脸涨得通红。"胡说！这条项链不但是真的，而且就其大小而言，也是我见过的最好的。"

"你敢打赌吗？我用一百美元赌这条项链是假的！"

"赌就赌！"

"哦，埃尔默，你不可以在知道事实的情况下和人打赌。"拉姆塞太太说。她脸上露出淡淡的微笑，虽然语气很温柔，但对丈夫的做法不以为然。

"为什么不能呢？放弃这个轻而易举的挣钱机会，才是十足的大傻瓜。"

"可你怎么证明它是仿制品呢？"她接着说道，"总不能光听我的，或光听凯兰达先生的。"

"让我看看你的项链！如果它真是仿制品，我会很快告诉你的。输一百美元我倒不在乎。"凯兰达先生说。

"把项链摘下来吧，亲爱的！让这位先生好好瞧瞧！"

拉姆塞太太犹豫了片刻，然后用手去解项链的挂钩。"我解不开。"她说，"凯兰达先生应该相信我说的话。"

我突然有一种预感，不幸的事情恐怕要发生了，但一时也想不出说什么好。拉姆塞跳了起来："我来帮你解。"

他把项链递给凯兰达先生。这位高傲自负的先生从兜里掏出一个放大镜，仔细检查起项链来。随之，他那光滑黝黑的脸上露出了一丝胜利者的微笑。当他把项链递回来，正准备开口说话时，突然看到拉姆塞太太脸色苍白，整个人似乎就要晕倒了。她那双惊恐的大眼睛望着凯兰达先生，似乎在绝望地哀求他什么。此中隐情如此明显，我感到奇怪，为什么她的丈夫竟然没有看出来呢。

凯兰达先生惊讶地张着嘴，半天说不出话来。他满脸通红,你几乎能够看得出来,他的内心在挣扎。

"我搞错了,"他说,"它是个高仿品。当然,在放大镜下一看,我就看出它是假的了。像这种破烂货,最多也就值十八美元。"他掏出钱包,从里面拿出一张一百美元的钞票,二话没说,就递给了拉姆塞。

"或许这件事会给你一个教训,以后别总是那样独断自负了,我年轻的朋友。"拉姆塞一边说着,一边把钱接了过去。

我注意到凯兰达先生的手在颤抖。

这事就像故事一样,很快传遍了整个客轮。那天晚上,他不得不忍受众人的讥笑和嘲讽。"万事通先生"终于栽了个大跟头!这真是一个极好的笑料。而拉姆塞太太自称头痛,回到船舱后便再未露面。

次日早上,我起床后便开始刮胡子。凯兰达先生躺在铺上抽烟。突然,我听到一阵轻微刮擦的声音;接着,便看到一封信从下面的门缝塞了进来。我打开门,往外看了看,空无一人。我从地上捡起那封信。上面写的是马克思·凯兰达收,收信人的名字是用大写字母写的。我把信递给了他。

"谁的信?"他打开信,"哦!"

他从信封里拿出来的不是信,而是一张百元美钞。

他看了看我,脸再次红了。他把信封撕成碎片,然后递给我。"请帮我从悬窗扔出去,好吗?"

我按他的要求做了。然后,笑着看了看他。

"没人愿意被人当作十足的傻帽儿。"他说。

"珍珠是真的吗?"

"如果我有一个娇小美丽的妻子,可不会让她独自一人在纽约待上一年,自己住在神户。"他说。

此刻,我觉得我不再那么讨厌凯兰达先生了。他伸手掏出钱包,小心翼翼地把那一百美元的钞票放了进去。

蚂蚁和蚱蜢

在我还是小男孩时,长辈就让我背诵拉·封丹①的寓言故事,并给我仔细讲解每篇寓言的寓意。在我背诵过的所有寓言故事中,有一则是《蚂蚁与蚱蜢》。这个故事旨在给年轻人有益的启示:在我们这个不太完美的世界,只有孜孜不倦地努力,才能获得幸福;而游手好闲之人最终会受到惩罚。

在这篇绝妙的寓言中(很抱歉,我现在要讲的这个故事,

---

① (La Fontaine,1621-1695)法国作家,收集并出版了《伊索寓言》。

客气一点儿说,寓意早已家喻户晓,但在实际生活中并不尽然如此),作者讲的是蚂蚁整个夏季都在不辞劳苦、繁忙地准备过冬的食物,而蚱蜢却整日在草叶上跳来跳去,朝着太阳无忧无虑地放声高唱。冬天到了,蚂蚁有足够的食物储备,可以舒舒服服地过冬;而蚱蜢的储藏室却空空如也,缺吃少喝。它去找蚂蚁,试图乞讨一点儿食物,蚂蚁给它的回答却是那句经典之语:"你整个夏天都干什么去了?"

"说实话,我唱歌了。我白天和晚上一直在唱。"

"你唱歌了呀。唉,那你再去跳舞吧。"

我从不愿意接受这则寓言的寓意,倒不是因为我生性偏颇,而是因为童年幼稚、道德感稍差的缘故。那时我非常同情蚱蜢,曾一度到了只要看见蚂蚁就想一脚将其踩死的地步,以示我对谨小慎微和人情常理的不满(后来我发现,这种举动倒是合乎情理的)。

几天前,我看见乔治·拉姆塞独自一人在一家餐馆吃饭,不禁又想起这则寓言来。我还从没见过哪个人像他那样愁容满面、郁郁寡欢呢。他目光呆滞地直视远方,仿佛全世界的重担都落在他一人肩上了。我真为他难过,立刻猜到他那不争气的胞弟又给他找麻烦了。

我走到他面前,伸出手来:"你好吗?"我问道。

"有点儿不太好。"他回答。

"又是因为汤姆吗?"

他叹了口气:"是。还是因为他。"

"你为什么不和他一刀两断呢?你对他已经仁至义尽了。

现在，你该知道他已无可救药了吧。"

我想，家家都有本难念的经。二十年来，汤姆一直是他们家那本最令人头痛的经。

他刚开始时还算走正道：做买卖，结婚，还有了两个孩子。拉姆塞一家人在当地颇为受人尊敬，人们有充分的理由相信，汤姆·拉姆塞会干出一番有益而体面的事业来。可是有一天，在毫无征兆的情况下，汤姆突然宣布他不喜欢工作，也不适宜结婚，想要过无拘无束、逍遥自在的日子。他一意孤行地离开了结发妻子，离开了办公室，靠手头的那点儿钱在欧洲各国的首都度过了两年快乐时光。有关他所作所为的各种传闻时而会传到亲朋好友耳中，大家都极为震惊。汤姆当然过得逍遥自在，可大家都摇头叹息说，看他把钱花光了怎么办。不久，大家就发现，他在靠借债度日。他颇有魔力，而且寡廉鲜耻，是我见过的最难拒绝借钱给他的人。他从朋友那里得到一笔稳定收入，并且很善于交友。但是他常说，把钱花在购买生活必需品上没什么意思，有趣的花钱方式是购买奢侈品。

为达到这个目的，他依赖哥哥乔治，不需要施展任何手段就可以从乔治那里借到钱。乔治是个正人君子，丝毫没有觉察到汤姆在骗他。有一两次，他轻信了汤姆要改邪归正的承诺，便给了汤姆一大笔钱，希望他能重新开始生活。汤姆用这笔钱买了一辆车和十分漂亮的首饰。当残酷的现实使乔治认识到弟弟再也不会回到正路上来了，便对弟弟再也不管不问。

汤姆居然毫无顾忌地敲诈起哥哥来了。一位受人尊敬的律师在自己常去的饭店吧台后面看见弟弟在给客人调制鸡尾酒，或者看见弟弟在自己常去的俱乐部外面、坐在出租车司机的位置等候顾客,终究觉得有点儿不太光彩。汤姆却说,在酒吧做服务员或开出租完全是体面的职业。假如乔治肯施舍给他几百英镑,他为了家族荣誉放弃这一职业,也未尝不可。就这样,乔治不得不给他几百英镑。

一次,汤姆险些锒铛入狱。这让乔治局促不安。他调查了丑闻的始末,发现汤姆确实做得太过分了。虽然汤姆粗野、轻率、自私,但从未干过任何偷鸡摸狗之事,也就是乔治说的违法行为。这是他第一次干不正当之事,如被起诉,肯定会被判刑入狱。可是,他总不能让自己唯一的弟弟去坐牢啊。汤姆欺骗的那个人叫克朗肖,是个报复心极强的人。克朗肖决心将此事诉诸法庭,说汤姆是个无赖,理应受到法律制裁。结果乔治费了很大周折,花了五百英镑才将此事平息。孰料汤姆和克朗肖两人把支票兑现后,马上一起去了赌城蒙特卡洛,在那里醉生梦死地挥霍了一个月。乔治听说此事后暴跳如雷,我从未见过他如此大怒不已的。

二十年来,汤姆常常参加赛马和赌博的游戏,同最漂亮的女人厮混,出入舞场,在最豪华的饭店吃喝。他穿戴华丽,任何时候都衣冠楚楚。尽管他已四十有六,人们绝不会以为他超过三十五岁了。他为人极为风趣,尽管谁都知道他一文不值,但还是乐于和他往来。他兴致勃勃,快乐无比,魅力无限。他向我借钱购买生活必需品时,我从来都是慷慨解囊。每当我借给他五十英镑时,反倒感觉欠了他人情似的。汤姆·拉姆塞认识所有人,而汤姆·拉姆塞也是无人不晓。也许你不赞成他的所作所为，但会不由得喜欢他。

可怜的乔治虽然比他这位放荡不羁的弟弟对年长一岁，看起来却像六十岁了。二十五年来，他每年休假从未超过两周。每天早晨九点半就来到办公室，直到下午六点才回家。他正直、勤奋、令人尊敬；有个贤淑的妻子，他甚至在思想上也没背叛过她；还有四个女儿，对她们而言他堪称最好的父亲；他尽量将自己三分之一的收入储存起来，计划在五十五岁退休后搬到乡下一栋小房子里去，在那里养花种草，打打高尔夫球。他的一生比较圆满。他很庆幸自己上了年纪，因为汤姆也同样一天天在变老。他搓着手说："汤姆年轻英俊的时候一切都好办。可他只比我小一岁，再过四年他就五十岁了。到那时，他就会懂得人生不易。而我五十岁时，将会有三万英镑积蓄。二十五年来，我总认为汤姆最终会沦落街头。我倒要看看他到时候怎么过，也要看看到底是辛勤劳作还是游手好闲能得善报。"

可怜的乔治！我对他深表同情。现在，我坐在他身边，很想知道汤姆到底干了什么声名狼藉的事情。

乔治显然很烦恼。"你知道现在发生了什么事吗？"他问我。

我做好了接受最坏结果的准备，猜想汤姆是否最终让警察给逮了起来。

乔治激动得简直语不成句。"你不会否认我这一生勤勤恳恳、为人正派、受人尊敬、坦坦荡荡吧。我勤勉节俭了一辈子，期望退休后从金边债券中获得一点儿微薄收入。我始终尽心尽力、规规矩矩地履行自己的职责,就连上帝对我的表现也很满意。"

"的确如此。"

"你也不能否认,汤姆是个无所事事、一文不值、风流成性、恬不知耻的家伙吧。如果还有一点儿天理,他就应该待在济贫院里。"

"的确如此。"

乔治满脸通红。"几周前,他同一个年龄大得几乎可以做他母亲的女人订了婚。现在,这个老女人死了,把所有遗产都留给了他——五十万英镑、一艘豪华游艇、伦敦的一所豪宅和乡下的一栋别墅。"

乔治·拉姆塞握紧的拳头重重地砸在桌子上。"不公平!我跟你说,不公平!他妈的,真是太不公平啦!"

我再也按捺不住了。看着乔治暴怒的表情,我忍不住放声大笑起来。我坐在椅子上笑得前仰后合,几乎摔倒在地。

乔治永远也不会原谅我了。

然而,汤姆却经常邀请我去他位于梅菲尔区①的豪宅享用美餐。尽管他偶尔出于强迫症,会向我借上点儿,最多从未超过一英镑。

---

① 伦敦上流社会住宅区。

格拉斯哥来客

当雪莱驱车驶入那不勒斯市时，有幸目击了一件引发他关注的事情。此事对于一个大城市的初来乍到者，并不常见。

一个年轻人从一家商店窜出来，身后跟着一个人，手持匕首对他穷追不舍。他快速赶上前边的年轻人，挥刀刺进他的脖颈。年轻人顿时倒地，气绝身亡。

雪莱是个豆腐心肠之人，并不认为这只是带有地方色彩的小事。他心惊胆战，义愤填膺。但是，当他把这种感觉告知和他一道旅游的卡拉布里亚①神父时，身强力壮的他却纵声大笑，并挖苦说他少见多怪。雪莱说，他从来没有过当时那样强烈的想要揍人的冲动。

我从未碰到过如此激动人心的事情。然而，初到阿尔赫西拉斯②，我便经历了非比寻常之事。当时的阿尔赫西拉斯还是个杂乱无章、荒凉偏僻的小镇。到得那里时，天色已然很晚，我就住进了码头旁的小旅馆。旅馆虽然相当破败，却可以将直布罗陀的美景一览无余。事实上，从那里满可以看到海湾的另一端。

那晚月明星稀。旅馆前台设在一楼。当我要求开个房间时，一个邋遢的女服务员把我领到楼上。店老板正在打牌，见我来了，似乎很不耐烦。他上下打量了我一番，随便给了我一个房间号，便不再理睬我，接着打牌去了。

女服务员把我领到房间后，我问她有什么吃的。

"您想吃什么？"她问道。

我明明知道他们店里不会有什么好吃的。"你们店里都有什么？"

"您可以要一份鸡蛋加火腿。"

看到小旅馆破旧的外观，我想他们也没有别的东西可吃。服务员把我领到一个狭小的房间。那里屋顶低矮，墙壁刷了白，一张长桌摆放在屋子中间，为次日的午餐做好了准备。一

---

① 意大利的一个地方。
② 西班牙南部一港口。

个身材高大的男子背对着门坐着，身子蜷缩成一团，正在火盆旁取暖。火盆是圆形的铜制盘子，里面装有烧得热烘烘的木炭。要是以为在安达卢西亚只靠一个火盆就能过冬，你就错了。

我坐在餐桌旁，等着我那简单的晚餐。无意间瞟了陌生人一眼，我发现他正在朝我看。可当我的目光和他接触时，他却迅速把头转向了别处。我还在等着我的鸡蛋。终于，女服务员把我的晚餐端上来了。

陌生人又抬起了头："明早请按时叫醒我，我要搭头班船。"他对服务员说。

"好的，先生。"

他那浓重的口音透露出他是英国人，可他宽阔的体格和强壮魁梧的显著特征让我想到他该是北方人。在西班牙，勤劳的苏格兰人要比英格兰人更为常见。无论你在矿藏丰富的里奥廷托矿井还是赫雷斯的酒窖，在塞维利亚还是加德斯，随处都能听到特威德①对岸人们悠闲的谈话；无论你在卡莫纳的橄榄林，还是阿尔赫西拉斯至博巴蒂拉的火车上，甚至在更为偏远的梅里达的软木树林，都会遇到苏格兰人。

吃过晚饭，我走到燃烧殆尽的火盆边去取暖。正值隆冬时节，刺骨的寒风掠过海湾，吹入屋内，冻得我直打哆嗦。我把椅子往前挪了挪。那个人见状，便要把椅子往后拉。

"您不用动！"我说，"这个地方足够我们两个人坐的。"

---

① 英格兰与苏格兰之间的界河。

我点了一支雪茄,也递给了他一支。在西班牙,产自直布罗陀的哈瓦那雪茄是最受欢迎的。

"抽支烟也行。"说着,他伸手把烟接了过去。

我辨别出了他唱歌一样的格拉斯哥本地口音。此人并不健谈,总用单音节词应付我,使得我和他交谈的兴致荡然无存。于是,我们便坐在一起抽闷烟。他甚至比我想象的还要强壮:肩膀奇宽,四肢笨拙,脸晒得黝黑发亮,短发斑白。他面无表情,嘴巴、耳朵和鼻子又大又厚,皮肤上的皱纹丛生,碧蓝的眼睛黯淡无光。他不停地用手捋着乱蓬蓬的灰白胡须。这种神经质的动作让我隐约感到不快。不久,我就发现他在看我,那咄咄逼人的目光令人深恶痛绝。我又抬起头望着他,希望他像刚才那样垂下眼帘。他果然低了一会儿头。可没过多久,他又抬起头来,浓密修长的眉毛下,一双蓝眼睛在审视着我。

"您刚从直布罗陀来?"他突然问道。

"是的。"

"我明天走,要回家去。谢天谢地。"他把最后两个字说得那么重。

我笑了起来:"难道您不喜欢西班牙吗?"

"哦,西班牙还是不错的。"

"您在这儿已待了好长时间了吗?"

"好长时间了。好长时间了。"他说话时微微喘气。

我十分惊讶,我这随便一问竟能让他情绪如此激动。他突然站了起来,一边走来走去,一边顿足捶胸,犹如笼中困兽。他猛地把碍事的椅子推到一边,不时重复着一句话:好长时间了。好长时间了。我仍然静静地坐在原处，尴尬不安。为使自己冷静下来，我便蹲下来，把火盆下的热灰往上翻。他突然止住脚步，向下看着我，似乎我的举动让他意识到了我的存在。然后，他又重重地坐回椅子上去了。

"您觉得我很古怪吗？"他问道。

"比大多数人怪不到哪里去啊。"我笑着说。

"您看不出我很怪吗？"他说着，把身子往前倾了倾，以便我能仔细端详。

"我看不出来。"

"如果您看出来了，会说出来的，是吗？"

"我会的。"

我真没明白这是怎么回事，怀疑他是否喝醉了。足足有两三分钟，他一句话都没说，我也不希望打破这沉默。

"请问，您叫什么名字？"他突然问道。我告诉了他。

"我叫罗伯特·莫里森。"

"苏格兰人？"

"格拉斯哥人。我在这个该死的国家待了许多年了。有烟叶吗？"

我把烟叶包递给他。他把烟斗装满，然后取了一块燃烧的木炭，将烟点着了。

"我不能再待下去了。我在这里待得太久了，太久了！"

他突然冲动地又要跳起来来回走动，但这次他双手紧紧抓住椅子，控制住了自己的情绪。从他脸上的表情可以看出，他正在努力克制自己。我推断，他这种躁动的情绪是长期酗酒引发的慢性酒精中毒所致。我向来厌恶醉鬼,便决定找个机会尽快溜回去睡觉。

"我一直在经营几个橄榄林。"他继续说,"我在这里,是为格拉斯哥及南西班牙橄榄油有限公司工作。"

"哦,我明白了。"

"您知道吗,我们研究了一种新的炼油工艺。处理不错的话,西班牙的油就和卢卡的油一样好了,我们的价格还可以更便宜些。"

他说起话来语气平淡,有一板一眼、公事公办的风格,而且用词精确,颇具苏格兰人的特点,看起来还异常冷静。

"您知道,艾锡加还算是橄榄油交易中心。原来我们雇用了一个西班牙人在那里料理生意,我发现他老是捣鬼,就把他解雇了。我过去常住塞维利亚,从那里往外运送物资更加方便。可要想在艾锡加物色一个信得过的人确实很难,去年我就亲自去了那里。您知道那个公司吗?"

"不知道。"

"公司有一大片种植园。离小镇两英里处,就在圣洛伦索村外面,有一座很好的房子。它建在小山的顶上,看起来极其漂亮。房子全是白色的,显得很孤单。除了几只鹳栖息在房顶,从来没有人住过。我就想,假如我搬去那里住,不就可以省下到镇上租房的钱了。"

"住在那里,一定有点儿孤单。"我说。

"确实是。"

罗伯特·莫里森抽着烟,沉默了一两分钟。我真不知道他跟我讲这些，用意何在。

我看了看表。

"您急着要走吗？"他口气严厉地问道。

"那倒不一定。只是时候不早了。"

"哦，晚点儿有什么关系？"

"我想，在那个地方您见不到很多人吧？"我又坐了回去。

"不多。我和一对老夫妻住在那里，他们照顾我的生活。有时我到附近村子去，跟药店老板费尔南斯德和一两个经常光顾药店的客户玩纸牌，也常去骑骑马，打打猎。"

"那种生活听起来还不错。"

"到去年春天为止，我在那里生活已经两年了。我的天啊，我从未想到去年五月天气那么热，热得人什么事也没法干，树荫下到处可见躺着睡觉的工人。羊热死了，有些动物热得发疯了，牛也干不成活了，弯着腰站在那里一动不动，直喘粗气。讨厌的太阳从天空直射下来，骄阳让人觉得眼睛都要从脑袋里喷射出来了。土地旱得到处都是裂缝，庄稼的叶子热得直打卷儿，橄榄林几乎全被摧毁了，简直活像个地狱。人们热得根本无法入睡，我从这间屋转悠到那间，想要吸一口新鲜空气。当然了，我把窗户也关了起来，还在地上洒了水，却是丝毫不起作用。夜间和白天一样酷热难耐，人们就像生活在烤炉里。

"后来，我想，干脆在楼下一个从未住过人的朝北的房间支张床。气候正常的话，这间屋子又潮又湿。我想在那里起码还能睡上几个小时，试试也无妨。谁知那里的情况更糟，甚至有些令人崩溃。我躺在床上，翻来覆去地难以入睡，潮湿的空气使我更加难以忍受。我只好从床上起来，打开通往阳台的门，到外边去散步。那晚皎洁的月光亮如白昼，我敢说在月光下看书都没有问题。我跟您说过那座房子正好在山顶上吗？我倚栏眺望那一望无际的橄榄林，它们仿佛波浪起伏的大海。这使我想起了我的故乡，想起了从格拉斯哥冷杉林中吹来的丝丝清凉微风和回荡在格拉斯哥大街上空的喧嚣声。不管您信不信，我仿佛嗅到了这一切，嗅到了故乡的大海。上帝啊，我宁愿放弃我所有的一切来换取哪怕一小时的凉爽气息。人们说格拉斯哥气候恶劣，难道您不相信吗，我喜欢凉爽的雨滴、灰蒙蒙的天空、金灿灿的大海和波涛汹涌的海浪。当时我似乎忘了自己是在西班牙，忘了身处橄榄林中心。我张开嘴，深深吸了一口气，海上潮湿的雾气仿佛被我吸进了口中。

"正在这时，我突然听到一个声音。那是一个男人的声音。您知道，那声音不大，而且很低沉，好像是从沉寂的夜空断断续续发出来的。啊，真不知道该怎样描述它。当时已是午夜时分。我很诧异，真是难以想象有人这个时候还会待在橄榄林里，他竟然还在笑，而且笑声异常古怪，恰似老母鸡咯咯咯的叫声，又似是从山下爬上来的——时断时续。"

莫里森看着我，想知道我对他这奇怪的描述有什么看法；他也实在不知道究竟该怎样来描述它。

"我的意思是说，这声音好像子弹击在一个傻小子身上，又恰似从水桶里往外掷石头。我从栏杆上往前探了探身，睁大眼睛恐怖地张望着。月光皎洁，如同白昼一般，但我什么也看不见。真见鬼啊！声音突然消失了，然而我的两只眼睛仍然一眨不眨地盯着声音发出来的地方，看看是否有人在走动。过了一会儿，那声音又开始响起来，而且更加响亮了，绝不是刚才咯咯的低笑声，而是响彻夜空、震耳欲聋的大笑声。我纳闷，为什么那么大的声音竟然没有把我的仆人吵醒。那声音听起来又恰似一个酩酊大醉的酒鬼在咆哮。

"'谁在那里？'我大声喊道。

"我得到的唯一回答是一阵咆哮般的狂笑。不瞒您说，那时我还真有点儿恼火，很想下去看看到底是谁在撒野。我绝不允许一个醉鬼三更半夜在我的地盘上胡闹。这时，突然传来一声尖利的叫声。我的天啊，我的汗毛吓得都快立起来了，然后是凄厉的哭声。此人的笑声阴森可怕，哭声却很尖利，就像猪在被宰杀时发出的凄惨叫声一样。

"'我的天啊！'我惊恐地大叫起来。

"我纵身跳过栏杆，循着哭声朝山下跑去。我猜想，肯定有命案发生了。一阵死一般的寂静过后，紧接着传来一声凄厉的尖叫声，然后变成了啜泣声和呻吟声。让我告诉您这声音听起来像什么吧！就像一个人在弥留之际发出的声音。一阵呻吟过后，就再也没有任何声音了，周围陷入死一般的寂静。我东奔西跑，四处寻找，但空无一人。最后，我不得不再次爬上小山，回到我的房间里。

"您肯定能够想象得到，那晚我几乎没有合眼。天刚蒙蒙亮，我就从窗户往外四处张望，想要发现昨晚那些古怪的声音是从何处发出来的。忽然，我惊奇地发现，在橄榄林深处的一个山谷里,有一栋白色房子。那边的林地不属于我们公司所有,我从未到那边去过,也从未见过那栋房子。所以,我就向仆人约瑟打听谁住在那里。他告诉我,一个精神病人和他的兄弟及一名仆人曾在那所房子里住过。"

"哦,原来如此。"我说,"他可不是个好邻居哟。"

这位苏格兰人突然弯下腰,把脸凑近我,一把抓住了我的手腕。从他的眼睛里可以看得出,他内心充满了恐惧。

"那个疯子二十年前就死去了。"他轻声说。他松开我的手腕,大口喘着粗气,斜靠在椅子里。

"我下山直奔那栋白房子,还围着那栋房子转了一圈。房子的窗户已经被钉死了,破旧的百叶窗把窗户遮得严严实实,一把大锁锁在门上。我敲了几下门,摇了摇门把手,还按了几声门铃。只听见叮当作响的门铃声,始终不见有人出来。这是一栋两层小楼。我抬眼望去,只见百叶窗关得严丝合缝,任何地方都不见半点生命迹象。"

"房子里面怎么样?"我问了一句。

"哦,房子里面的木头都腐烂了。墙上的白灰脱落了一地,门和百叶窗上的油漆几乎掉光了,房上的瓦砾散落了一地,看起来像是被一阵狂风刮下来似的。"

"真是怪事。"我说。

"我到朋友那里,也就是药店老板费尔南斯德那里去打听这件事,他的描述和约瑟讲的一样无二。我问他是否见过那个疯子,他说没人见过。他还说那个疯子常处于昏迷之中,急性狂躁症还在时不时地发作。一旦发作,不论多远,人们都是先听见他的狂笑声，然后听到哀号声。附近的人们常常因此而心惊胆颤。后来疯子在一次急性狂躁症发作中死去，看守的人立即离开了。从此，再也无人敢住进那栋房子。

"我之所以没有告诉费尔南斯德夜间听见了什么，是怕他嘲笑我。我蹲守了一整夜，什么事情也没有发生，就连声音也没有听到。直到拂晓，我才上床休息。"

"那您再也没有听到任何声音了吗？"

"没有。整整一个月里，我都没有听到任何声音。旱情仍在持续，我依旧睡在后面的杂物间里。一天夜里，我正酣然入睡，发生了一件事。我确实不知道该怎样确切描述它。我有一种奇怪的感觉，好像有人轻轻推了我一把，想要警告我，我猛然吓醒了。接着和上次一样，我听到一阵悠长的咯咯笑声，就像一个人正在开一个古老的玩笑。那笑声从遥远的山谷发出，变得越来越响，最后变成了狂笑。我从床上跳起来，径直冲到窗前。我的双腿开始颤抖，只好站在那里倾听寂静的深夜传来的狂笑声。实在是太可怕了！突然，声音停了下来，一会儿又变成了痛苦的尖叫声和阴森森的啜泣声。它听起来并不像人声，而像动物在受折磨时发出的哀鸣。我不介意告诉您，当时我吓得四肢僵硬，寸步难行。过了一会儿，那声音停止了。它并不是骤然停止的，而是一点儿、一点儿消失的。我竖起耳朵，可是什么也听不见了。我连滚带爬地回到床上，用东西蒙上了脸。

"这时，我想起来费尔南斯德曾经告诉过我，那个疯子的病是间歇性的。不发作的时候，他还是比较安静的。费尔南斯德把这段时间叫作冷漠期。我认为,这无非是定期发作的狂躁症而已。我计算出他两次发病的间隔时间,是二十八天。根据现有的事实,我用不了多长时间就能把事情弄个水落石出。很明显,满月容易诱发他的狂躁症发作。我确实不是胆怯之人,决定查明真相。我便从日历查出下一个满月的日期。那个晚上,我没有睡觉,将左轮手枪擦得干干净净,并把子弹压上膛。我准备了一盏马灯,非常镇定地坐在房间的栏杆上,等着那奇异现象的出现。实话告诉您吧,我对自己的表现十分满意,因为我没有丝毫畏惧感。风呼啸着掠过屋顶,吹得橄榄树的叶子簌簌作响,就像海浪"哗哗"拍打在海滩的小圆石上;皎洁的月光照亮了房子的半截白墙。这时,我感到特别惬意。

"终于,我又听到了那熟悉的低沉声音隐约传来。我差点儿大笑起来。看来我估计得不错,疯子的狂躁症又在一个满月的日子里发作了。它的到来就像时钟一样准时,再好不过了。我迅速跳过围墙,冲入橄榄林,径直向那栋房子跑去。我走近时,咯咯的笑声越来越响了。我冲到房前抬头仰望,四处没有一丝灯光。我把耳朵紧贴在房门上凝神细听,只听到疯子在里面歇斯底里地纵声狂笑。我用拳头使劲砸门,同时按响门铃。这些声音似乎引起了他的兴趣,他更加大声狂笑不止。我便继续敲门,越来越响,他的狂笑声也越来越震耳欲聋。最后,我拼尽全身力气,大声喊道:'打开这该死的门!否则,我就砸碎它!'

"我往后面退了几步,用脚猛踹门闩;接着,用尽全身力气朝门撞去。门裂开了,我继续用身体朝门上猛撞。这扇该死的门,终于被我撞开了。

"我迅速从口袋里掏出手枪,一手持枪、一手提着提灯往里闯。门开了,笑声听起来更大了。当我抬脚一步要踏进屋时,一股腥臭的味道扑面而来,几乎要把我熏倒。您想想,窗户都二十年没有打开过了。那咆哮声简直能让死人起死回生,弄得我一时难以辨认它到底是从哪里发出来的。它在墙壁四周回荡。我顺手推开身旁的一扇门,走进一个房间。那里除了光秃秃的白墙,一件家具也没有。声音比刚才更大了,里面仍然什么也没有。我打开身旁一扇门,发现自己来到了楼梯口。疯子的笑声就在头顶回响。我沿着楼梯,小心翼翼向上走。您知道,这可不是冒险啊!有一个通道直通楼顶。在马灯微弱的光线照耀下,我顺着楼梯通道往上走,来到楼梯尽头的一个房间,我停了下来。疯子就在里面,我和他只隔一层薄薄的门板。

"那种笑声太可怕了,我突然感到毛骨悚然,不禁咒骂自己逞能,全身也开始颤抖。那一点儿也不像人的声音。天哪,我吓得几乎就要掉头逃跑了,又不得不咬紧牙关,强迫自己留下来,却紧张得连门把手也拉不开了。这时,狂笑声忽然停止,可以说像用刀割断东西那样快。接着,就传来一阵微弱且痛苦的呻吟声。我从未听过这种声音。可能因为声音太低了,根本传不到我的住处。然后,我听到人临死前的喘息声。

"'哎呀!'我听见一个男人用西班牙语说,'你要杀死我啊!饶命啊!啊,上帝,救命呀!'

"他恐惧地尖声叫喊着,就像野兽在撕扯他。我猛地推门,闯了进去。一股热浪吹得百叶窗随风飘起,皎洁明亮的月光从窗外射进屋内,我的马灯的光亮显得十分暗淡。那个可怜人的呻吟声传到了我耳朵里,那么清楚,距离那么近,就像您在我眼前说话一样。那呻吟声,那呜咽声,还有那可怕的喘气声,真是太瘆人了,没人能受得了。他已到了弥留之际。告诉您,我耳畔确实听到了他时断时续、令人窒息的哭声。可是,屋内仍然没有任何人。"

罗伯特·莫里森一下子瘫倒在椅子上。此刻,这个坚强的彪形大汉就像画室里的人体模特一样,表情显得非常古怪。你会觉得,只要推他一把,他就会像模特一样轰然摔倒在地。

"后来呢?"我问道。

他从口袋里掏出一条肮脏的手绢,擦了擦前额的冷汗。"我觉得,自己不能再在北边房间睡觉了。不管热也好,不热也罢,我又搬回原来的房间。喏,正好四个星期以后,大约凌晨两点,我又被疯子咯咯的笑声惊醒了。那声音似乎就在我旁边。我可以毫不介意地告诉您,那时我坚强的意志有些动摇了。所以,到了那个讨厌的家伙的狂躁症再次发作时,也就是到了下个满月时,我就把费尔南斯德叫来,陪我过夜。当然,我并没有告诉他发生了什么。那晚,我让他陪我打牌,一直到凌晨两点。这时,我又听到了那个声音。我问费尔南斯德是否听到了什么。'没有啊。'他说。'听,有人在笑。'我说。'您喝醉了,老兄。'他边说,边笑了起来。这简直太过分了。'闭嘴,你这个傻瓜。'我说。那怪异的笑声变得越来越大,我大声叫起来,试图用双手捂住耳朵,免得听见那笑声,竟然不起一点儿作用。我听到了那个声音,还听到了痛苦的尖叫声。费尔南斯德一定以为我疯了,只不过他没敢这么说。他知道,那样的话,我可能会杀了他。他说,他得去睡觉了。第二天早上,我发现他早已偷偷溜之大吉,根本就没有在床上睡。可能是昨晚他离开我之后,就溜走了。

"从那以后,我再也不能待在艾锡加了。我安排他人去管理公司,便回了塞维利亚。我感觉在那里比较安全。可每当满月临近,我就开始感到害怕。当然,我也常常自我安慰,说自己并不是倒霉蛋。但您知道,那对我而言仍然无济于事。事实上,我真怕那声音跟踪我来了;而且我知道,如果我在塞维利亚仍然能够听见那个怪异声音的话,那我一辈子就会被它缠得不得安宁。我同其他男人一样有胆量,可是真该死,人人都有短处——我实在受不了这个。我知道,这样下去的话,我会发疯的,便开始饮酒来麻醉自己。我老这么焦虑实在可怕,以至于常常彻夜难眠。我知道,这可怕的时刻又要来了。果不其然,它真的来了!在塞维利亚——离埃希哈六十英里远的地方,我又听到了那可怕的声音。"

我沉默了片刻,不知道该说什么好。"您最后一次听到那声音是在什么时候?"我问道。

"四周前。"

我迅速抬头看了看,惊诧不已。"您这是什么意思?今晚该不会又是满月吧?"

他忧郁而又恼怒地看了我一眼,欲言又止,好像有什么事情不敢说出口,也可以说他的声带好像瘫痪了似的。最后,他终于以低沉沙哑的嗓音说:"是的,今夜又是满月。"

他紧盯着我,浅蓝色的眼睛仿佛射出两道红光。我从未在一个男人的脸上见过如此惊恐的表情。他迅速站起身来,阔步走出房间,"砰"的一声把门带上了。

我不得不承认,那天晚上我睡得相当糟糕。

池　塘

当阿皮亚①都市酒店的老板卓别林把我介绍给劳森的时候，我并没有特别关注他。我们早早地坐在酒吧间，喝着鸡尾酒，我兴致盎然地听他讲着岛上捕风捉影的小道消息。

卓别林招待了我。他做过采矿工程师。许是性格使然，他在这个无法施展专业成就的地方定居了下来。不过，据传他是极其聪明的采矿工程师。他身材矮小，胖瘦适中；头顶稀疏的

---

① 阿皮亚（Apia），南太平洋岛国西萨摩亚的首都。曾经是德国殖民地，1962 年独立，1977 年 7 月更名为"萨摩亚独立国"。

黑发已变为灰白色；还留着一小撮不齐整的胡须；他的脸色也许是日晒或酒精的缘故而红润有加。尽管他是酒店老板，不过是个傀儡。虽然酒店的名字听起来宏伟大气，其实只是一座两层的框架楼，由他妻子负责管理。他的妻子是个高挑瘦削的澳大利亚女人，四十五岁了，与人相处时唯我独尊，做事风格独裁专断。这个小个子男人常常喜怒无常，酒气熏天，对妻子畏惧有加。陌生人很快就听说了他家吵吵闹闹的事情。据说，她往往拳打加上脚踢，以将他制服。一次，她在他整晚醉酒之后，把他关在房间整整二十四小时。这让她更为出名了。接着，人们看到他害怕离开自己的"监狱"，便有些可怜兮兮地从阳台上与下面街上的人说话。

　　卓别林个性鲜明，无论对自己多彩人生的回忆是否真实，都让人觉得值得一听。因而当劳森溜达进来时，我对他的打岔有些不爽。午时未到，很明显，卓别林却已经喝多了。我不冷不热地顺从了他的一再坚持，接受了他再喝一杯鸡尾酒的邀请。我早已清楚，眼前卓别林头脑不清，若是再喝一轮（一般根据礼貌原则，需要我买单），足以让他发酒疯，卓别林太太将会给我好看的。

　　劳森长相平平，毫无吸引力可言。他身材瘦小，一张长长的脸庞气色欠佳，下巴短小狭窄，硕大但瘦骨嶙峋的鼻子甚为突出和显眼。他的两道黑色浓眉粗重杂乱，一双乌溜溜的大眼睛却引人注目。这些特征让他看起来不同寻常。他显得很快活，但我感觉好像不太真实。我觉得，那只不过表面文章而已，是他戴的欺骗全世界的面具；我还怀疑这个面具掩藏了他卑劣的本性。很明显,他急不可耐地希望人们将他视为"好人",且是个友好亲切之人。可不知何故,我总觉得他阴险狡猾,诡计多端。

他以沙哑刺耳的嗓音滔滔不绝地说着,和卓别林竟相讲述各自的狂欢故事。这些故事都已成为传奇:有他们夜晚在英国夜总会喝得烂醉如泥的故事,有他们打猎探险时喝掉令人瞠目的大量威士忌的故事,还有他们去悉尼短途旅行时的故事——当时令他们自豪的事情是,两人全然忘记了从登岸到驶离该地的经过。真是一对酒鬼!到现在,四杯酒下肚之后,虽然(即使指的是未发生的事情)两人都已酩酊大醉,风格却迥然不同:卓别林粗鄙庸俗;劳森就算醉了,也仍旧保持着一副绅士派头。

最后,他有些跟跟跄跄地从椅子上站了起来。"喂,我该回家了。"他说,"晚饭前见。"

"你太太还好吧?"卓别林问道。

"好。"

他出去了。在回答中,他使用单音节词的语气奇特,我不禁抬起了头。

"是个好小伙啊!"劳森出门走到太阳底下时,卓别林断然说道,"是最好的人之一。可惜就是爱喝酒。"

从卓别林口中得出这样的评论,真是不无幽默。

"他只要喝多了,就想跟人打架。"

"他常喝醉吗?"

"喝得烂醉如泥。一周有三四天都这样。是这个岛把他弄成了这个样子,还有埃塞尔。"

"埃塞尔是谁?"

"埃塞尔是他妻子。他娶了一个混血女人,是老布莱瓦尔德的女儿。他把她从这里带走了,那是没办法的事情。可她受不了,现在他们又回来了。这些日子他要是不喝得烂醉,就没法儿活下去了。好人呐!可他一醉,就成了那副德性。"

卓别林打了个饱嗝。

"我得去冲个澡。我本来不该喝那最后一杯的。最后一杯总能让人醉。"

他下决心到淋浴间去时,又迟疑地看了看楼梯;接着,便故作严肃地上楼去了。

"和劳森交朋友,会让你收获颇多。"他说,"他是个博览群书的人。他清醒的时候,你会对他另眼相看。他也很聪明,值得你一聊。"

在这几次谈话中,卓别林给我讲了劳森的所有故事。

傍晚,我沿海岸转悠了一圈。回到酒店后,劳森也回来了。他的身体深陷在酒吧间的藤椅里,目光呆滞地看着我。很显然,他喝了一下午了,反应迟钝,双眼充满了愠怒和恶意。他的目光在我身上停留了片刻,可我看得出来,他并未认出我来。还有两三个人坐在那里摇骰子,不过他们并未注意他。很明显,人们对他的状况早已司空见惯,不再有什么兴趣。我坐下来开始玩。

"你们这帮人真他妈会玩。"劳森突然说道。他从椅子上站起来,两膝弯曲着,跟跟跄跄地向门口走去。

我不知道，这种景象是让人更好笑，还是更可恶。他离开后，有人偷偷笑了起来。

"劳森今天又喝了个烂醉。"他说道。

"要是像他那样不胜酒力，"另一人说，"我就要把酒戒掉，再也不喝了。"

谁能想到，当年这个可怜的家伙曾经是个追求浪漫之人。他的生活充满了令人惋惜和恐怖的成分——文学理论家告诉我们，为了实现悲剧效果，这些都是必不可少的要素。

有两三天，我都没再见到他。

一个晚上，我正坐在酒店二楼的阳台上，向大街观望。劳森走过来，一屁股坐到了我旁边的椅子上。他很清醒，跟我随意聊了几句。我有些爱理不理地应答着。他突然带着歉意的口吻，大笑起来："那天我可真是醉得够呛。"

我没有作答，实在没什么好说的。我挥动着烟斗，想要赶走蚊子，却徒劳无功，便观看下班后往家赶的当地人。他们个子高挑，体格健壮优美。他们的黑发无论卷发或者直发，常常是白色掺杂着黄绿色。这更使他们有一种不同寻常的外表。他们大踏步地前行，显得小心谨慎又尊严有加，光脚拍打地面时发出的柔和声音听起来甚为奇特。接着，一群所罗门岛人唱着歌，打这里经过。这是些签约劳工，体格比萨摩亚人更为矮小单薄；皮肤黝黑，满头的茸毛状头发染成了红色。偶尔还有一个白人开着越野车经过这里，或者直接开到酒店的院里。池塘里，两三艘纵帆船的倒影映在宁静的水面上。

"在这种地方，除了喝得醉醺醺的，我真不知道还有什么事可干。"劳森最后说道。

"你不喜欢萨摩亚?"我漫不经心地没话找话。

"它是很美,对吧?"

他选择的这个词,好像难以充分描述这个岛难以想象的美。我笑了起来,扭头向他看去。他忧郁而漂亮的眼里流露出的神情,令我大为震惊。那是令人难耐的痛苦神情,透露出发自内心深处的哀伤。我觉得,他实在难以承受其重。但这种神情转眼即逝,他又笑了起来。他的微笑很诚恳,还有些许天真。这使得他的面容起了变化,以至于我最初对他的反感也开始动摇了。

"我最初来到这里,把它转悠了一遍。"他说道。沉默了一会儿,又说道,"大约三年前我离开这里,打算再也不回来了。可是,我又回来了。"他迟疑地说,"我妻子想要回来。她出生在这里,您知道。"

"哦,是的。"

他再次缄默不语了。接着,开始试探着谈论罗伯特·路易斯·史蒂文森①,并问我是否去过维利马②。出于某种原因,他一直在努力向我示好。他又开始谈起史蒂文森的作品,话锋又很快转向了伦敦。

---

① 史蒂文森(Robert Louise Stevenson, 1850–1894),19世纪后半叶英国伟大的小说家,代表作有长篇小说《金银岛》等。其作品风格独特多变,对20世纪现代主义文学影响巨大。
② 萨摩亚的阿皮亚南面的一个村落,离阿皮亚有四英里,人口有一千四百六十二多(据2006年的统计数据)。

"我想,'考文特花园'①仍然很兴旺,受人欢迎。"他说,"我想,我怀念伦敦的歌剧,就像我当初怀念这里的一切一样。你看过《王者之心》②吗?"

他问了我这个问题,就好像我的回答对于他十分重要一样。当我说——我得说,我回答时有些漫不经心——我看过时,他似乎很高兴,又开始谈起瓦格纳③来了,说瓦格纳是作为普通人而非音乐家给他带来了情感慰藉,个中缘由他也无从谈起。

"我觉得拜罗伊特④是个值得去的地方。"他说,"可惜我未有过可以去那里的钱,太糟糕了。不过,那里有些演出也许比考文特花园的更糟糕。但那里所有灯光和女人都装扮得十分华美漂亮,音乐也很美。《王尔古雷》的第一幕很不错,是吧?还有《特雷斯坦》的结尾,天哪!"

这时,他的眼睛熠熠生辉,脸上容光焕发,与以前判若两人。他蜡黄瘦削的脸颊微微泛红,我忘记了他沙哑难听的声音,甚至感到他有一丝魅力。

---

① 英国伦敦一个著名的专业歌剧院,主演歌剧。在这里,可以观赏世界级歌剧演员的演出。
② 又译《特里斯坦和伊索尔德》,是12世纪法国最有影响的传奇故事之一,讲述一个英雄和他的叔叔及其妻子的三角恋悲剧故事。现已拍成电影《王者之心》。
③ 威尔海姆·理查德·瓦格纳(Wilhelm Richard Wagner, 1813 – 1883):德国作曲家,著名的古典音乐大师。
④ 德国巴伐利亚州的一座城市。

"说真的，我真想今晚就在伦敦。你知道蓓尔美尔①饭店吗？我以前常去那里。皮卡迪利②广场的商铺全都灯火通明，还有成群的人。站在那里，看着公交车和出租车川流不息，就好像它们永远都不会停下来，真让人目瞪口呆。那些关于上帝和查令十字街③的诗是怎么写的？"

我吃了一惊。"你是说汤普森④的作品吗？"我问道。我引述了那些诗句：

> 既已如此悲伤，你终究不会更加伤悲。
> 哭泣吧，为你遭受的损失如此伤心。
> 搭建在天堂和查令十字街之间的
> 雅各的天梯，
> 将会光彩夺目地照亮通往天堂之路。

他轻轻叹了口气。"我读过《天堂的猎犬》。写得还行。"

"一般都这么看。"我低语道。

---

① 伦敦的街道名，以俱乐部数量众多而出名。
② 皮卡迪利大街是伦敦的繁华街道。
③ 查令十字（Charing Cross）也叫查令十字街，是英国伦敦著名的书店街。街上除了连锁书店，还有多样化的主题书店，是伦敦旧书业的主要集散地之一。
④ 弗朗西斯·汤普森（Francis Thompson，1859－1907），英国诗人，《天堂猎犬》（The Hound of Heaven）是他最著名的作品。在诗中，诗人将天主比喻成天堂里的一条高贵的猎犬，以他神性的恩典追逐人类游荡的灵魂。

"在这里，你遇不到读过什么书的人。他们觉得，读书不过为了炫耀而已。"

他脸上露出留恋的神情。我想，我猜到了他来找我的心情：我是他与那个令他怀念的世界和他将不再了解的生活的纽带。就在不久前，我还待在他所热爱的伦敦，因而他对我充满了敬佩和羡慕。交谈还不到五分钟，他就突然说出了一番措辞激烈的话，令我大吃一惊。

"我受够了！"他说，"我受够了！"

"那你为何不一走了之？"我问道。

他的脸色变得阴沉沉的。"我的肺比较脆弱，现在受不了英国的冬天了。"

这时，另一个人来到阳台，加入我们当中。劳森便又陷入沉默，情绪变得低落了。

"该去喝一杯了！"新来的人说，"谁来跟我喝一杯苏格兰威士忌？劳森？"

劳森好像从遥远的世界回来了似的，站了起来。"咱们下楼到酒吧去吧！"他说。

他离开我以后，我对他的感觉比原先预料的要亲切得多，既困惑，也充满兴趣。几天以后，我碰见了他妻子。我知道他们结婚五六年了，可我大为惊诧地看到，她仍旧那么年轻，嫁给劳森时应该最多十六岁。

她是个可爱、漂亮的美人，体态匀称，身材小巧玲珑，轻盈敏捷，手脚纤细灵巧，肤色并没有西班牙人黑。她的典型特征是可爱和迷人，但我觉得，令我印象最为深刻的是她甚为娇美的外表。混血儿一般都外表粗糙,显得有些粗俗,她却给人一种高雅秀美之感,会令你耳目一新。她还有一种十分有教养的气质,在那样的环境见到她,你会深感惊讶,并会联想到拿破仑三世皇宫那些成为全世界谈论焦点的著名美人。虽然她只不过穿了件棉质连衣裙,戴了顶草帽,但还是显露出她是一位具有优雅气质的时尚女子。劳森当初见到她时,一定被她深深迷住了。

最初,劳森从英国来到这里,是来管理一家英国银行设在此地的分行的。他在旱季之初来到萨摩亚,住在这家酒店的一个房间,很快就和这里的各色人等打成一片。他在岛上的生活惬意自在,乐于在酒店的酒吧间与人长时间闲谈,也喜欢在英国夜总会跟一群男子玩台球度过的快活夜晚,喜欢阿皮亚沿着泻湖散布的商店、平房以及当地村落。到了周末,他有时会骑马到一位农场主家做客,在山上度过几个夜晚。在这里,他体验到了前所未有的自由和安逸,还陶醉于这里的艳阳天。每当骑马穿过丛林时,周围的美景就会令他陶醉得忘乎所以。这个地方土地肥沃的程度难以言表,有些森林还未开垦,一些奇异的树木缠结在一起,低矮灌木和攀缘植物枝叶繁茂,既给人神秘感,又令人胆战心惊。

但令劳森心旷神怡的地方是距阿皮亚一两英里远的池塘。傍晚,他常去那里洗澡。那里有一条小河,河水在岩石上快速流过后形成了一个深深的池塘。清澈的浅水继续向前流动,流经巨大的石头围成的浅滩。当地人有时会来这里洗澡或洗衣。轻盈而婀娜多姿的椰子树在岸边茂密地生长,树上覆盖着攀缘植物，树丛倒映在碧绿的河水中。在德文郡①的群山里，你也能看到这样的景象。两地景象稍有差异。这里有热带富饶、热烈、芳香怡人的悠然自得，沁人心脾；水清新却不冰凉，一天的酷热过后更为清爽；在这里沐浴后净化的不仅仅是人的身体，还有灵魂。

劳森到那里时没有一个人，便在池塘边闲逛了好一会儿；接着，便悠闲自得地漂浮在水中；然后，在夕阳下晾干身体，享受着那份孤寂和令人愉悦的僻静。那时，他不再为无法生活在伦敦和他所放弃的生活感到遗憾，目前的生活似乎完整且完美。

就是在这里，他第一次见到了埃塞尔。

为了赶上第二天每月一次的定期轮船，他忙于处理手头必须完成的信件，一直写到很晚。傍晚时分，当夜幕几乎降临之时，他才骑马赶到池塘。他把马拴好，漫步向岸边走去。一个女孩儿正坐在那里。他走过去时，她向周围扫视了一眼，便悄然滑入水中。如同水中的仙女受到靠近的凡人的惊吓似的，她在水中转瞬即逝。这令他既惊讶，又有趣，便想探知她到底藏身何处。他顺着水流向下游去，不久就看见她坐在一块岩石上。她用毫不奇怪的眼神看了看他，他便用萨摩亚语大声向她问候："你好！"

她也回应了他，忽然对他莞尔一笑，随即钻入了水中。她轻盈地在水中游弋，头发在身后飘展开来。眼看她游过池塘，

---

① 英国英格兰西南部的一个郡。

他浮出水面，上了岸。像所有当地人一样，她也身着宽大的长罩衣洗澡，水打湿了衣服，紧紧裹住了她苗条纤细的身体。她站在那里，旁若无人地将头发拧干，看着更像水中或林中的野生动物。

现在他看清了，她是混血女子，便向她游去，上岸后用英语与她打招呼："你游得很晚哪。"

她把头发甩到脑后，浓密的卷发瀑布般散落到了肩头。"我一个人时喜欢来这里。"她说。

"我也喜欢这里。"

她带着孩童般的天真和坦率，大笑起来，把一件干的长罩衣罩到头上后，拽下来盖住身体，然后把身上的湿衣服拉下来脱掉，拧了一把后准备离开。就在这时，她却犹豫地停顿了片刻，之后慢悠悠地走了。这时，夜幕突然降临下来。

劳森回到酒店，对酒吧间摇骰子喝酒的几个男人描述了一番，很快就知道她是谁了。她父亲是一个叫布莱瓦尔德的挪威人，人们见他在都市酒店的酒吧喝加水的朗姆酒。他是小个子老头儿，像古树一样饱经风霜。四十年前他来这里时是一艘帆船的大副，曾做过铁匠、商人、农场主，一度也相当富有，然而九十年代①的一场超强飓风把他的基业全部毁掉了。如今他无以为生，只有一个小型椰子树种植园。他娶了四个当地女人做妻子，如同他用沙哑的轻笑声告诉你的，他的孩子多得连他自己都数不过来。可有几个孩子已经去世了，还有几个出去闯

---

① 这里指十九世纪九十年代。

世界去了，留在家里的唯一孩子只有埃塞尔了。

"她很令人喜爱。"“莫阿纳号"轮船的押运员尼尔森说，"我曾给她抛过一两次媚眼，我猜根本没用，她根本不理我。"

"老布莱瓦尔德不是那种傻瓜，小伙子。"一个叫米勒的人插话说，"他想找一个女婿，能够孝顺他，让他颐养天年。"

他们以那种方式谈论那个女孩儿，这让劳森大为不快。他谈起刚刚寄走的信，以此来分散他们的注意力。第二天傍晚，他又去了那个池塘，埃塞尔也在那里。此时，朦胧神秘的夕阳、静谧无比的河水、轻盈优雅的椰子树越发增添了她的魅力，使她的美更加沁人心脾，富有魔力。这更为激发了劳森心中难以言状的情愫。那一刻，他莫名地心血来潮，没去与她攀谈。她并未注意到他的存在，甚至未朝他这边瞥一眼。她在碧绿的池塘里自由地游弋，潜水，然后到岸上稍事休息，仿佛身处一人世界。而他有一种怪异的感觉，感到自己处于隐形状态。那些久已遗忘、残缺不全的诗篇又浮现在他的记忆中，他甚至模糊地记起求学时代曾粗略学过的有关希腊的内容。当她换下湿漉漉的长罩衣、穿上干罩衣，悠闲自在地离开后，他在她待过的地方发现了一朵深红色的木槿花。这朵花在她来这里洗澡时就戴在头上，下水前她把它取了下来，但离开时落在了这里。许是忘记戴回去了，许是不想再戴了。他把花拿在手里，带着异样的心情看着它。他有一种冲动，想要保存这朵花，又气恼自己如此多情，便将它扔掉了。眼看着花朵沿河漂流而下，他心中的丝丝痛苦不免油然而生。

劳森好生奇怪，她到底有怎样奇特的性情，才能促使她来到这个不太可能有人来的隐蔽的池塘。岛上的当地人对河水充满了眷恋之情，每天都要在某个地方或其他地方洗个澡，也常常会洗两次，但他们经常成群结队地一家人一起洗，嬉笑打闹，快乐无比。他经常看到一群女孩儿在河上的浅滩嬉水打闹，阳光透过树丛，在她们身上留下斑斑驳驳的小点。其中不乏混血女孩儿。看来，这个池塘好像有某种秘密在吸引埃塞尔，让她不自觉地来到这里。

眼下，夜幕已降临，周围一片神秘、寂静。为了避免发出声响，他蹑手蹑脚地跳入水中，在温馨的夜色中懒洋洋地划着水，感到水中似乎还留着她纤弱躯体的芬芳。游完上岸，他迎着满天繁星，策马扬鞭，赶回了城里，感到自己与这个世界是那么和谐。

现在，劳森每天傍晚都会到那个池塘去。这样，他每个傍晚都能见到埃塞尔。他很快就使她克服了怯懦感，变得既顽皮、可爱，又甚为友善。他们常常一起坐在池塘上面的岩石上，河水从那里快速流过。他们会并排躺在矗立在池塘上面的岩石边沿，观看渐渐浓重的夜色将池塘神秘地包裹进去。不久，他们相会的消息就人所共知了。这是在所难免的。在南太平洋，每个人好像对各自情况都了如指掌——酒店的男人自然跟他开了好些粗鲁的玩笑，他对此一笑了之，任由他们随意说去，甚至对他们粗俗的暗示也觉得不值得否认。他对她的情感纯真无瑕，他爱埃塞尔如同诗人爱月亮一般。他眼中的她不是普通女子，而是来自这个星球之外——是那个池塘的精灵。

一天，劳森在酒店经过酒吧间时，看见老布莱瓦尔德正站在那里，如同往常一样，还穿着寒酸的蓝工装裤。由于他是埃塞尔的父亲，劳森便有意与他攀谈。他走进去，点头为自己要了酒，然后似乎很随意地转身邀请老头儿跟他喝一杯。他们聊了几分钟当地发生的事情，劳森很不自在地意识到，这个挪威人正用狡黠的蓝眼睛端详自己。那态度令人不太舒服，有一种谄媚的意味。然而，在低声下气的背后，这位在与命运搏击中历经苦难的老头儿内心隐藏着野蛮好斗的习性。劳森记得他曾是一艘纵帆船的船长，从事贩卖奴隶的生意。在太平洋上，人们称这种纵帆船为"黑奴船"。他的胸前有一个巨大的疝气疤瘌，是他在与所罗门岛居民发生冲突时留下来的印记。

这时，午餐的铃响了。"哦，我得走了。"劳森说。

"什么时候有空，来我家坐坐吧！"布莱瓦尔德喘着粗气说，"虽说房子不那么气派，可你会受欢迎的。你认识埃塞尔的。"

"我很高兴去。"

"周日下午最合适。"

布莱瓦尔德的房子破旧不堪，甚是寒酸，坐落在椰子树种植园中，离通往维利马的大道稍微有些远。紧围着房子四周，生长着高大的芭蕉树。这些树破损的叶子就像身裹破布片的漂亮女人一样，有一种凄美之感。映入眼帘的所有事物都显得邋里邋遢，疏于照管：一群瘦弱的小黑猪脊背高耸，用鼻子到处乱拱；一群小鸡在随处可见的垃圾里刨着食，还叽叽地乱叫；三四个当地人在阳台上懒洋洋地躺着。当劳森在寻找布莱瓦尔德时，老头儿用沙哑的嗓音朝他喊叫起来。劳森在客厅找到了老头儿，他正在抽石楠根烟斗。

"请坐。在这里不必拘束。"他说，"埃塞尔正在梳洗打扮呢。"

埃塞尔走了进来。她身穿短上衣和裙子，头发梳成了欧洲样式。虽然此时她没有每天傍晚去池塘时狂野、羞怯的美感，却显得更为休闲，也就让人更加容易接近。她和劳森握了一下手。这是他第一次碰到她的手。

"我希望你能跟我们一起喝杯茶。"她说道。

劳森知道埃塞尔上过教会学校，看到她为了自己而显出客套的样子，觉得有些滑稽，又有些感动。茶叶已经摆放到了桌上，很快，老布莱瓦尔德的第四位妻子端上来茶壶。这是一位当地女人，青春已逝，但风韵犹存。她只会说几句英文，却一直笑个不停。吃茶就是正式的晚餐，还有大量的面包、黄油和各式甜点，谈话也很正式。这时，一位满脸皱纹的老妇人悄悄走了进来。

"那是埃塞尔的外祖母。"老布莱瓦尔德在地上"呸"地啐了一口，说道。

埃塞尔很不舒适地坐到了椅子边上。可以看得出，她平时很少这么坐。对她而言，坐在地板上会更舒适些。她默不作声，专注的眼神炯炯有神地盯着劳森。在房屋后面的厨房里，有人开始拉六角手风琴，两三个正在唱赞美诗的人抬高了嗓音。不过，他们唱赞美诗并不是因为有虔诚之心，而是因为能够感受到音乐的乐趣。

劳森走回酒店时，感到一种莫名的快乐。那些人乱七八糟的生活方式使他深受触动：布莱瓦尔德夫人满脸堆笑，脾气很好；小个子挪威人的人生经历很奇特；老祖母炯炯有神的眼睛很神秘。这些都让他深感不同寻常，引人入胜。这种生活比他了解的任何生活都更加自然，更为接近友好、富饶的大地。那一刻，他对人类文明产生了反感。与这些有着更为原始天性的人只是初次相交，他便感受到了更多的自由。

酒店开始让他厌倦，于是他搬离那里，住进了一座属于自己的小房子。房子洁白整齐，面朝大海。这样，他能将五彩斑斓的泻湖尽收眼底。他热爱这个美丽的岛屿，伦敦和英国对他已经无所谓，能在这个被人遗忘的地方度过余生，他也心满意足了。这里有世界最丰富的物产，还有爱情和幸福。他下定决心，纵然有万千艰难险阻，也不能阻挡他与埃塞尔结婚。

但他还真没有什么艰难险阻，他在布莱瓦尔德家里总能受到欢迎。老头儿总是讨好他，布莱瓦尔德夫人总是笑眯眯的。他见过几个当地人，他们好似也属于这个家族。一次，他看见一位系着缠腰布的高个子年轻人正跟布莱瓦尔德坐在一起。他身上刺有纹身，白色的头发掺杂有绿黄色。有人告诉劳森，这人是布莱瓦尔德夫人的侄子。不过大部分时候，他见不到他们。埃塞尔跟他在一起十分开心。见到劳森时她眼睛里放射的喜悦光芒令他欣喜若狂。她是那么魅力无穷，天真烂漫！她讲起自己上过的教会学校和教会姐妹时，他都会听得入神，充满惊喜。他和她一起去看两周放映一次的电影；接着，和她一起去舞会跳舞。乌波卢岛上的娱乐并不多，人们从小岛的各个角落来这里跳舞。在那里，可以见到岛上各个阶层的人：有比较矜持的白人妇女，有身着美国服装的优雅混血儿，有当地人，有身穿白色长罩衣成群结队的黑皮肤女孩儿,还有身着奇怪的帆布工作服和白鞋的年轻男子。一切都令人那么快乐。埃塞尔很乐于给朋友们炫耀这位不离她左右的白人仰慕者,传闻便很快传播开来,说他想要娶她为妻,使得她的朋友们都对她甚为羡慕和嫉妒。一个混血女子能够让白人男子娶她,是一件了不得的大事。就算不那么正常的关系也总比没有强,但没人能说得清这种关系最终会怎样。劳森作为银行经理的身份,使他成为岛上女人追逐的对象之一。要不是他的关注力全在埃塞尔身上,他就会看到许多双眼睛在好奇地盯着他,也会看到白人女子扫视他的眼光,还会看到她们如何把脑袋凑到一起对他说长道短的。

后来,住在酒店的男人在喝睡前威士忌时,尼尔森突然冒出来一句:"喂,他们说劳森要跟那个女孩儿结婚。"

"那他就是大傻瓜。"米勒说。

米勒是德裔美国人,名字是从"穆勒"改过来的。他高大而肥胖,脑袋光秃,一张圆脸刮得干干净净,戴着一副大号金边眼镜,看起来和蔼可亲,帆布工作服总是洗得洁净、泛白。作为嗜酒成性之人,他总是成夜和"大孩子们"喝酒,却从来不醉。他快乐友善,十分精明,没有什么能够干扰他的工作。他是旧金山一家公司的销售代表,负责销售卖到岛上的货物,像白布、机械等诸如此类的物品。广交朋友是他习惯性行为的一部分。

"他不知道自己会遇到什么麻烦。"尼尔森说,"得有人给他指点一下迷津,把他点醒了。"

"如果听从我的劝告,你就不会去干涉和你无关的事情。"

米勒说，"要是一个人下定决心要出洋相，就没什么能够阻止得了他。"

"我完全赞同和女孩儿玩玩，可要说到娶她们为妻——本公子一个都不要。这一点，我可以告诉全世界的人们。"

卓别林正好在场，现在他发话了："我见过很多小伙子这么做了，最后都没有好结果。"

"你该跟他说说，卓别林。"尼尔森说，"你比任何人都了解他。"

"我给卓别林的建议是，别多管闲事。"米勒说。

甚至在那些日子里，劳森也不太受欢迎。事实上，没人愿意自找麻烦，真对他的事感兴趣。卓别林太太跟两三个白人太太谈过劳森的事情，可她们都只是自得其乐地说一句"太可惜了"而已。当卓别林明确告诉太太劳森就要结婚时，一切措施都太晚了。

有一年的光景，劳森很幸福。在围绕港湾建造阿皮亚的地方，就在一个当地村落的边沿，他买了一座房子。房子坐落在充满魅力的椰子树林里，面朝蔚蓝色的太平洋。埃塞尔在小房子里逛来逛去的时候，就像林中某种幼小动物一样可爱、轻盈、优雅。他们会一起放声欢笑，会一起说一些傻乎乎的话。有时，酒店一两个男人会过来和他们一起度过一个晚上；星期天，他们常常会到某个娶了当地妻子的农场主家里玩一天；偶尔一两个在阿皮亚开店的混血商人举办舞会时，他们就去参加。现在，混血儿对劳森的态度与以前大相径庭，他的婚姻使他成为他们中的一员，他们称他为伯迪，和他紧紧拥抱，亲密地捶打他的后背。他喜欢在这些聚会中看到埃塞尔,她总是笑个不停,眼睛熠熠生辉。看到她容光焕发、幸福非凡的样子,他也很幸福。有时候,埃塞尔的亲戚也会来他们家。当然有老布莱瓦尔德和她的母亲,还有她的表亲,还有劳森不认识的穿长罩衣的当地女子和系着缠腰布的男人及男孩。他们的头发染成了红发,身上刺着精心制作的纹身。

他从银行回来时,会发现他们就坐在家里,就会宽容地大笑起来。"可不要让他们把我吃成穷光蛋啊。"他说道。

"他们是我的家人。他们向我张嘴,我自然要帮助他们。"

他知道,白人娶当地女子或混血女子的话,得想到她的亲戚会把他视为金矿。他手捧埃塞尔的脸庞,吻她红润的嘴唇。也许他无法指望她明白,他的薪水足以供养一个单身汉,却得精打细算才能养得起一位妻子及家人。后来,埃塞尔生下一个儿子。

劳森是在第一次把儿子抱在怀里时突然感到内心剧痛的。他万万没有想到,儿子的皮肤竟然那么黑。毕竟儿子只有四分之一当地人的血统啊,真没有理由看起来不像英国婴儿。如今这个婴儿蜷缩在他怀里,皮肤是土黄色,头上已覆盖有黑色头发,有一双黑色的大眼睛,分明就是一个当地孩子嘛。从他结婚以来,岛上的白人女子便对他视而不见了。过去他单身时,常去一些男人家里吃饭;如今再相遇,他们却没那么自然了,便装出过分的热情来掩饰自己的尴尬。"劳森太太还好吧?"他们会这么说,"你真是个幸运的家伙,她太漂亮啦。"

如果他们和妻子一起遇到他和埃塞尔时,他们的妻子就会屈尊俯就地冲她点点头。劳森就会哈哈大笑:"他们像地沟水一样发臭。他们这帮人都是这副德性。"他说,"即使他们不邀请我参加他们肮脏的晚会,也不会影响我今晚的休息。"

可现在,这个婴儿让他有些烦恼。

这个深色皮肤小婴儿的脸皱巴到了一起。那是他的儿子!他想起了阿皮亚的混血儿:面带病容,皮肤灰黄苍白,早熟得让人讨厌。他见过他们乘船去新西兰的学校上学,他们不得不选择一所接收当地孩子的学校。这些孩子挤在一起,无所顾忌却又胆小怯懦,会讲当地土话——独有的特点会很奇怪地将他们与白人区分开来。长大以后,因为当地血统,他们只能领到微薄的薪水;女孩儿也许能嫁给白人,男孩儿就没有这种机会,只能娶像他们一样的混血儿或当地女子。劳森义无反顾地下定决心,一定要带儿子远离这种充满羞辱的生活;无论付出多大的代价,他都要回到欧洲去。当他进门去看望埃塞尔时,看到她那么羸弱而又令人怜爱地躺在床上,四周围坐着几位当地女子,他的决心更为坚决:假如他带她回到同胞中,她的身心将会更为完整地属于自己。他如此强烈地爱着她,多么希望她的身心全部归自己所有;他也清醒地意识到,在这里,她深深地扎根于当地生活之中,自然会经常对他有所保留,不可能完全为他所有。

劳森默默地回去上班了。受一种保守秘密的模糊本能驱使,他给一位在阿伯丁①船舶公司做合伙人的表亲写信,说他

---

① 阿伯丁(Aberdeen),位于英国苏格兰东北部,是苏格兰地区的主要城市之一。

的健康状况好转了不少（像许多其他人一样，这是他前来岛屿的原因），就没有理由不返回欧洲了。他让表亲尽量利用影响力、帮他在迪赛德①找份工作，报酬多低都没关系，因为那里的气候更为适合他这种得过肺病的人。信件从阿伯丁寄到萨摩亚需要五六周的时间，来回的信件会有好几封，埃塞尔应该有足够的时间做好离开这里的准备。对此，她像孩子似的欢天喜地。看到她给朋友大肆夸耀自己要去英国的事情，他深感滑稽好笑。这对于她而言，生活上了一大台阶。在英国，她将成为一个标准的英国人。出发的时刻临近了，她对此兴致盎然，甚为激动和兴奋。终于来了一封电报，金卡丁郡②的一家银行给劳森提供了一个职位，她简直兴奋得忘乎所以。

结束了漫长的旅程，他们在一个到处建有花岗岩房子的苏格兰小镇定居下来。再次回到自己的同胞中生活，劳森认识到，这对他而言意义有多么重大。回首他在阿皮亚度过的三年时光，他感觉那简直就是流放；如今回到这种好像是唯一正常的生活方式，他如释重负。又可以打高尔夫球了，真好；也可以去钓鱼了——能够正常地去钓鱼。不像在太平洋钓鱼，一点儿趣味都没有。在那里，你只要把钓鱼线扔进水里，就能从到处都是鱼的海里钓出一条又一条行动迟缓的大鱼——还有，能够每天读到刊载当天新闻的报纸，见到你的同类和可以与你交

---

① 迪赛德（Deeside），英格兰与威尔士交界的一个有卫星城市的集合城市，历史悠久。
② 金卡丁郡（Kincardineshire），英国苏格兰的一个县。

谈的男男女女，真美；还能够吃到不冰冻的肉，喝到不是灌装的牛奶，真是好啊。他们更多地依赖自己的资源而非太平洋，他很高兴可以独自拥有埃塞尔啦。结婚两年了，他比以往更为专注地爱她。一时看不见她，他几乎都难以忍受。而且，他想要与她有更为亲密的交流。这种需求日益迫切。然而，奇怪的是，在初来乍到的兴奋劲儿过去之后，她对这种新生活的兴趣好像比他预料的减少了许多。她并未适应这种生活环境，每天都有点昏昏欲睡。随着宜人的秋天逝去，冬天到来了，她会抱怨寒冷的生活。她会半个上午躺在床上，其余时光卧在沙发上；有时读读小说，但更多的时候无所事事，看起来病快快的。

"没关系，亲爱的。"他说，"你很快会适应这里的。稍微等等！夏天来了，这里会像阿皮亚一样炎热。"他感到自己比前几年都做得更好，更为强大了。

她收拾屋子时总是粗枝大叶。这在萨摩亚倒无所谓，可在这里就不合时宜啦。有人来家里时，他不希望客人看到家里不整洁；他会笑话埃塞尔，和她开一番玩笑后动手把东西放置整齐，埃塞尔则在一旁懒洋洋地看着他忙活。他会花大量时间逗弄儿子，用母语与儿子交谈。为了分散她的注意力，劳森尽量与邻居交朋友，偶尔他们会去参加小型聚会。在那里，女士们唱起室内歌谣，男士们则满脸堆笑，在旁边默默地倾听。埃塞尔很害羞，看起来不愿与人坐在一起。有时，劳森心中会突然产生一种焦虑感，便问她是否快乐。

"是的，我很开心呀。"她答道。

可是，她的眼神分明掩饰了某种想法。这是他无法猜透的。她似乎有些离群索居。这使他意识到，如今他对她的了解与当初他在池塘看见她洗澡时一样少。他心神不安，感到她在掩藏什么，不让他知道。他是那么爱她。这种状况对他而言，真是一种折磨。

"你后悔离开了阿皮亚，是吗？"有一次他问她。

"哦，不是。我觉得这里挺好。"

一丝忧虑驱使他说了些贬损岛屿和岛上居民的话，她笑了一下，没有作答。有那么几次，她收到了从萨摩亚寄来的一捆信件，便会板着苍白的脸四处闲逛一两天。

"没什么能引诱我再回那里去。"有一次他说，"那里没有白人的立足之地。"

可他越来越注意到，有时他离开时埃塞尔会哭泣。在阿皮亚，她的话很多，会喋喋不休地与人聊起他们日常生活中的点点滴滴以及当地的小道消息，如今她变得沉默了。尽管他一直在努力逗她开心，她仍旧一副百无聊赖的样子。他觉得，她对过去生活的回忆似乎正在将她从自己身边拉走，便疯狂地嫉妒那座岛屿、那片海、布莱瓦尔德和他如今能够记起的所有黑皮肤的人。对那一切，他充满了恐惧。每当她提及萨摩亚，他便冷嘲热讽，说话尖酸刻薄。春天来临，桦树吐出嫩叶之时，一天傍晚，天色已晚，他打了一轮高尔夫球回到家里，发现她未像往常一样躺在沙发上，而是站在窗口。很明显，她在等待他回来。他一进门，她便跟他打招呼。令他惊诧的是，她说的竟是萨摩亚语。

"我受不了了。我没法再在这里生活了。我恨这个地方，恨这个地方。"

"看在上帝的分上,说文明的语言吧!"他很暴躁地说道。

她走上前来,局促不安地搂住了他。那种动作透露出一种野蛮。"咱们离开这里!咱们回萨摩亚吧!要是你让我一直待在这里,我会死掉的。我想要回家。"

她激动的情绪突然间爆发出来,开始号啕大哭。他的怒气瞬间消失得无影无踪,把她拉过来,让她坐在自己膝头。劳森解释道,他不可能丢掉工作。这毕竟是他们生活的来源,他在阿皮亚的位置早就有人顶替了;回去的话,他将一无所有。他尽量合情合理地给她解释这一切:诸如在那里生活的不便,他们面临的羞辱以及由此必然给儿子带来的痛苦。

"苏格兰的教育以及其他资源都很棒,学校不仅条件好,学费也不高,他将来可以上阿伯丁大学。我要把他打造成真正的苏格兰人。"

他们给儿子起名安德鲁,劳森希望他将来做医生,能够娶白人女子。

"我并不因自己是半个当地人而感到耻辱。"埃塞尔突然说道。

"当然不会,亲爱的。那不是什么耻辱的事。"

她柔嫩的脸颊紧贴着他的脸庞,使得他感到身体极为软弱无力。

"你不知道我有多么爱你。"他说,"要是能让你知道你在我心中的分量有多么重要,我情愿付出一切。"他搜索着她的嘴唇。

夏天来了。高地的山谷郁郁葱葱,芳香扑鼻,满山满坡爬满了石楠花。一个又一个艳阳天,从耀眼的公路走到植被遮蔽之处,白桦树的阴凉令人甚为惬意。埃塞尔不再提及萨摩亚,劳森的紧张感稍微减轻了些。他以为,她已经屈从于眼前的生活环境了;他觉得,他对她的爱如此热烈,她的内心应该不再容得下其他愿望。

一天,当地医生在街上拦住了他。"我说,劳森,你太太得小心点呀!她怎么能在咱们这儿的高地小溪中洗澡呢?这里可不像太平洋,你知道的。"

劳森很惊讶,无法镇静自若地掩饰这个事实。"我还不知道她在那里洗澡呢。"

医生大笑起来。"许多人都看见她在那里洗澡,议论纷纷了。你知道,她挑选桥上的池塘去洗澡,好像有点儿古怪啊。那里不允许洗澡的。不过,在那里洗澡倒也没什么大碍。真不明白她怎么受得了那里的水。"

劳森知道医生提到的池塘。他突然想起来,从一定程度而言,它还真像乌波卢岛上埃塞尔习惯每个傍晚去洗澡的池塘。一条清澈见底的高地小溪蜿蜒流过岩石满布的河道,浪花欢快地四处飞溅,然后形成幽深平静的池塘,岸上还有一片小小的沙滩。茂密的树林遮蔽着池塘,不是椰子树,而是山毛榉。阳光透过树叶,时断时续地照射在波光粼粼的水面上。这幅景象让他猛地一惊。他想象着自己看到埃塞尔每天都去那里,在岸上脱掉衣服后轻轻滑入水中。水冰冷,比她喜爱的家乡的池塘冰凉得多。一时间,她感到时光倒流,回到了过去。他看到她再次成为小溪的奇异的狂野精灵。奇特的是,他好像感到流动的溪流在向她召唤。那天下午,他沿河而行,在林中小心翼翼地前进,绿草成茵的小径吞没了他的脚步声。很快,他来到了一个能够看到池塘的地方。埃塞尔正坐在岸边,俯视着水面。她就那么静静地坐着,好像水有一股不可抵挡的力量在吸引她。他真想知道,她的头脑中到底有什么怪异的念头。最后,她站了起来。有一两分钟的时间,她从他的视线中消失了;然后,他又看见了她,穿着长罩衣,光着小脚丫,柔弱地走过青苔密布的浅滩。她来到了水边,缓缓下水,轻柔得不溅起一朵水花。她平静地游着,泳姿超凡脱俗。他不明白这一景象为何会如此奇妙地打动他的心。他静静等待着,直到她爬出池塘。她站了片刻,湿漉漉的罩衣皱巴巴地紧贴在身上,身体曲线一览无遗;然后;她的双手缓缓滑过胸部,发出轻微而快乐的叹息声。接着,她不见了。劳森也转身离去,走回了村子。他的心中感到了剧烈的痛楚。他知道,对于自己而言,她依然是个陌生人,他如饥似渴的爱情注定永远得不到满足。

后来,劳森对自己在池塘看到的一切只字未提,对整个事件全然不加理会。可是,他开始用好奇的眼光看着她,试图猜出她的内心所想。他对她比以往更为温柔,希望用自己强烈的爱恋使她忘却心灵深处深深的渴望。

后来,有一天他回到家,惊诧地发现她不在家。

"夫人去哪儿了?"他问女仆。

"她带着婴儿去阿伯丁了,先生。"女仆答道。她对这个问题感到奇怪,"她说会坐最后一班火车回来。"

"哦，好吧。"

他有些气恼，埃塞尔只字未提这次出行。不过，他并没有过于焦虑，最近她时不时地去阿伯丁，去逛逛商店，也许会看场电影。他很高兴她这样做。于是，他去接最后一班火车。可她没有出现，他突然紧张起来。他回到卧室，立刻看到她的洗漱用品都不在原先的位置。他打开衣柜和抽屉，几乎半空了——她跑了。

他一下子满腔愤怒。那天太晚了，给阿伯丁打电话咨询已经太迟了。不过，他也知道咨询的结果会是什么。她不怀好意，狡猾地选择了银行的定期结账日。这样，他就没机会去追赶她了。他被工作困住了。他拿起一张报纸，看到第二天上午有一艘驶往澳大利亚的船。她现在一定就在去伦敦的路上。心中极度的痛苦让他禁不住哽咽起来。

"我对她已经仁至义尽了，"他哭道，"可她竟然这么狠心地对我。真是太残忍了！残忍得可怕！"

痛苦难耐的两天之后，他收到了她的一封信，是用在校女生的笔迹写就的。她的写作一直有困难。

亲爱的伯迪：
 我再也受不了了。我回家去了。
 再会。
埃塞尔

她未说一句抱歉的话，甚至也没有让他也回去。劳森极度沮丧。他查到了轮船停靠的第一站，虽然他十分明白她不会回来了，但还是给她发了一封电报，恳求她回来。他心烦意乱、可怜巴巴地等待着，希望她能给他寄来哪怕仅仅一个"爱"字，可她连回音都没有。他度日如年，内心巨大的伤痛难以平复。有时他告诉自己，最好甩掉她算了；可有时，他又想要通过拒付她生活费的方式强迫她回来。他孤独寂寞，可怜凄惨，既想着儿子，又念着她。他很清楚，无论他怎么自欺欺人，要做的唯一之事就是追随她而去。如今，没有了她，他将无法生活下去。所有未来规划就像一屋子纸牌，他已愤怒急躁地将它们散落一地。他不在乎是否丢弃了未来的机会，只要能把埃塞尔找回来——世上再也没有比这更重要的事情了。一得空，他就去了阿伯丁，告诉银行经理要马上离开。经理没有同意，说临时通知不便发出。劳森拒不听劝告，下决心要在下一班轮船起航前获得自由。这样，他卖掉了所有的一切，登上了能驶往她家乡的船。在某种程度上，他的内心又恢复了平静。至此，在那些与他打过交道的人眼中，他似乎神志不太清醒了。他在英国做的最后一件事就是，给远在阿皮亚的埃塞尔打电报，告知她他很快就要跟她团聚了。

到了悉尼后，他又发了一封电报。终于，他的小船伴着晨曦，驶入了阿皮亚港湾。再次看到散落在港湾的白色房屋，他不禁如释重负。医生登船相迎，还有执法官——他们都是老熟人了。看到他们熟悉的面孔，他倍感亲切。看在老交情的分儿上，他便跟他们一起喝了一两杯。同时，他深感紧张，不确定埃塞尔是否愿意见他。乘坐汽艇驶近码头时，他不安地扫视了正在等待的一小群人。她并不在那群人中间,他的心猛地一沉。不过,他很快看到了穿着破旧蓝色外套的布莱瓦尔德,内心很快又温暖如春了。

"埃塞尔在哪儿?"他一跳上岸,就问道。

"她在家,跟我们住在一起。"

劳森有些沮丧,但他还是装出一副快活的样子。"好吧。有我住的地方吗?我得花个一两周才能安置好。"

"哦,有呀。我想,我们可以给你腾出地方来。"

通过海关后,他们到酒店去。那里有几个老朋友在迎接劳森。他们喝了一轮又一轮,好不容易才离开。最后,两人往布莱瓦尔德家走去,都很兴高采烈。一到家,他一把就将埃塞尔抱在怀里,全然忘却了所有痛苦的想法,沉浸在与她重逢的喜悦中。岳母见到他很高兴,岳母的母亲——年事已高、满脸皱纹的老太太也很高兴;许多当地人和混血儿也来了。他们围坐在他的四周,与他相视而笑。布莱瓦尔德保存了一瓶威士忌,每位前来的人都喝了一小口。劳森坐在那里,把他深色皮肤的幼小儿子放在膝头。他们早已把儿子的英国衣服脱掉了。儿子光着身子,埃塞尔坐在他身边,穿的是长罩衣。他感到自己就像回头浪子似的。下午,他又去了酒店。等他回来时,就更兴奋了——他早已醉醺醺的啦。埃塞尔和母亲知道,白人有时会喝醉的。人们对这个都能预料到,帮他上床休息时,都心平气和地一笑了之。

一两天以后,他就开始找工作了。他知道,不能指望找到一个像他返回英国前放弃的好工作,但凭他受过的训练,不至于在贸易公司找不到工作。也许到了最后,他不会因这场变故而遭受什么损失。

"不管怎样,你在银行挣不了钱。"他说,"做贸易还是可以的。"

他曾希望能很快成为公司不可或缺的中坚力量。这样,就会有人愿意跟他合作;几年后,他就没理由不成为有钱人了。

"我一安置好,就立刻去找个小房子。"他告诉埃塞尔,"我们不能一直住在这里。"

布莱瓦尔德的房子太狭小了,以至于他们在屋内都是摩肩接踵,自然也就没有独处的机会,更谈不上安静和隐私了。

"哦,不用急。找不到合适的住处之前,我们就在这里住着吧。"

他花了一周时间才安顿下来。然后,他进了一个叫贝恩的人开办的公司。可当他给埃塞尔谈起搬家的事时,她却说想要在第二个孩子出生前继续住在这里,因为她又怀上了。劳森试图与她争辩。

"要是你不同意,"她说,"就去住酒店吧。"

他的脸色一下子变得刷白了。"埃塞尔,你怎么能出那样的馊主意?"

她只是耸了耸肩。"我们可以住在这里。有自己的房子有什么用?"

他只好屈服。

下班回去,劳森发现房子里总是挤满了当地人。他们随处躺着抽烟,睡觉,喝卡瓦酒,没完没了地闲聊。这个地方肮脏不堪,杂乱无章。他的儿子到处乱爬,跟当地的孩子们打闹玩耍,听到的全是萨摩亚语。他逐渐养成了一个习惯:下班回家的路上拐到酒店喝几杯鸡尾酒;有了酒壮胆,他才能面对夜晚和那群友好的当地人。一直以来,虽然他比以往更为热情似火地爱着她,却感到埃塞尔正离他远去。他们的新生儿出生后,他又提议搬到自己的房子里,可埃塞尔再次拒绝了。她在苏格兰居住的时光似乎将她推回到自己的同胞中;如今她又重新回到了他们中间,便以极大的热情、义无反顾地投入到当地人的生活中。劳森开始喝得更多了。每个周六晚上,他都会去英国夜总会喝得酩酊大醉。

他有个特性,每当喝多了,就爱跟人吵闹。一次,他跟雇主贝恩发生了激烈争执,贝恩便解雇了他,他不得不重新找工作。在接下来的两三个星期里,他无所事事,却并不愿意待在家里,而是在酒店或英国夜总会闲逛、喝酒。德裔美国人米勒出于怜悯而非其他原因,把劳森带到了自己办公室。虽然劳森掌握的金融技能有其价值,毕竟米勒是个商人。现实摆在眼前,劳森也就难以拒绝比他以前挣得还少的薪水,米勒毫不犹豫地把这个职位给了劳森。埃塞尔和布莱瓦尔德责备他不该接受这份工作,混血儿皮德森给劳森的报酬会更多些。可由于劳森极其痛恨听从混血儿发号施令的想法,在埃塞尔不厌其烦地唠叨时,他的愤怒爆发了:"我就是死了,也不会给一个黑鬼打工。"

"你也许会的。"她说。

六个月后,他发现自己被迫忍受这种耻辱。酒瘾让他难以自制，常常醉得不省人事，工作也做得一塌糊涂。米勒曾警告过他一两次，可劳森并非轻易接受规劝之人。一天，在一次争执中，他径直戴上帽子走了。到现在为止，他已经臭名远扬了，没人愿意雇用他。有一段时间他无所事事，接着就患上了震颤性谵妄①。痊愈之后，他深感耻辱。他力量微弱，难以承受持续不断的压力，便去找皮德森，求他提供一份工作。皮德森很高兴能有白人在店里干活，劳森处理数字的技能又让他有了用武之地。

从那时起，他愈发迅速地堕落下去。白人对他爱理不理，出于对他充满鄙夷的怜悯，也是出于有些担心他酒后发疯，才不至于跟他完全断交。他变得极其敏感，总在警惕别人对他的冒犯。

现在，他完全生活在当地人和混血儿中间，却再也没有了白人的威望。他们感受到了他对他们的厌恶感，憎恶他高高在上的态度。如今他是他们中的一员，他们不明白他为何还要装腔作势。布莱瓦尔德一直以来对劳森逢迎谄媚，低三下四，现在却不把他放在眼里——埃塞尔嫁给他，真是一笔赔本的交易。家里出现了丢人现眼的场景——有一两次，这两个男人竟然拳脚相加。每当发生了争吵，埃塞尔就会站在自家人一边。他们发现，他喝醉时要比清醒时强得多——醉了以后，他就会躺在床上或地上沉沉入睡。

后来，他意识到他们有什么事情瞒着他。

---

① 一种急性脑综合征，多发生于酒依赖患者突然断酒或突然减量。

当他回家吃晚饭，也就是那种糟糕的有一半本地风格的食物时，发现埃塞尔经常不在家。要是他问她上哪儿去了，布莱瓦尔德就会告诉他，晚上她要和一两个朋友在一起。一次，他去了布莱瓦尔德提及的地方，却发现她不在那里。她回来后，他追问她去了哪里，她说父亲搞错了，她去的是某某人的家。他知道她在撒谎：她穿着最好的衣服，两眼光彩照人，看起来那么娇美可爱。

"不要给我耍鬼花招，亲！"他说，"否则，我会打折你的每一根骨头。"

"你这个醉鬼畜生。"她轻蔑地说道。

他觉得，布莱瓦尔德夫人和老外祖母都以充满恶意的眼神看着他；而布莱瓦尔德在这些不同寻常的日子里对他好声好气，一定是在对他这个女婿暗中使坏。接下来，他的疑心加重了。他想象着白人看他的眼神有些古怪。每当走进酒店的酒吧间时，那些人会突然沉默不语。这更让他确信，他们是在谈论自己。一定发生了什么，除了他，每个人都知道了。他的心被愤怒和嫉妒揪住了。他相信，埃塞尔和某个白人关系不正常。他一个又一个地审视他们，却看不出任何蛛丝马迹。他感到很无助，找不到任何人能证实他的猜疑。他便像疯狂的疯子一样，到处寻找能够发泄愤怒的对象。

最后，他碰巧遇到了最不该遭受他暴力的人——卓别林。卓别林或许是岛上唯一同情他的人了。一个下午，他闷闷不乐地独自坐在酒店里，卓别林走进来，在他旁边坐了下来。他们要了酒，谈论了几分钟即将举行的赛跑，然后卓别林说："我想，我们都得花钱为妻子置办些新衣服。"劳森暗自发笑。因为卓别林太太掌控着钱袋，要是她想为赛跑这种场合买件新衣服，自然无需向丈夫张口要钱。

"你太太现在怎么样？"卓别林问道，想要显示出友好之情。

"这究竟与你何干？"劳森的浓黑眉毛皱了起来。

"我只是礼节性地问问。"

"喂，把这礼节性的问题留给你自己吧！"

卓别林并非耐心之人。他长期在热带地区居住，常喝威士忌，还有许多家庭琐事。这些因素，使得他并不比劳森的脾气好到哪里去。

"听着，乖儿子！在我的酒店，你的所作所为最好像个绅士。否则，在你动手之前，我就把你扔到大街上去了！"

劳森阴沉的脸变得一会儿铁青，一会儿通红。"我最后一次警告你，你也可以转告给其他人！"他因愤怒而喘着粗气说，"要是你们这些家伙胆敢跟我妻子乱来，小心着点儿！"

"你觉得，谁想跟你妻子乱来？"

"我没有你想的那么傻，我也能像大多数人一样明察秋毫！我明白警告你，请你到此为止！我不会容忍任何偷鸡摸狗之事！不允许你这么做！"

"听着，你最好离开这里！清醒以后再来！"

"我想走时自然会离开！这会儿一分钟都不会提前走！"劳森说道。

他的大话说得有些倒霉。卓别林做酒店老板的经历使他获得了与人交往的独特技能——在与绅士交往时，他更注重与他们的伙伴关系。劳森话音未落，就发现自己的衣领和胳膊被人抓住，被毫不费力地推到大街上去了。他跟跟跄跄地下了台阶，来到了刺眼的太阳底下。

由于这个事件，他跟埃塞尔之间发生了第一次暴力冲突。由于受到了侮辱，他不愿意回到酒店。那天下午，他回家比平常早，发现埃塞尔正在梳妆打扮，准备出门。平时她总是光着脚穿一件长罩衣，黑发上插一朵花，现在却身穿崭新的粉色棉质连衣裙，脚上是白色丝质长筒袜和高跟鞋。

"你把自己打扮得好漂亮啊！"他说，"这是要去哪儿呀？"

"去克罗斯利家。"

"我和你一起去。"

"为什么？"她冷冷地问。

"我不想让你总是一个人乱跑。"

"他们又没有请你。"

"我才不在乎那个。不让我去，你也去不了。"

"你最好先躺下歇歇，等我准备一下。"

她以为他喝醉了。他一旦躺到床上，会很快睡着。可他坐到一把椅子上，抽起烟来。她看着他，火气越来越大。等她收拾停当，他也跟着站了起来。那天碰巧家里没有别的人。这种情况并不多见。布莱瓦尔德正在种植园干活，他妻子去了阿皮亚。埃塞尔面对着他："我不跟你去。你喝醉了。"

"胡说！我不去，你也不能去。"

她耸耸肩，想从他旁边过去。可他一把抓住她的胳膊，抱住了她。

"让我过去，你这个混蛋！"她突然用萨摩亚语说道。

"为什么你不想让我去？我没有告诉过你吗，我不会再容忍你耍鬼花招了。"

她握紧拳头，一拳打到他脸上。

他一下子失去了控制，所有爱和恨一股脑涌上心头。他发狂了。"我要教训教训你！"他吼叫着，"我要好好教训教训你！"

他抓起手边的一个马鞭，挥手向她拼命抽去。她尖叫起来。可尖叫声让他更为发狂，继续一遍又一遍地抽打她。她的惨叫声在房间回响。他一边抽打一边咒骂，然后把她推到了床上。她躺在那里，因疼痛和恐惧而抽泣。最后，他把鞭子扔掉，冲出了房门。埃塞尔听到他走了，停止了哭泣。她小心翼翼地朝四周望望，然后站起身来。身上疼痛难忍，但伤得并不重。她查看了一下裙子，看是否被打烂了。当地妇女早已习惯挨男人的打，劳森的家暴并没有激起她的愤怒。她照照镜子，梳理了一下头发，两眼闪闪发光，透露出一种奇怪的眼神。也许在那一刻，她比以往更爱他了。

可不知为何，劳森跌跌撞撞穿过种植园，突然感到精疲力竭。他软弱得像个孩子，猛地瘫倒在一棵树下，感到痛苦、羞辱。他想起了埃塞尔。在柔情似水的甜蜜爱情中，他感到体内的骨头似乎酥软了。他想起了过去的岁月，想起了曾经拥有的希望，猛地被自己的所作所为吓呆了。他比以往更加渴望得到她，想要拥她入怀，他必须马上回去找她。他站起身来，身体却十分虚弱，走路时都有些跟跟跄跄的了。他进了家门，见她正坐在他们狭小的卧室的穿衣镜前。

"哦，埃塞尔，原谅我吧！我真为自己感到羞愧！我不知道自己都干了什么！"他在她面前跪了下来，怯懦地轻轻摩挲着她的裙边。"一想到我干的事情，我就坐卧难安。真是太可怕了！我觉得自己简直疯了！这个世界上我最爱的人就是你！为了使你免受痛苦的折磨，我会不惜一切，我却伤害了你！我永远都无法原谅自己！不过，看在上帝的分上，请你亲口跟我说，你原谅我。"

她的尖叫声还在他的耳畔回响，让他难以忍受。她默默看着他。他想要抓住她的手，眼泪从他的眼眶流淌了出来。在万般羞辱中，他将脸埋藏在她的腿上，虚弱的身躯因抽泣而颤栗。可她的脸上掠过一种全然蔑视的神情，像其他当地女人一样，看不起一个在女人面前糟践自己的男人。真是可怜虫！曾几何时，她差点儿认为这个人还算是男人，如今却像狗一样拜倒在自己脚下。她有些轻蔑地踢了他一脚。"滚出去！"她说，"我恨你！"

他试图去抱住她，可被她推到了一边。她站了起来，开始脱掉裙子，踢掉鞋子，把长筒袜从脚上脱落下来，然后穿上长罩衣。

"你要去哪儿？"

"跟你有关系吗？我要去池塘。"

"让我也去吧。"他说。他像个孩子一样发问。

"你难道不能让我独自去吗？"

他双手掩面，难受地哭了起来。她却两眼冷酷无情，从他身边跨过，径直走出门去。

从那时起,她就开始彻底鄙视他了。虽然所有人都住在这所小房子里,有劳森、埃塞尔、他们的两个孩子,布莱瓦尔德、他的妻子和岳母,还有常在这里出出进进或在周围游逛的所谓亲戚和食客,大家都不得不相互挤在一起,劳森却不再是个举足轻重的人了,几乎令人视而不见。他吃完早饭后离开,回来只是为了吃顿晚饭。他不再与埃塞尔吵闹。如果缺钱去不了英国夜总会,他会在晚上跟老布莱瓦尔德和当地人打红心扑克牌。除非他喝醉了,否则就会担惊受怕、百无聊赖,埃塞尔对待他就如同一条狗。她有时会对他怒不可遏的狂暴发作忍气吞声,随之产生的阵阵痛恨之情也会让她心怀恐惧;他后来哭天抹泪时,她会十分蔑视他,恨不得往他脸上吐口水。有时他会暴力相加,可如今她早已有所防范。每当他动手打她时,她就会对他又踢又抓又咬。他们之间发生了多次可怕的冲突,他并不总是占上风。很快阿皮亚传遍了,人们都知道他们的关系非常糟糕。几乎没人同情劳森——在酒店,大家普遍感到奇怪,老布莱瓦尔德怎么没把劳森赶出门去。

"布莱瓦尔德是个粗暴之人。"一个男子说,"要是哪天他给劳森来一枪,我都不会感到奇怪。"

埃塞尔依旧在每个黄昏去宁静的池塘洗澡。这里,对她好像有一种超自然的吸引力。这种吸引力会让你想象到,赢得了一颗心的美人鱼渴望去拥抱大海清凉、带有咸腥味的波浪。有时劳森也会去那里,但我不清楚他这样做的原因何在。埃塞尔对他的在场显然很恼怒。也许在那个地方,他希望重新体验与她初次相见时满心的纯洁狂喜之情;也许只是因为他跟那些害单相思的人一样疯狂,以为他坚持到底就能迫使对方接受他的爱。一天,他又溜达到了那里,忽然产生了一种近来不常有的感觉,突然觉得与这个世界又和谐一致了。夜幕降临,薄暮仿佛一片轻纱似的云彩,依偎在椰子树的枝叶上,在清风中悄无声息地晃动,一弯新月挂在树梢之上。劳森走到岸边,看到埃塞尔正仰面浮在水面上,长发飘散在身体周围,手中擎着一朵大大的木槿花。他驻足片刻,定睛欣赏她——她就像《哈姆雷特》中的奥菲莉亚一样可爱和漂亮。

"喂,埃塞尔!"他满心欢喜地叫道。

她的身体猛地一震,手中的红色花朵掉到水里,晃晃悠悠地顺着溪流漂走了。她又游动了一两下,直到踩到河底,才起身站起。"走!"她说道,"走开!"

他哈哈大笑。"别那么自私!这个地方足够我们两个人游的。"

"你就不能让我清静清静?我想自己待会儿。"

"真是岂有此理!我也想洗澡。"他心平气和地答道。

"你到桥下去。我不想让你在这里待着。"

"那就对不起了。"他仍然满脸带笑。

他一点儿没有生气,几乎没有注意到她已怒火中烧。他开始脱衣服。

"快走开!"她厉声叫道,"我不让你在这儿。你就不能让我独自待在这里?滚开!"

"别犯傻了,亲爱的。"

她弯腰捡起一块棱角分明的石头,猛地向他投去。他来不及躲避,石头正砸在太阳穴上。他大叫一声,用手捂住了头。等他放下手来,看到手上已沾满鲜血。埃塞尔站在原地未动,因暴怒而气喘吁吁。他的脸变得惨白,一言未发地拿起外套离开了。埃塞尔沉入水中,顺着水流,缓缓向下游的浅滩游去。

石头在劳森的脑袋上留下了一个锯齿形伤口,好多天他只能头上绑着绷带到处走动。为防止酒店的那些家伙问起,他为这次事故编造了一个可信的谎言,却没机会使用。因为没人提及此事。他看到他们偷偷斜眼看着他的脑袋,却缄默不语。他们的沉默只能说明,他们早已知晓了他受伤的由来。如今,他确信,埃塞尔有个情人;而且他们都知道是谁,他却毫无线索。他从未看到埃塞尔跟任何人在一起,也没有人表达过想要与她在一起的愿望,或对他的态度有什么奇怪的。他勃然大怒,又没有人可以让他发泄怒火,他的酒喝得越来越厉害。就在我去那个岛的前不久,他又一次患上了震颤性谵妄症。

我在一个叫卡斯特的人家中见到了埃塞尔。卡斯特和他的当地妻子住在离阿皮亚两三英里的地方。我跟他打了会儿网球。累了时,他提议去喝茶。我们走进他家。在杂乱的客厅里,我看到埃塞尔正跟卡斯特太太聊天。

"你好,埃塞尔!"他说,"我不知道你在这里。"

我忍不住好奇地打量她,试图弄清楚她到底有什么魅力让劳森如此激动万分,神魂颠倒。可谁能够说得清这些事呢!她确实很可爱,让人想起了红色的木槿花——萨摩亚灌木篱墙中常见的花朵,那么高洁娇嫩,生机勃勃。不过,考虑到我所了解的有关她的许多故事,最令我惊讶的是她的清新纯洁和朴实无华。她很安静，又稍显羞涩，没有丝毫粗俗或喧闹的特点，也没有混血儿常见的活力。真是令人难以置信，她竟然是那位泼妇！他们夫妻间发生的可怕打斗可以证实这一点，而且如今尽人皆知。她身着漂亮的粉色连衣裙和高跟鞋，看起来颇具欧洲人风范。你几乎难以猜测到，在当地落后蒙昧的生活背景下，她会感到十分自在，如鱼得水。可我一点儿都不觉得她聪明。男人与她生活一段时间后，发现她吸引他的激情在慢慢消退，对此我会丝毫不足为奇。在我看来，她飘忽不定的性格中有一种独特的魅力，就好像一个想法出现在人的意识之中，但在用语言表达出来之前又瞬间消失了一样。但也许那只是我的一种想象。假如我对她一无所知，也许就只是把她看作一个娇小美丽的混血女子，就像其他混血儿一样。

她跟我谈论了他们在萨摩亚会与陌生人谈起的各种话题。谈到旅行，她问我，是否去帕帕西①滑过水岩，还问我是否喜欢住在当地的村落里；她还跟我谈起苏格兰，也许我注意到她挺愿意详谈她在那里的豪华住所，还天真地问我是否认识这位和那位太太，她在北方居住时与她们熟识。

这时，肥胖的德裔美国人米勒进来了。他与周围每个人热情握手后坐了下来，以快活的大嗓门要了杯威士忌和苏打水。他很胖，全身大汗淋漓。他摘下金丝眼镜，擦了擦；他的眼睛在大号圆形眼镜后面显得还算慈善，可现在你能看到他的小眼睛很精明、狡猾。他进门之前，屋里的气氛有些凝重、沉闷。

---

① 帕帕西（Papaseea），在阿皮亚境内。

不过，他是一位讲故事的高手，是个快活的家伙。很快，他就用俏皮话把两位女士——埃塞尔和我朋友的妻子——逗得开怀大笑了。在岛上，他有颇受女士欢迎的美名。你可以看出，这个肥胖粗俗、老态龙钟、丑陋无比的家伙自有他令人迷恋之处。他的幽默正好处于他周围的人能够理解的层面，他的话语充满活力和自信，而他的西方口音又给他的讲述增添了独特的效果。最后他转向我说："哦，要是我们想回去吃晚餐，最好现在就动身。要是你愿意，可以坐我的车。"

我谢过他之后，站起身来。他与其他人握握手，迈着坚定的步伐大踏步走出房间，爬上了汽车。

"劳森的妻子真是个小美人。"车向前行驶着，我说道，"他对待她的方式太不像话了，太粗暴。我一听说男人打女人，就会怒火中烧。"

我们又往前走了一会儿，后来他说："他娶了她，真是个大傻瓜。我当时就是这么说的。要是他不这么做，就能管住她。他是个傻家伙！就是这样的人——傻子！"

又到岁末，我离开萨摩亚的日子临近了。我订的船在一月四号驶往悉尼。我们在酒店举行了相应的仪式，来庆祝圣诞节。不过，这只不过是新年彩排，惯于在酒吧间碰面的人决定在新年前夕喝个通宵。晚宴热闹非凡，一群人信步前往英国夜总会（一幢简易的小木板房）玩弹子游戏。这里，许多人在高谈阔论，哈哈大笑，赌博之声四起。不过，一些人的赌技糟糕，只有米勒除外。他喝的酒跟别人一样多，还比其他人年长，可他目光犀利，出手稳健，丝毫没有受到酒精的影响，以一种幽默、优雅的风度将年轻人的钱装入兜内。观看这场游戏一小时后，我有些厌倦了，便走出门去，穿过马路来到了海滩。海滩上有三棵椰子树，就像三位月亮少女等待情人从海里踏浪归来。我坐在一棵树下，注视着夜色中的泻湖和星星融为一体。

我不知道劳森晚上去了哪里，不过十点到十一点之间他来了夜总会。他从尘土飞扬、空荡荡的路上蹒跚走来，感到百无聊赖。到夜总会后，他先去酒吧间独自饮了一杯酒，然后进了弹子房。如今，许多白人聚在一起时，他会羞于加入他们，总需要喝一杯烈性威士忌来壮胆。他手里端着酒杯站在那里时，米勒向他走来。米勒身着短袖衫，手里还拿着球杆。他看了一眼调酒员："出去，杰克！"他说道。

调酒员是个当地人，穿着白色夹克，腰间系着缠腰布。他默不作声，溜出了小房间。

"听着，劳森！我一直想跟你说几句！"这个大个子美国人说。

"哦，那可是你在这个可恶的岛上能不花钱做的极少数的事情之一！免费的，一文不花啊！"

米勒把他的金丝眼镜往鼻子上按了按，让它稳当了，然后用冷峻但坚定的目光盯着劳森。"听着，小子！我知道，你一直在打你太太。我不能再容忍你这么做了。要是你不马上停止这种行为，我就把你肮脏的小身板里的每根骨头都打折！"

这时，劳森终于知道，长久以来他一直在寻找的那个人是谁了。他就是米勒。他打量着这个人的外表：肥胖的光秃脑袋，滚圆光亮的脸蛋，双下巴，戴着金丝眼镜，有了一把年纪，目光就像改变了信仰的牧师般亲善敏锐；他又想起埃塞尔苗条的身躯，那么纯洁无瑕。刹那间，他变得惊慌起来。无论劳森有什么缺点，却绝非懦夫。他一言未发，凶猛地挥拳朝米勒砸去。米勒迅速用拿球杆的手挡开了劳森的一击，再猛地挥动右胳膊，拳头重重地砸到劳森的耳朵上。劳森比这个美国人矮四英寸，而且身体虚弱。不仅因为身患疾病和令人衰弱无力的热带气候，还因他酗酒过度——这些，都导致他虚弱无力。劳森像圆木一样倒了下去，头晕眼花地跌落到柜台脚下。

米勒摘掉眼镜，用手绢擦了擦。"我想，你现在知道你期待的后果是什么了。这是给你的警告。好自为之吧！"

米勒拿起球杆，走回弹子室。那里人声嘈杂，没人知道刚才发生的事情。劳森从地上爬起来，伸手摸摸耳朵，仍旧感到耳鸣。然后，他悄悄溜出了夜总会。

我看到一个人穿过马路，在夜幕的映衬下一片白色，但不知道那是谁。我正坐在椰子树下，他走在海滩上，脑袋低垂着从我跟前经过。这时，我看清了，是劳森。看到他满身酒气，我没有吭声。

他接着向前走，踌躇不前地走了两三步，回过头来。他走近我，弯下腰来，盯着我的脸。"我想着是你。"他说。他坐下来，拿出了烟斗。

"夜总会又热又嘈杂。"我主动搭腔。

"你怎么坐在这里？"

"我在等大教堂的午夜弥撒。"

"要是你愿意，我跟你一起去吧。"劳森十分清醒。

我们坐了一会儿，默不作声地抽着烟。在泻湖，偶尔会有一些大鱼溅起水花。在泻湖入口稍远处的暗礁里，一只纵帆船的灯在闪烁。

"你是下周乘船走，对吧？"他问我。

"是。"

"能再回家真让人高兴，可我现在受不了了。你知道，天气太冷。"

"现在在英格兰他们正围着火炉打哆嗦呢，想想真是奇怪。"我说。

我只穿了一件薄衬衫和一套帆布工装裤。一丝微风都没有，温柔的夜色如同魔力一般令人着迷。我享受着这幽美悠然的夜色，舒坦地伸展开四肢。

"这样的新年前夜，不会让人想起来去制订一年的新计划的。"我笑着说。

他没有搭腔，我不知道我随意说的话在他脑子里激起了什么思绪。很快，他就开始说起话来。他用低沉的声音说着，没有任何表情。但他的口音一听就是受过教育的。我曾经感觉他的鼻音和粗俗的腔调很不顺耳，现在听起来却很动听。

"我把一切都搞砸了。这很明显，对不对？我深陷坑底，无法自拔。'我看见层层无底的黑暗①。'"我感觉到他在引用

---

① 此句为维多利亚时期（19世纪）英国诗人威廉·亨利（William Ernest Henley, 1849–1903）的著名诗篇《不可征服》中的一句。作者从小体弱多病，患有肺结核，一生都奋力和病魔抗争，不向命运屈服。

那句话时笑了起来,"可奇怪的是,我不明白自己到底哪里做错了。"

我屏住了呼吸。在我眼里,没有什么比一个人向你袒露心扉更为令人肃然起敬的。这时你会发现,没有谁像他那样如此作践、贬低自己,以至于某件事情的一点儿火花都会令他黯然神伤。

"假如我能够看出来都是自己的错,事情也不至于这么糟糕透顶。不错,我是酗酒,可如果事情不是那个样子,我也不会那么做。我并不是真的喜欢喝酒。我想,我真不该跟埃塞尔结婚。如果我只是养着她,就不会有问题。可我实在太爱她了。"他的声音颤抖了。"她人并不坏,你知道的。真的不坏。我只是太倒霉。我们本来可以幸福美满的。当初她离开我时,我本该放她走,可我做不到——那时我一心迷恋她,我们还有孩子。"

"你喜欢那个孩子吗?"我问道。

"以前喜欢过。有两个呢,你知道的。可现在对于我而言,他们没有那么重要了。你在任何地方都会把他们当作当地人,我和他们说话也得用萨摩亚语。"

"你一切从头开始太晚了吗?你不能努力一番,离开这个地方吗?"

"我没有这个力量了。不行啦。"

"你还爱你妻子吗?"

"现在不了。现在不了。"他重复着这两个词,声音中透露出恐惧。"我现在甚至都不爱她啦。我现在一无所有。"

大教堂的钟声正在当当响起。

"要是你真想去参加午夜弥撒,我们最好现在走。"我说。

"那就快点吧!"

我们起身,沿着道路行走。大教堂整个都是白色的,面朝大海,气势宏伟地矗立在那里;旁边的马礼逊教堂看起来就像一个会议室。路上有两三辆汽车,还有许多轻便马车。这些马车在路边的墙上靠着,人们从小岛的四面八方赶来做弥撒。透过敞开的宏伟大门,可以看出这里人声鼎沸,高高的祭坛灯火辉煌。人群中有几个白人和许多混血儿,但绝大多数还是当地人。因为教堂宣布缠腰布有伤风化,所有男人都穿长裤。我们在后面找到座位坐了下来,离敞开的门口很近。这时,我追随劳森的眼光,看到埃塞尔与一群混血儿走了进来。他们身着盛装,男人的衣领高耸笔挺,靴子锃亮;女人戴着硕大俗艳的帽子。埃塞尔穿过走廊时,向她的朋友点头微笑。弥撒开始了。

弥撒结束后,劳森跟我在边上站了片刻,看着人群潮水般涌出。然后,他向我伸出了手。"晚安!"他说,"祝你归途愉快!"

"哦,不过,我走前还会见到你。"

他吃吃笑了起来。"问题是你见到我时,我是醉着还是醒着的。"他转身离开了。

我记住了他那双乌溜溜的大眼睛,在粗浓杂乱的眉毛下闪烁着,透露出一种狂野之气。我犹豫不决地稍停了片刻。我不觉得瞌睡,想着无论如何得去夜总会再待一个小时,然后再上床睡觉。到那里后,我发现弹子室空无一人,酒吧间有五六个人正围坐在桌旁打扑克。我进去时，米勒抬头看了看。"坐下玩玩吧！"他说。

"好吧。"

我买了一些筹码，开始和他们一起玩。这当然是世上最为迷人的游戏。我玩耍的时间延长了两个小时，接着又玩了三个小时。那个当地调酒师非常活跃和快活，虽然已经很晚，他却毫无睡意，在旁边为我们提供酒水，还不知从哪里弄来了火腿面包。我们便接着玩。大多数人都喝了太多的酒。这当然对他们的身体没好处，但大家正玩在兴头上，自然就不计后果了。我玩的筹码不大，既不奢望赢，也不担心会输。但我看得出来，米勒的玩兴很高。他跟其他人一杯接一杯地喝着，却仍旧保持着冷静和清醒的头脑。他的筹码在不断增多，他面前放着一张整洁的小纸片，整齐地标注着他借给人们的款项。他对输钱的年轻人露出和蔼可亲的微笑，还滔滔不绝地讲着笑话和趣闻轶事，却从未错过任何一张牌，人们的任何表情也不会漏过他的眼睛。终于，晨曦稍显羞涩而又不以为意地悄悄爬进了窗户，似乎它在那里没事可做。然后，天放亮了。

"啊，"米勒说，"我想，我们已经成功送走了旧的一年！现在，让我们再来一圈累积赌注①！之后，我就要睡了。我五十岁了。记住，我可熬不了这么晚。"

清晨空气清新，是那么美丽。我们站在阳台上观望，看到泻湖就像五彩斑斓的玻璃。有人提议先下水泡泡，再去上床睡

---

① 一种扑克牌游戏。

觉,但没人愿意在泻湖洗澡。湖水又黏又稠,脚踩进去都会很危险。米勒的车就停在门口,他提出带我们去池塘。我们跳上车,沿着荒芜的道路前行。到了池塘,好像那里的天还未大亮似的。大树遮蔽下的池水处于阴影之中。这里依旧一片夜色。我们兴致高涨,可既没带毛巾,也没带任何可换的衣服。出于谨慎的习惯,我担心洗澡后该如何擦干身体。我们都穿得很少,很快就脱光了。矮个子船主尼尔森脱得最快。"我要游到水底去。"他说。

他潜下水。很快,另一个人也潜下水去。但水很浅,他在不远处很快钻出水面。这时,尼尔森也露出头,向岸边爬上来。"喂,把我拉上来!"他说。

"出了什么事?"

很显然,出事了。他一脸惊恐万分的样子。两个人伸手给他,他"哧溜"一下上了岸。

"啊呀,下面有个人!"

"别傻啦!你喝多了吧!"

"喂,要是没人的话,就让我得酒狂症①!我告诉你,那里真有人!我吓得都要魂飞魄散了。"

米勒盯着他,看了片刻。这个小个子男人脸色苍白,确实在全身打颤。

"过来,卡斯特!"米勒对大个子澳大利亚人说,"咱们最好下水去看看!"

---

① 即震颤性谵妄症。

"他是站着的。"尼尔森说,"穿着衣服。我看见他了,他想要抓住我。"

"别吵吵了!"米勒说,"你准备好了吗?"

他们潜入水里。我们在岸上默默地等待,他们在水下待的时间似乎比人们憋气的时间长。然后,卡斯特出来了;后面紧跟着面红耳赤的米勒。他好像要大发雷霆的样子。他们正拖着身后的什么东西。另一个人跳入水中,去帮他们。这三个人一起把这个东西拖到水边,把它推上岸。

我们看到,这是劳森。他的外套里系着一块大石头,和他的双脚绑在一起。

"他是做好了充分准备,一心想死啊!"米勒说着,擦了擦他近视眼里的水。

未被征服的人

汉斯回到厨房，那个人仍然一动不动地躺在刚才被打倒的地方，满脸是血，不停地在呻吟。那个女人紧靠着墙根，一看到汉斯的朋友威利进来，满眼充满恐惧地盯着威利，倒吸了一口凉气，大声啜泣起来。威利手握左轮手枪，在桌旁坐了下来。旁边有半杯葡萄酒，汉斯走到桌边，倒满酒，一饮而尽。

"看来你遇到麻烦了，小伙子！"威利咧着嘴，笑道。

汉斯的脸上血迹斑斑，能看到五道深深的指甲印。他小心翼翼地用手摸了一下面颊。

"她差点儿把我的眼珠给抠出来了,这个臭婊子!我得抹些碘酒。不过,她现在没事儿了。你去吧!"

"我可不知道她现在怎么样了,还要去吗?天晚了。"

"别傻啦,你还是个男人吗?天晚了又怎样?咱们已经迷路了嘛。"

天还不算黑,落日的余晖照亮了农舍厨房的窗户。威利犹豫了一会儿。他个头不高,皮肤稍黑,面庞清瘦,入伍前是一位服装设计师。他不想被汉斯视为胆小懦弱之人,就站起身来,朝汉斯进来的门口走去。那个女人看到他要过去,尖叫一声扑了上来。

"不要,不要啊!"她哭着喊道。

汉斯一步跨到她的面前,抓住她的肩膀用力向后摔去,女人一个跟跄,摔倒在地。汉斯顺势拿起威利的左轮手枪。

"你们两个都站着,别动!"汉斯用带有德国口音的法语厉声喝道。他朝门口点头示意,"去吧,我来看住他们。"

威利走出房门。过了一会儿,又回来了。"她昏迷了。"

"哦,昏迷了又怎样?"

"我不能那么做。那样不好。"

"笨蛋,瞧你这副德性!真像个娘们儿!像个娘们儿!"

威利面红耳赤。"我们还是抓紧赶路吧!"

汉斯轻蔑地耸了耸肩,"等我喝完这瓶酒,咱们再走!"

在这里他觉得很惬意,非常希望能多逗留一会儿。一大早他就起来执行任务,骑了几个小时的摩托车,感到四肢疼痛。幸亏他们不用去太远的地方,只要到苏瓦松,十到十五公里的路程。他不知是否能有好运,可以弄张床美美地睡上一觉。当然,如果那个姑娘不犯傻,所有这一切都不会发生。他和威利迷了路,便向正在田里干活的农夫问路。可农夫故意指了一条错路,他们便走到了这条岔路上。他们走到一个农场,便停下来问方向,很有礼貌。按照上级命令,只要法国的百姓老老实实,就要对他们有礼貌。为他们开门的是一位姑娘,说不知道去苏瓦松的路。这样,他们就闯进门来了。后来,那个女人(汉斯猜测是姑娘的母亲)告诉了他们怎么走。他们一家三口,那位农夫、他的妻子和女儿刚吃完晚饭,桌上还放着一瓶葡萄酒。一看到酒,汉斯立刻觉得口渴难忍。那天的天气异常闷热,况且从中午到现在他们滴水未进。他便向他们要了一瓶酒,威利还补充说他们会按价付钱。威利是一位好小伙,虽说有些软弱,但毕竟他们是战胜方。法国军队跑哪儿去了?早一败涂地了。而英国人呢?丢盔弃甲,像兔子一样逃回岛上去了。难道征服者不可以为所欲为吗?威利服役前曾在巴黎一家裁缝店工作过两年,法语说得很流利。这也是他能得到目前这份差事的原因,但也使他在一定程度上受到了法国人的影响。法兰西是个衰败的民族,让一个德国人生活在他们中间是没有好处的。

农夫的妻子拿出几瓶酒放到桌上,威利从兜里拿出二十法郎递给她,她甚至连一点儿谢意都没有就收下了。虽然汉斯的法语没有威利说得好,但他的话能让人听懂。两人在一起时总说法语,威利还帮汉斯纠正错误。由于威利在这方面对他很有帮助,汉斯才和威利交了朋友。他知道威利羡慕他——羡慕他身材修长、肩宽背阔，羡慕他金黄色的卷发和湛蓝的双眼。汉斯珍惜每次练习法语的机会。此刻，他想讲几句，可那三个法国人根本不去迎合他。他告诉他们，自己也是农夫的儿子，战争结束后会返回农场；母亲想让他经商，曾把他送进慕尼黑的一所学校学习，但他志不在此；后来考入了一所农学院学农。

"你们来这里是问路的。现在知道路了，"姑娘说，"喝完酒就走吧。"

开始他并没有仔细看这位姑娘。她说不上漂亮，但黑褐色的眼睛和高挺的鼻子煞是好看。她虽然面色苍白，衣着朴素，可不知为何，看起来并不像外表那样不起眼，身上散发出一种超凡脱俗的气质。从战争一开始，他就听战友们谈论法国女郎，说她们身上有一种德国女孩不具备的特点——威利称之为"优雅"。可是当汉斯问他到底"优雅"为何物时，威利只是说，等他自己看到了自然会明白。当然，他也曾听人说，法国女郎唯利是图，铁石心肠。好吧，他们一周后会到巴黎，到时候他会自己去了解的。有人说，最高统帅部已为士兵安排好了妓院。

"喝完你的酒，咱们就走吧！"威利说道。

汉斯这会儿正喝到兴头上，不想马上离开。"你看起来可不像农家女啊。"他对姑娘说。

"不像又怎么样？"她答道。

"她是教师。"她的母亲说道。

"这么说，你受过良好的教育喽。"她耸了耸肩。而他继续饶有兴致地用他那蹩脚的法语说："你应该明白，我们的到来对于法国普通百姓而言，是件大好事。我们并没有向你们宣战，是你们向我们宣战的。现在，我们要把法国变成一个像样儿的国家；我们将会使法国秩序井然；教会你们如何工作；让你们学会服从和遵守秩序。"

她紧握双拳，望着他，一双黑褐色的大眼睛充满了仇恨，却一声不吭。

"你喝醉了，汉斯。"威利说。

"我的头脑像法官一样清醒。我只是告诉他们一个事实，他们很快就会明白的。"

"他说的没错。"她无法控制自己的情绪，大声喊道，"你已经喝醉了。现在就走！走！"

"哦，你懂德语，是吧？好吧，我可以走。不过，你得先吻我一下。"

她往后直退，想要躲开他。可他紧紧抓着她的手腕。

"爸爸！"她哭喊起来，"爸爸！"

那位农夫纵身向汉斯扑来。他放开了姑娘，用尽全力，一拳打在农夫的脸上。农夫应声倒地。随后，姑娘还没来得及逃跑，就被汉斯一把搂到怀里。姑娘抡起巴掌，给了他一记耳光……

他狞笑起来："一位德国士兵想亲亲你，你就这样对待他！你会为此付出代价的！"

他用力拽住姑娘的胳膊往外拖，可她的母亲冲过来，一把扯住他的衣服，试图把他拉开。他一只手紧抱着姑娘，另一只手猛推了她母亲一把。母亲跟跟跄跄地倒在墙根下。

"汉斯！汉斯！"威利大喊道。

"去你的！给我住口！"

汉斯用手捂住姑娘的嘴，以防她发出尖叫声；然后，把她拖出了房间。这就是整个事情的来龙去脉。你不得不承认，这是她自找的。她本不该扇他耳光的。如果她听话，吻他一下的话，他早就离开了。他用眼扫了一下还躺在原地的农夫，瞧了瞧农夫滑稽的脸，禁不住放声大笑起来。他又看了看蜷缩在墙根的女人，眼里露出一丝得意的微笑。她是怕下一个该轮到她吗？绝不可能！

此刻，他想起了一句法国谚语："万事儿开头难。没啥可哭的，老婆子。她迟早都得有这一回。"他把手伸进裤子后兜，掏出了一个钱夹。"喏，这是一百法郎！给你闺女买条新裙子吧！她身上的那件已被扯得不像样子了。"他把钱放在桌上，戴上头盔说："咱们走！"

他们"呼"的一声关上门，骑上摩托车扬长而去。母亲走进客厅，发现女儿躺在长沙发上，还保持着汉斯走时的样子，正在伤心哭泣。

三个月后，汉斯重回苏瓦松。在过去的那一段时间里，他随大军攻陷了巴黎，骑着摩托车穿越了凯旋门。他还和大军一起率先进驻了图尔，又占领了波尔多。他几乎没参加过大的战役，见到的法国士兵全是战俘。这次行军，是他能够想象得到的最盛大的庆典。停战协议签署后，他在巴黎待了一个月。他给巴伐利亚的家人寄去了带插图的明信片，还给每人买了礼物。威利对这座城市了如指掌，就留了下来，而汉斯和战友则被派到苏瓦松，编入当地部队驻防。苏瓦松是个相当漂亮的小镇,他在那里过得很舒坦。那里食物丰富多样,买一瓶香槟酒还花不了一个德国马克。当他接到往苏瓦松报到的命令时,突然产生了一个念头:去看看被他占有的姑娘,将是一件很有趣的事。他要给她买一双丝袜,表明他并无恶意。他对去过的地方记得一清二楚,觉得自己不费吹灰之力就可以找到那个姑娘。

一天下午,他闲暇无事时,便把丝袜装进口袋,骑上摩托车出发了。这是一个晴朗的秋日,万里无云。他骑着摩托车,穿过一片片此起彼伏的原野。连日来天气晴朗干燥,尽管已至九月,就连一向变化最快的白杨树也未显现出夏天将尽的迹象。虽然他转错了一个弯,耽误了些时辰,不过他找到那个农场总共花了不到半个小时的时间。当汉斯走到门口时,一条杂种狗朝着他汪汪直叫。他并没有敲门,而是转了一下门把,径直走了进去。

姑娘正坐在桌旁削土豆皮,看到穿制服的军人进来时,猛地跳了起来。"你想干什么?"这时,她认出了汉斯。往后退了一步,她的后背紧靠着墙,手中紧握着刀。"原来是你,畜生!"

"别那么激动!我不会伤害你。看,我给你买了双丝袜。"

"拿走!带着你的东西滚出去!"

"别犯傻,快把刀子放下!胡来的话,只会伤害你自己!你不用怕我!"

"我不怕你。"她说。松开手,刀子掉到了地上。

汉斯把头盔摘下,坐了下来。他伸出脚来,把刀子划拉到自己面前。"我帮你削土豆,好吗?"她没有回答。汉斯便弯下腰,从碗里拿起一个土豆,削起皮来。姑娘脸色很难看,眼里充满了敌意,背靠着墙盯着他。他讨好地朝她笑了笑:"你干吗那么恼火?你知道的,我又没怎么伤害你。我很兴奋,我们都很兴奋。他们都说法国军队无坚不摧,马其顿防线固若金汤……"他话音未落,便咯咯笑了起来。"那时酒劲上来了,你的命运可能会有点儿惨。可女人们告诉我,我长得还可以。"

她轻蔑地上下打量了他一番。"从这里滚出去!"

"如果我不想,是不会走的。"

"如果你不走,我就让我爸爸去苏瓦松,到你的将军那里去告你。"

"将军才不会管那么多呢。上级命令我们和当地的老百姓交朋友。你叫什么名字?"

"关你什么事儿?"

现在,她香腮通红,眼里冒着怒火。她本人比他记忆中的还要美丽动人。看来,那天他干对了。她身上那股文雅的气质表明,她似乎是个城市姑娘,不是乡下丫头。他记得她母亲说过她是教师,那她算是高贵的小姐了。汉斯觉得,能折磨她是一件开心的事。此时,他觉得自己身强力壮,便下意识地用手向后拢了拢金色的卷发。一想到很多姑娘如果都有她那样的机会,肯定会高兴得跳起来,就不由得傻笑起来。夏日的骄阳把他的脸晒成了深棕色,使他的眼睛越发湛蓝了。

"你的父亲和母亲去哪里啦?"

"在田里干活儿。"

"我饿了。给我拿点儿面包和奶酪,再给我拿瓶葡萄酒!我会付钱的。"

她尖声大笑起来:"我们三个月没见到奶酪了,连面包都吃不饱。一年前,法国士兵牵走了我们的马;现在德国佬夺走了我们的牛,我们的猪,我们的鸡——抢走了我们的一切。"

"可他们付给你们钱了呀。"

"难道我们能吃他们留给我们的不值一钱的废纸吗?"她开始哭起来。

"你饿吗?"

"哦,不饿。"她伤心地说,"我们能像国王一样吃土豆、面包、萝卜和莴苣。明天,我父亲要去苏瓦松,看能否买点儿马肉回来。"

"听着,小姐!我不是坏人。我会给你带点儿奶酪过来。我想,或许还能给你搞点儿火腿呢。"

"我不想接受你的馈赠。我就是饿死,也不会碰你们这些猪猡从我们这里偷走的食物!"

"那咱们走着瞧吧。"他心平气和地说道。他带上头盔,站起身来,说了声"小姐,再会",便走了出去。

他不能随意驾车在田野里兜风,只能等到有任务时才能抽空再来农场。十天后,他又像上次那样没打招呼,便径直走进了农舍。这次,他看见农夫和他的妻子都在厨房。大约是中午了,女人正用勺子在灶台上的饭锅里搅动,农夫正坐在桌旁。汉斯进来时,夫妇两人瞥了他一眼,似乎并无惊奇。很明显,女儿已将他会再来这里的消息告诉了他们。他们谁也没有说话,女人继续做她的饭;农夫板着脸,两眼盯着桌上的油布。可这并没有影响汉斯的好心情。

"你们好!"他兴奋地说,"我给你们带来了礼物。"

他打开随身携带的包裹,拿出一大块奶酪、一块猪肉,还有几听沙丁鱼罐头。女人转过身来。看到她眼里流露出贪婪的目光,汉斯笑了。农夫阴沉着脸,看了看这堆食品,汉斯对他开心地笑了笑。

"很抱歉,我第一次来这儿时,我们之间有点儿误会。不过,我们本不该打扰你们的。"

这时候,姑娘走了进来。

"你来这儿干什么?"她厉声喊道。接着,她的目光落到了汉斯带来的东西上。随即,她把食物卷到一起,猛地扔到他身上:"把你的东西拿走!拿走!"

她的母亲却一步跳上前来:"安妮特,你疯了!"

"我绝不会接受他的礼物!"

"这是我们自己的食物,是他们从我们手里夺走的。看看这沙丁鱼罐头,是波尔多出产的。"女人从地上捡起食物。

汉斯看了看姑娘,浅蓝色的眼睛带有讥笑的眼神。"你叫安妮特,对吗?多好听的名字啊!难道你就不愿意让父母得到一点儿食物吗?你说你们都三个月没有吃过奶酪了。虽然我没有弄到火腿,但已经尽力了。"

女人把那块肉拿到手里,捧到胸前。你能感觉到她是多么想亲吻它呀!

泪水顺着安妮特的脸颊,流了下来。"多丢人哪!"她叹息道。

"哎,别这么说。收下一点儿格鲁耶尔干奶酪和一块猪肉，丢什么人。"

汉斯坐下来，点燃了一根香烟，然后把烟盒递给了农夫。农夫犹豫了一下，终究还是抵制不住香烟的诱惑，便拿了一支，又把烟盒还给了汉斯。

"你留下来吧！我这里多的是。"汉斯深吸了一口烟，然后从鼻孔里呼出一缕烟来。"为什么我们不能成为朋友呢？发生的事情已无法改变了，战争毕竟是战争。你懂我的意思吧。我知道安妮特受过教育，我想给她留点儿好印象。我希望部队能在苏瓦松驻扎的时间长一点儿，以便我能偶尔给你们送些东西过来，来帮助你们度过这段艰难的日子。你们知道，我们也在尽力和镇上的人交朋友，可他们不接受我们。我们在街上经过时，他们甚至都不愿意看我们一眼。毕竟上次威利和我来这里时发生的事是个意外。你们不用怕我，我会尊重安妮特的。我也会把她当自己的妹妹一样看待。"

"你们为什么来我们这里？你们为什么要扰乱我们平静的生活？"安妮特问道。

他真的无言以对。他不想冠冕堂皇地说，是为了所谓人类的友谊而来。在苏瓦松，无声的敌意环绕着他们。这一切使他心烦意乱。有时他真想冲上去，把对他视而不见的法国人击倒。有时，受这种情绪的影响，他真想痛哭一场。如果他有受欢迎的地方可去，就好了。他说，他对安妮特没有占有的欲望，是大实话。她不是他喜欢的那种女人。他喜欢那种个头较高、胸部饱满、像他一样金发碧眼的女郎；他喜欢她们健壮的体格和丰满的身材。至于安妮特，他说不清她身上的那股优雅到底是怎么回事,她那好看而高挺的鼻子、那双黑眼睛和苍白的长脸蛋——这位姑娘的长相简直有点儿吓人。如果他当时不是因为德军的胜利而过于冲动,如果他不是那么兴奋、疲惫,如果他不是空腹喝了那瓶葡萄酒,他根本就不会对她心生邪念,也根本不会发生那样的事情。

接下来的两个星期里,汉斯根本无暇外出。他把食物给他们留在了农场,便毫不怀疑那对老夫妇会狼吞虎咽地享用美食。至于安妮特是否会吃,他不得而知。如果在他离开之后,安妮特也和父母一起享用那些食物,他也不会奇怪。法国人不会拒绝接受白白到手的东西的,他们是一群软弱颓废之人。她憎恨他。是的,上帝,她怎么能憎恨他呢?猪肉、奶酪都实实在在地摆在那儿啊。他有点儿想念她了,而她对他又特别讨厌。这使得汉斯有些着急。他是招女人喜欢的人。假如有一天安妮特爱上了他,那就有趣了:他是第一个和她有肌肤之亲的人。先前在慕尼黑和同学们喝啤酒时听说,女人会爱上第一个和她有肌肤之亲的男人,之后就会产生爱情。以前,当他决心要得到哪位女孩子时,还从未失过手。一想到这些,汉斯笑了,眼里露出一丝诡异的光芒。

终于,他又找到了去农场的机会。他带上奶酪、黄油、糖、一罐香肠和一些咖啡,骑着摩托车上路了。不过,这次他并没有见到安妮特——她和父亲在田里干活,女人在院子里。当女人看到汉斯带的包裹时,脸上露出了喜色。她把汉斯领进厨房,用颤抖的双手解开包裹的绳子。看到包裹里的东西时,她的眼泪止不住在眼眶里打转。

"你是个好人。"她说。

"我可以坐下吗?"他礼貌地问道。

"当然可以。"她抬眼向窗外望了望。汉斯猜想,她是想确认一下,安妮特有没有从农场回来。"我给你倒杯葡萄酒吧。"

"我真是太高兴了。"

他敏锐地感觉到,对食物的贪婪使得她——虽说不上友好——至少愿意和他搞好关系。她向窗外望的那一眼,使得他们两人几乎成为一条战壕的战友。

"你喜欢这些猪肉吗?"他问道。

"真是难得的食物。"

"下次我来时争取多带些。安妮特喜欢吗?"

"你留下的东西,她一点儿也不吃。她说,就是饿死也不吃你的东西。"

"迂腐。"

"我就是这样对她说的。我说,反正食物就摆在那儿,你就是不吃又能得到什么呢?"

汉斯一边小口喝着酒,一边和母亲闲谈着,甚是融洽。他从谈话中了解到,这个女人叫斐瑞尔太太。他问她家里是否还有其他人,她叹了口气:没有了。原先他们有个儿子,战争一开始就被征兵了;后来就死了。不过,她儿子不是战死的,而是得了肺炎,在南希医院去世了。

"对不起。"汉斯说。

"对于他而言,或许死了比活着更好些。他在很多地方都跟安妮特很像,忍受不了战败的耻辱。"她又叹了口气,"哦,我们是因为被出卖才战败的。"

"你们为什么要为波兰人卖命呢？他们究竟给了你们什么好处啊。"

"你说的对。如果我们让你们那位希特勒攻占了波兰，他就顾不上占领我们了。"

这时，汉斯站起身来，说他很快会再回来的。"我会记着带些猪肉来的。"

不久，汉斯的好运降临了。部队给他安排的任务使他有机会一周两次到附近的小镇来。这样，他就能常去农场了。虽然他很小心，每次都带东西过去，但和安妮特的关系丝毫没有进展。为了讨好她，他用上了最简单的对付女人的花招，但每次只能招致她的嘲笑。她紧绷着薄薄的嘴唇，冷冷看着他，好像他就是垃圾一样。不止一次，她使他极为暴怒，以至于真想抓住她的肩膀杀死她。有一次，他发现她一个人在家。当她站起身来要走的时候，他拦住了她："站住！我想和你谈谈！"

"谈吧。我是一个女人，手无缚鸡之力。"

"我想说的是，据我所知，我还会在这里待很长一段时间。你们法国人的境况不会变得更好，只会越来越糟。我对你们是有用的。你为什么不能像你的父母一样理智些呢？"

说真的，老斐瑞尔的态度已经有所转变了。你不能说他热情——事实上，有些冷淡和粗鲁——但对汉斯，倒还算礼貌；他甚至还求汉斯帮他从小镇买些烟草回来；当汉斯不收他的钱时，他还会说一声"谢谢"；他也喜欢听汉斯讲苏瓦松的消息，看汉斯给他带来的报纸。汉斯本就出身于农家，能够像行家里手一样和老斐瑞尔谈论农场的事情。这是个不错的农场，面积不算大，也不算小，水源充足。一条大河从中间流过，林木茂密，还有适合播种的土地和牧场。当老斐瑞尔悲伤地谈起农场缺劳力、少肥料、牲畜被牵走、农场就要破产时，汉斯非常同情地倾听着，深表理解。

"你刚才不是问我，为什么我不能像我父母那样理智吗？"安妮特说。她往下把衣服紧拉了一下，让他瞧瞧自己的身体。

他简直不敢相信自己的眼睛。眼前的情景使他的心灵受到了从未有过的震撼，血液直冲脸颊："你怀孕了？！"

她双手抱着头，躺靠在椅子上，伤心欲绝地哭了起来。"丢人啊！真是丢人啊！"

他跳到她面前，一把她抱在怀里。"我的宝贝！"他喊道。

她从椅子上一下子跳起来，推开了他。"别碰我！走开！走开！你害得我还不够惨吗？"说完，她便从房间跑了出去。

汉斯茫然地在屋里独自待了几分钟，懵了。他思绪一片混乱，慢慢骑着摩托车，返回到苏瓦松驻地。晚上，他躺在床上，一连几小时难以入眠，脑海里不断浮现出安妮特和她那臃肿的身体。她太可怜了！坐在桌边哭泣时把眼睛都哭肿了。她肚子里怀的可是他的孩子啊。想着，想着，他感到有些迷迷糊糊，可又猛然惊醒了。仿佛是令人胆战心惊的突如其来的炮火一样，他一下子清醒了，突然意识到自己爱上她了。事情发生得如此突然，如此令人震惊，简直让他茫然不知所措。当然，他曾多次想象他和安妮特之间的事，可绝没有想到这样的事情会发生。他曾经想到，如果他爱上了安妮特，那简直是天大的玩笑！他也曾想象，如果她主动投怀送抱，而不是像上次那样靠暴力得手，那将会是一场胜利！很长时间以来，他老觉得她就是普通女人，和其他女人并无两样。她不是他喜欢的类型，而且她也不漂亮，各方面都不突出。为什么他突然对她有那种异样的感觉呢？对于他而言，那种感觉与其说是快乐，倒不如说是痛苦。他现在明白了，这就是爱情。他感受到了一生中从未有过的幸福。他真想拥抱她，抚摸她，真想吻她那含泪的双眼。他想，他并不像一般男人对女人那样渴望占有她的身体，他想要安慰她，想让她对他微笑——真奇怪，他还从来没有看见过她的笑容！他想要看她的眼睛——那是一双美丽的眼睛，漂亮的眼睛——温柔似水的眼睛。

事情已经过去三天了，他一直无法离开苏瓦松。三天来，无论白天、夜晚，安妮特和她将要出生的孩子的身影无时无刻不萦绕在汉斯的脑海里。三天后，他终于有机会去农场了。他想亲自见到斐瑞尔太太。这次，幸运女神又光顾了他。他在离她家不远的小路上碰见了她。她在森林中捡了一堆柴火，扎成一大捆，正准备往家里背。他从摩托车上下来，心里很明白，她之所以对他友好，只是因为他常给她家送些吃的。但他并不介意这些，只要她对他客气就够了。他也知道，只要她能从他这儿得到食物，就会一直这样对待他。汉斯告诉她，他想和她谈谈，请她把柴火放下来。她照办了。天气虽然阴暗多云，但并不寒冷。

"安妮特怀孕的事我知道了。"他说道。

她盯着他。"你怎么发现的？她决意不让你知道的。"

"她告诉我了。"

"这就是你那晚造的孽。"

"我原先并不知道这事。你为什么不早告诉我?"

她开始谈起来。从她的话语里听不出痛苦,甚至连责怪的意思也没有,就像大自然带来的灾难刚刚发生过,比如奶牛在生小牛时难产死掉了,又像春冻时果树和庄稼被冻伤了。在这样的自然力面前,人类只有逆来顺受。在那个可怕的夜晚之后,安妮特在床上躺了好几天,一直高烧不退。他们都以为她精神失常了,她常常几个小时哭闹不止。那里请不到医生,村里的医生已被强征入伍了。即使在苏瓦松,也只剩下两位医生,且都年事已高。就是派人去请,他们有可能来农场吗?况且,德军禁止他们离开苏瓦松。高烧退后,安妮特的病情依然严重,甚至卧床不起。后来,她能起床了,身体还是十分虚弱,脸色苍白。真是太可怜了!那种打击对她来说,简直太大了。一个月过去了,又一个月过去了。她也没有注意到竟然没有来月经,因为她的月经一直就没有规律。后来,还是斐瑞尔太太怀疑上了。她问了安妮特一些情况,两个人都害怕了。但由于两人对安妮特是否怀孕不敢肯定,就没有将这事告诉斐瑞尔。到了第三个月,毋庸置疑,安妮特真的怀孕了。

他们家有一辆旧的"雪铁龙"汽车,战争爆发之前,斐瑞尔太太每周两个上午都会开着它到苏瓦松市场去卖农货。自从德军占领苏瓦松以来,他们家就再无农货可卖了,也就再没去过那个市场了。现在就连汽油,也很难买到了。不过,这次她们又把车开了出来,直奔小镇驶去。她们看到,沿路只有德军的军车在行驶，德国士兵在街上四处闲逛；街道两旁，到处挂着德国的招牌，公共建筑上张贴着德军统帅部签署的用法语书写的公告。许多商店都已关门。她们找到一位认识的老医生。老医生证实了他们的猜测，但他是虔诚的基督徒，无法为她们提供帮助。她们哭泣着求他帮忙，他耸了耸肩，表示爱莫能助。

"摊上这事的也不只你们一家。"他说，"听天由命吧！"

她们还认识一名医生，就前去找他。按响了门铃，好长时间无人开门。最后，一个穿黑色衣服、面带愁容的女人打开了门。可听说她们是来看病的，就大哭起来。原来医生是互济会会员，已被德军逮捕为人质了。由于德军军官经常光顾的咖啡厅发生了爆炸事故，两名德国军官被炸死，多人受伤，德军统帅部下令，如果法国人在规定期限内不交出罪犯，德军就会处决这名医生。女人看起来很和善，斐瑞尔太太便把她们的不幸告诉了她。

"禽兽！"她骂道。她同情地看着安妮特："可怜的孩子啊！"她给她们留了镇上一位助产士的地址，并让她们告诉助产士，说她们是从她这里过去的。助产士给她们开了些药。这些药的药力非常大，几乎将安妮特折磨得半死，但并没有产生任何效果，肚子里的孩子依然健在。

这就是斐瑞尔太太给汉斯讲述的整个事情的经过。汉斯听后，好大一会儿没说话。

"明天是星期日，"后来他说，"我没有什么事，会再来这里。咱们谈一谈！我也会给你们再带点儿好东西过来。"

"家里没有缝衣针了,你能带点儿过来吗?"

"我尽力吧。"

她背起那捆柴禾,顺着小路,步履艰难地朝家里走去。汉斯回到苏瓦松。第二天,他不敢骑摩托车,就雇了一辆脚踏车,把一大包裹的食物绑在车上,向农场赶去。这次的包裹比往常更大,因为他在包裹里放了一瓶香槟酒。当他赶到农场时,天色已晚,全家人肯定都已从田里回家了。当他走进厨房时,感到气氛充满了温馨。斐瑞尔太太在做饭,她的丈夫在读《巴黎晚报》,安妮特在补袜子。

"看看,我给你们买了几根针!"他边解包裹,边说,"安妮特,这些布料是给你买的。"

"我不要。"

"你不要?"他咧着嘴笑了笑说,"你得开始给孩子准备衣服了。"

"他说的对,安妮特。"她母亲说,"反正我们一无所有。"安妮特头也不抬地缝着袜子。斐瑞尔太太用她那贪婪的目光看了一下包裹里的东西,"还有一瓶香槟?"

汉斯咯咯地笑了起来。"我一会儿就告诉你香槟的用处。我有个想法。"他犹豫了一下,拉了把椅子坐在安妮特的对面。"我不知道该从何说起。我对那天晚上发生的事情深感抱歉,安妮特。可那并不是我的过错,是当时的环境所致。你能原谅我吗?"

她用憎恨的目光扫了他一眼。"我永远也不会原谅你。你为什么还不放过我?你把我毁得还不够惨吗?"

"是啊！可事已至此，或许还谈不上把你毁了吧。当我听说你怀孕将要生孩子时，刚开始只是感到有趣。可现在一切都不同了，它让我感到自豪。"

"自豪？"她充满敌意地嘲弄道。

"我希望你把孩子生下来，安妮特。听说你没有把孩子打下来，我很高兴。"

"你怎么敢那样说？"

"听我说，自从我知道你怀孕的消息后，我没再做别的打算。再过六个月，战争就要结束了。明年春天，英国人就会缴械投降，他们已经没有取胜的机会了。到那时我就退役，来迎娶你。"

"就你？为什么？"

他棕褐色的脸膛涨得通红。他已经无法用法语把他的意思表达清楚了，就用德语蹦出了一句话。他知道她会懂的。

"我爱你。"

"他说什么？"斐瑞尔太太问道。

"他说他爱我！？"安妮特仰起头，发出一阵刺耳的大笑。她的笑声越来越响，简直无法控制自己，眼泪像泉水一样从眼中流了出来。

斐瑞尔太太用巴掌狠狠地拍了拍安妮特的两颊。"别在意！"她对汉斯说，"她这是歇斯底里发作了。她目前的状况，你是知道的。"

安妮特喘了口气，控制了一下情绪。

"我带来了一瓶香槟，是庆祝我们订婚用的。"汉斯说道。

"还有比这更痛苦的吗?"安妮特说,"我们被一群白痴打败了!一群白痴啊!"

汉斯继续用德语说道:"那天我在知道你怀孕之前,并不知道原来我是爱你的。虽然这件事来得像霹雳一样快,但我相信,我一直是爱着你的。"

"他说什么?"斐瑞尔太太问道。

"都是一些无关紧要的话。"

为了让安妮特的父母弄懂他在说什么,他又开始讲法语了:"我现在就想和你结婚,只是部队不允许。你别以为我什么都不是。我的父亲还算富裕;在我们镇上,我家的名声很好。我是家里的长子,你将来吃穿都不用发愁。"

"你是天主教徒吗?"斐瑞尔太太问道。

"是的,我是天主教徒。"

"太好了!"

"我生活的乡下风景秀美,土地肥沃。从慕尼黑到因斯布鲁克,没有谁家的耕地比我们家的好。我家的农场是我父亲在七十年代普法战争后买的。我家有一辆汽车和一台收音机,还有一部电话。"

安妮特转向父亲:"这位先生是全世界最聪明的人。"她大声挖苦道,盯着汉斯,"看来我的待遇还不错啊,一个被占领国的女人,还带着一个私生子。你给我提供了一个获得幸福的机会,不是吗?一个百年不遇的好机会啊!"

斐瑞尔,一个沉默寡言的男人,终于第一次开口说话了:"不行。我毫不否认你姿态高。我也参加了上次的战争,我们都干了在和平时期不可能干的事情——人的本性就是如此。但现在,我们的儿子不在了,安妮特就是我们的全部。我们不能再让她离开我们了。"

"我已料到你们会有这样的想法。"汉斯说,"我对这个问题的回答是,我会留下来。"

安妮特很快看了他一眼。

"你这话是什么意思?"斐瑞尔太太问道。

"我还有一个弟弟,他可以留在家里帮助我父亲。我喜欢这里。一个精力充沛和富有创造力的男人对你们农场的发展是大有好处的。战争结束后,会有许多德国人在这里定居。众所周知,法国男劳力匮乏,土地没人耕种。几天前,有个人在苏瓦松给我们做了一场报告,说法国由于男劳力严重不足,三分之一的田地都荒芜了。"

斐瑞尔和妻子交换了一下眼神。安妮特明白,他们动摇了。自从儿子离世以后,他们就一直想招一个身强力壮的上门女婿入赘,以便这个女婿在他们年迈得除了到处溜达什么事都干不动时来接管农场。

"如果情况是那样的话,就不同了。"斐瑞尔太太说,"这个建议倒可以考虑。"

"住口!"安妮特粗声喊道。她向前探了一下身子,一双充满怒火的眼睛紧盯着这个德国人。"我已和城里男子中学的一位男同事订婚了,打算等战争结束后就结婚。他虽然没有你身材强壮高大,也没有你英俊,他甚至还有些矮小瘦弱,但是,他的美在于他脸上闪耀的智慧,他的力量来源于他灵魂的伟大。他一点儿都不野蛮,他有文明、有修养。他的身上体现着我们一千多年的文明。我爱他,我全心全意地爱着他。"

汉斯的脸沉了下来,他从来没有想到安妮特心里已经喜欢上别人了。

"他现在在哪里?"

"他还会在哪里?在你们德国的战俘营里,是一个囚犯,快要饿死的囚犯,而你们却在吞噬着我们肥沃的土地。我恨你!我跟你说过多少次了,可你却乞求我原谅你。这绝对不可能。你竟然还想补救,你这个白痴!"她仰起头,脸上的表情极其痛苦:"我被你毁了呀。哦,他会原谅我的,他是个性格温和的人。可是,每当想到如果哪一天他怀疑我不是被迫的,而是为了得到黄油、奶酪和丝袜而献身了,我就心如刀绞。虽然碰到这种遭遇的不止我一个人,但如果我和他之间有一个德国孩子,像你一样高大,像你一样满头金发,像你一样长着蓝眼睛,生活将会是什么样子?哦,上帝啊!为什么要让我承担这些痛苦?"

她站起身来,快步走出了厨房。三个人被留在房间里,一下子陷入了沉默。汉斯痛苦地看着那瓶香槟,叹了口气,站起身来。他走出厨房时,斐瑞尔太太跟了出去。

"你刚才说要和她结婚,是真的吗?"她低声问道。

"是的。字字都发自肺腑。我爱她。"

"而且你不把她带走吗?你愿意留在农场,在农场干活,对吗?"

"我向你保证。"

"事情是明摆着的，我家老头子总有去世的那一天。在你家里，还有你的兄弟和你共分家业；而在这里，所有的财产将来都是你的。"

"那倒是。"

"我们从来就不同意安妮特和那位教师的婚事。可我儿子在世的时候，说他姐姐既然想嫁给他，有什么不可以呢。安妮特爱他爱得发疯。不过，现在我们的儿子已经不在了，情况就全然不同了。虽然安妮特想把农场搞好，可她一个人怎么能行呢？"

"如果把农场卖掉，那将是一件丢人的事。我懂得一个人对自己土地的那份感情。"

他们走到了门前的小路上。她抓住他的手，轻轻握了一下。

"早点儿来吧！"

汉斯知道，斐瑞尔太太已经站在了自己一边。在骑摩托车赶回苏瓦松的路上，一想到这一点，他就有一种慰藉感。安妮特早已心有所属，这确实是一件麻烦事儿。所幸的是，那人只是一名德军战俘。在他被释放之前，孩子早已出生了。这也许会使她改变想法。你永远也搞不懂女人是怎么想的。嗨，他们村里就有一个女子，她爱丈夫爱得发狂，后来被人当成了笑话。不过，在她把他的孩子生下来以后，她连看都懒得看他丈夫一眼了。同理，相反的情况为什么不会发生呢？现在，他主动提出要和她结婚，她一定会明白他是个正人君子。上帝啊，她在仰起头说话的那一刻，她看起来是多么楚楚可怜啊！

她说的那么好，语言那么优美，就连舞台上的女演员和她相比都逊色三分，而且她的话听起来那么自然。你不得不承认，这些法国人知道怎样说话。哦，她真聪明，即使她在讽刺他的时候，听起来也让人舒服。他自己所受的教育并不差，但不能和她相提并论。这就是她拥有的文化。

"我就是头蠢驴。"他边骑摩托车，边喊道。她说过自己高大、强健、潇洒，如果对他一点意思都没有，为什么会那样说呢？当她谈到孩子的时候也说过，孩子是金色的头发、蓝眼睛，长得像他。如果那还说明不了他的长相给她留下了很深的印象，他就是愚蠢之极了。想到这一点，他咯咯笑了起来："给我一些时间，耐心一点儿，顺其自然吧。"

几周过去了。苏瓦松驻地的司令官是个上了年纪、为人随和的人，鉴于来年春季军务会比较繁忙，他不愿意对下属约束过严。据德军报纸报道，德国空军正在对英国进行轰炸，英国人陷入了恐慌之中。德军的潜艇击沉了大批英国军舰，再加之整个英国都在闹饥荒，英国国内随时都有可能爆发革命。在夏季来临之前，战争就会结束，德国人将会主宰整个世界。于是，汉斯给家里写了封信，告诉父母他将要和一位法国女孩结婚了，她家有一个不错的农场。他又建议弟弟借点钱把家中属于自己的那份财产买走，以便他能够用这笔钱扩大农场的规模。由于战争、汇率的原因，这个时候可以非常低的价格买到土地。他和斐瑞尔到农场转了一圈。当汉斯说出自己的想法时，老人静静地听着。汉斯说农场的设备必须更新。作为一个德国人，他还是有些门道的。拖拉机旧了，他会从德国购进一台性能比较好的新拖拉机,也会买一台电动犁。要想从农场得到回报,你得利用好现代的发明创造。斐瑞尔太太后来告诉他,她的丈夫告诉她说,汉斯不是一个坏小伙子,而且看起来知识也很渊博。她现在对他很友好,每逢周日还坚决要求他跟他们一起吃午饭。她还把他的名字翻译成法文,叫他"吉恩"。他很乐于助人。随着日子的推移,安妮特能干的活儿越来越少了,有汉斯这样一个不惜力气在农场干活的人真是太有用了。

安妮特对他仍然抱有敌意,除了回答他直接向她提出的问题,从不主动和他说话。一有可能,她就会躲到自己的房间里去。由于当时的天气比较寒冷,她无法老待在自己的房间,就坐在厨房的炉边,读读书或做些针线活儿。她对他连看都不看一眼,好像他根本就不存在似的。她容光焕发、身体健康,脸上也显现出血色来。在汉斯的眼里,她美极了。产期的临近,使她身上散发出一种奇异的高贵气息。每当他看到她时,就喜不胜收。有一天,他在去农场的路上,看到斐瑞尔太太向他招手,并示意他停下来。他费力地刹住了车。

"我在这儿等你一个小时了,还以为你不来了呢。赶快回去吧,皮埃尔死了。"

"皮埃尔是谁?"

"皮埃尔·加文。就是安妮特想要嫁的那位教师。"

汉斯的心跳加速了。多幸运啊!现在他终于又有机会了。

"她并没有哭。当我想跟她说些什么时,她竟然对我吼了起来。要是今天看见你,她非得一刀捅死你不可。"

"他果真死了的话，又不是我的过错。你是怎么得到这个消息的？"

"一个战俘，也是他的朋友，从德国逃出来途经瑞士时，写信将这事儿告诉了安妮特。我们是今天早上收到这封信的。由于饥饿难忍，集中营的战俘发起了暴动。闹事的主谋被处决了，皮埃尔就是其中之一。"

汉斯没有说话，他心想，这个人简直罪有应得，把集中营当成什么了——豪华酒店吗？

"给她点儿时间，让她从打击中慢慢振作起来吧。"斐瑞尔太太说，"当她镇静下来的时候，我去跟她谈谈。到时候我再写信给你，告诉你什么时候再来。"

"好吧。你会帮助我的，是吗？"

"放心吧，我和我的丈夫都同意你们的婚事。我们已就此事讨论过好多次了，最终得出的结论是只能接受现实。我的丈夫，他并不傻，他说法国最好的机会是和德国人合作。总的说来，我并不讨厌你，也不认为你做安妮特的丈夫会比那位教师差。而且，孩子也快出生了。"

"我希望他是个男孩儿。"汉斯说道。

"会是个男孩儿的，我心中有数。从她喝咖啡剩下的渣子看，我就能猜得出来。我也用扑克牌算过，算的每次都是男孩儿。"

"我差点儿忘了，这是我给你们带的报纸。"汉斯调转车头就要骑上摩托车时，突然说道。

他把三份《巴黎晚报》递给了她。老斐瑞尔每天晚上喜欢读报纸。报纸上说，法国人必须承认现实，接受希特勒将要在欧洲建立的新秩序，还说德国的潜艇将横扫大海。从报纸他还得知，德国总参谋部已经为发动一次大战役做好了详细且充分的准备。这场战役将迫使英国最终臣服，而且美国对这次战争毫无准备，也太软弱，内部分歧严重，根本不可能增援英国。他还读到，法国人必须抓住这个天赐良机，和德国人精诚合作，以便在新的欧洲大陆重新获得它的荣耀地位。这篇文章不是德国人写的，而是出自一位法国人之手。当读到富豪和犹太人将要被消灭、法国的贫苦人最终将会各得其所时，他赞许地点了点头。那些聪明的家伙还说法国本质上是农业国家，必须依靠勤劳的农民。分析得多么理智啊，说得多好啊！

一个傍晚，在获悉皮埃尔·加文的死讯十天之后，他们一家人刚刚吃过晚饭。按照同丈夫事先商量好的意见，斐瑞尔夫人对安妮特说："几天前，我给汉斯去了封信，让他明天到我们家来。"

"感谢你的提醒，我会待在我的房间里。"

"哦，得了，女儿！别犯傻了！你必须现实点儿，皮埃尔已经死了！汉斯喜欢你，想和你结婚！而且他的模样长得还不错，任何女孩子都会为能做他的妻子而自豪。如果没有他的帮助，我们怎么能重振农场？他打算用自己的钱为我们买一台拖拉机和一台耕犁。你不能老揪住过去的事情不放啊。"

"你在枉费口舌，妈妈。以前我能够自食其力，现在我也能养活自己。我恨他，我恨他的虚荣和傲慢。我恨不得杀了他，但他的死并不能使我满足。我想要像他折磨我一样去折磨他。我想，如果我能找到一个办法，像他伤害我一样去伤害他，我就死而无憾了。"

"你太傻了，我可怜的孩子。"

"你妈妈说得对，我的女儿。"斐瑞尔说道，"我们被打败了，就必须接受这个结果，不得不尽量和征服者搞好关系。我们比他们聪明，如果把这副牌打好，我们将会有出头之日。法国已经堕落了，是犹太人和富豪毁了我们的国家。看了这些报纸，你自己就会明白的。"

"你觉得我会相信报纸上的一个字吗？这家报社已经被德国人收买了。要不，你觉得他会带报纸给你看？那些写文章的人——都是叛徒，卖国贼啊！啊，上帝啊！我希望我能活着看到这些卖国贼被暴动的民众撕成碎片的那一天。收买了，把他们每个人都收买了——用德国人的钱，一群猪猡！"

斐瑞尔夫人生气了。

"你反对那孩子什么？他强奸了你——不错，可那时他喝醉了呀。对女人而言，发生这种事儿不是第一次，也不是最后一次啦。他打了你父亲，打得他满脸是血，但你父亲记他的仇了吗？"

"这只是个不愉快的偶发小事儿，我已经忘记了。"斐瑞尔说。

安妮特突然尖声大笑起来："你该去当神父的，用纯粹的基督徒精神去宽恕伤害过你的人。"

"那有错吗？"斐瑞尔夫人生气地问道，"难道他没有尽力去弥补吗？要不是他，你父亲这几个月怎么抽得到烟？如果说我们没有挨饿的话，也多亏他了。"

"如果你还有民族自豪感，如果你还有尊严，就应该把他带来的礼物扔到他脸上！"

"你也从中得到好处了，不是吗？"

"从来没有！从来没有！"

"你睁着眼撒谎。你是拒绝吃他带来的奶酪、黄油和沙丁鱼了，但是你喝汤了呀。你是知道的，我把他带来的肉放到汤里了。还有今晚的色拉，你之所以吃起来不干，那是因为里面有他送来的油。"

安妮特深深叹了口气，她用手捂住了双眼。"我是知道这些。虽然我也不愿意吃，但我控制不住自己，我太饿了。是的，我知道汤里放了他带来的肉，但我还是吃了。我也知道色拉是用他带来的油拌的，我本不想吃，但是我实在太饿了。可是，那不是我吃的，是我肚子里那个贪婪的小畜生吃的。"

"那都不重要，反正你是吃了。"

"我感到耻辱和绝望。他们先是用坦克和飞机击溃了我们的武装力量；现在我们没有反抗能力了，他们又用饥饿来摧残我们的意志。"

"女儿啊，演戏没有用。作为一个受过教育的人，你真的不理智。忘掉过去，让你的孩子有个爸爸吧！更何况他还是农场的一把好手，一个人能抵得上两个雇工。那样做才理智。"

安妮特厌烦地耸了耸肩，他们谁也没有说话。第二天，汉斯来了。安妮特沉着脸看了他一眼，既没有说话，也没有走开。汉斯的脸上露出了微笑。

"谢谢你没有跑开。"他说道。

"我父母让你来的吧,他们都去村里了。这倒挺适合我,因为我想把话给你说清楚。坐吧。"

他把外套脱下,摘掉头盔,拉了把椅子坐在桌边。

"我父母想让我嫁给你。你够聪明的,你用你的礼物,用你的承诺哄骗了他们。他们全都相信你带来的报纸上的话。告诉你,我永远也不会嫁给你。我从未想到恨一个人会像恨你一样深。"

"请允许我讲德语吧,你是能听懂我的话的。"

"应该能听懂,我教过德语。我曾在斯图加特给两个女孩儿做过家庭教师。"

汉斯开始讲德语,而安妮特继续讲法语。

"我不仅爱你,还欣赏你,我欣赏你的卓尔不群和端庄大方。尽管我并不懂你身上的某些东西,但我尊重你。哦,我能够看得出,即使有可能,你现在也不会嫁给我。可是,皮埃尔已经不在人世了啊。"

"不许你提他,"她突然大哭起来,"我受不了了。"

"我只是想告诉你,为了你的缘故,他死了我也很难过。"

"他可是被德国看守残忍地杀害的呀。"

"或许,过一段时间,你对他的死就不会太难过了。你知道,当你所爱的人死去之后,你会认为自己永远无法从悲痛中走出来,可是你能走出来的。让孩子有个爸爸,不是更好吗?"

"即使没有其他事情发生,难道你觉得我会忘记你是个德国男人,而我是个法国女人吗?如果你不像其他德国人那样笨的话,就应该明白,只要我苟活在世,那个孩子就是我的耻辱。你认为我没有朋友吗?带着一个我和德国士兵生的孩子,你让我怎么面对他们?我只求你一件事,让我一个人承受耻辱吧。你走吧,走吧——看在上帝的分上,走吧!千万别再回来了!"

"可是,他也是我的孩子,我需要他啊!"

"你?"安妮特惊讶地叫起来,"一个野蛮醉酒后的行径生下的私生子对你来说,能意味着什么?"

"你不知道,我是多么自豪高兴啊!就在我得知你怀孕的时候,我知道我爱上了你。一开始,我简直不敢相信!这件事太让我吃惊了!难道你还不明白我的意思吗?对于我而言,这个将要出生的孩子就是我的全部。哦,我真不知道该怎样形容他!我的内心已经对他产生了感情,就连我自己也弄不明白。"

她一直盯着他,眼里闪过一丝奇异的光芒,可以说是一丝胜利的光芒。她大笑了一声:"我不知道是该更厌恶你们德国人的残忍,还是该更鄙视你们的多愁善感。"

他似乎并没有听到她说的话。"我经常想起他。"

"你就那么肯定他是个男孩儿吗?"

"我知道他会是个男孩儿。我想把他抱在怀里,我想教他学走路。他大一点儿的时候,我会倾囊而授,教他骑马,也会教他射击。你们的小溪里有鱼吗?我会教他钓鱼,我会成为世界上最骄傲的父亲。"

她用极其冷漠无情的眼神盯着他,面带固执而冷酷的表情。突然，一个念头，一个可怕的念头浮现在她的脑海里。

他对她善意地笑了笑。

"或许当你看到我是多么爱我们的孩子的时候，会渐渐爱上我。我会做一个好丈夫，我的宝贝。"

她什么话也没有说，只是阴沉着脸盯着他。

"难道你就不能给我说句好听的吗？"

她气得满脸通红，双手紧紧地扣在一起。"别人可以瞧不起我，但我永远也不会干连我自己都瞧不起自己的事儿。你是我的敌人，永远都是。我之所以还苟活于世，就是为了看到法国的解放。会解放的，或许明年不会，后年也不会，但那一天终究会来临。其他的人可以愿意做什么就做什么，但我永远也不会跟侵占我们国家的侵略者言归于好。我恨你，也恨你让我怀上的这个小崽子。是的，我们是战败了，但在最终结局还未出现之前，你会看到我们是坚强不屈的。现在，你走吧！我意已决，世界上没有什么东西能够撼得动它。"

他有一两分钟都没有说话。"你约好医生了吗？一切费用都由我来支付。"

"你认为我们想把这种丑事传遍全村吗？一切事情由我母亲料理就够了。"

"可是，假如有意外呢？"

"你就假设你少管点儿闲事吧。"

他叹了口气，站起身来，把身后的门带好。安妮特看着他向家门口的那条小路走去。她愤怒地意识到，他的某些话使她在心中对他产生了从未有过的情感。

"哦，上帝啊！赐予我力量吧！"她大声喊道。

当汉斯往外走的时候，那条老狗——安妮特家养了多年的老狗，追着他恼怒地狂吠。几个月以来，他曾试图和那条狗交朋友，但它对他的示好置若罔闻；当他试着想拍拍它的时候，它直往后退，并且呲着牙狂叫不止。这一次，那条狗又向他扑来。此时的汉斯正由于心灰意冷而烦躁不安，便狂怒地飞起一脚，将它踢进了灌木丛。那条狗哀鸣着，一瘸一拐地逃走了。

"这个畜生，"她大声喊道，"鬼话，鬼话，全是鬼话！我太心慈手软了，差一点儿同情他了。"

门的一侧挂着一块镜子。她往镜子里照了照，然后又挺直身子对着镜中的影子笑了笑。但那不是微笑，而是一脸残忍和痛苦的表情。

现在已经是三月份了。驻扎在苏瓦松的守军异常忙碌，长官要来检阅部队，紧张的军事训练也要开始了。流言四起。毋庸置疑，部队将会向某地进发。普通士兵对于开拔地点只能猜猜而已。有人说他们已经做好了最终进攻英格兰的准备，有人说他们将进军巴尔干，还有人说他们将被派往乌克兰。汉斯也一直忙个不停。直到第二个星期日的下午，他才得以抽空到农场去。那是个阴沉寒冷的日子，雨夹着雪花下个不停，看似只要狂风突然一起，一阵大雪就会来临。村子显得更为萧然冷清。

"你！"他刚走进屋，斐瑞尔太太就尖声大喊起来，"我们还以为你已经死了呢！"

"之前，我一直来不了。现在不知道哪一天队伍就会突然出发，就是不知道具体时间。"

"今天早上孩子出生了,是个男孩儿。"

汉斯的心脏剧烈跳动起来,张开双臂抱住了她,吻了吻她的面颊。

"周日出生的孩子,他应该有福气。咱们打开香槟庆祝一下吧!安妮特怎么样啦?"

"她和预期的一样好,生产很顺利。昨天晚上她出现了阵痛,到凌晨五点,孩子就出生了。"

老斐瑞尔正紧靠着炉子吸烟,看到汉斯的兴奋劲儿,他静静地笑了。"第一个孩子,对大人影响大啊。"他说道。

"孩子的头发茂密,和你的一样;蓝眼睛,也和你先前说的一般无二。"斐瑞尔太太说,"我从没见过这么可爱的婴儿!将来一定和他爸爸一样!"

"哦,上帝啊,我太幸福了!"汉斯大声喊道,"这世界真是太美了!我想去看看安妮特。"

"不知道她是否想见你。我不想让她烦,怕影响到她的奶水。"

"别,别!不要因为我让她心烦。如果她不想见我,没关系。不过得让我看一眼孩子,哪怕一分钟。"

"我想想该怎么办,我尽量把他抱下楼吧。"

斐瑞尔太太走出厨房,他们听到她走上楼梯的沉重脚步声。可是,过了一会儿,他们又听到她啪嗒啪嗒地跑了下来。她一头冲进了厨房。

"他们都不在那儿。她不在房间,连孩子也不见了。"

斐瑞尔和汉斯也都大叫起来。来不及多想,三人便向楼上惊惶地跑去。冬日的下午,炫目的阳光照射在破旧的家具、铁制的床铺、廉价的衣柜和五斗柜上,一切都显得那么凄凉、脏乱不堪。房间里连一个人影都没有。

"她会去哪儿啊?"斐瑞尔太太恐惧地尖叫道。她跑到窄窄的走廊上,把所有的门都打开,高声叫着女儿的名字。"安妮特,安妮特!啊,把人都急疯了!"

"或许在客厅吧。"

他们跑下楼,冲进久未用过的客厅。一打开门,一股冷空气扑面而来。他们又打开了储藏室的门。

"她已经出去了,可能要坏事儿啦!"

"她怎么能出得去呢?"汉斯焦虑不安地问道。

"从前门出去的,你这个傻子!"

斐瑞尔走向那扇门,看了一眼。"就是,门栓被抽开了。"

"哦,上帝!我的上帝啊!真是发疯了!"斐瑞尔太太哭喊道,"那会要了她的命的。"

"我们一定得找到她。"汉斯说。他本能地跑回厨房,因为那里是他经常进出的地方,其他人紧随其后。"哪条路?"

"那条小溪。"斐瑞尔太太气喘吁吁地说道。

他突然停下来,直吓得呆若木鸡。他惊骇地盯着她。

"我害怕!"她哭喊道,"我害怕极了!"

汉斯猛地打开门。就在这时,安妮特走了进来。她只穿了一件睡袍和一件薄薄的人造丝罩衫——粉底带着淡蓝色花儿的罩衫。她全身湿漉漉的,乱蓬蓬的头发湿淋淋地紧贴在头皮上,滴着水一缕一缕地从肩膀上耷拉下来。她面如死灰。斐瑞尔太太跑过去,一把将她搂在怀里。

"你去哪儿啦?哦,我可怜的孩子。你全身都湿透了。你疯了吗?"

安妮特将她推开后,看着汉斯:"你来得正好,你!"

"孩子在哪儿?"斐瑞尔太太叫喊道。

"我不得不马上行动,我怕再等下去就没有勇气了。"

"安妮特,你究竟干了些什么?"

"我已经做了不得不做的事儿。我把他抱到河里,按到水里淹死了。"

汉斯号啕大哭起来,那哭声恰似一头将死的野兽的哀号。他双手捂着脸,像个醉汉似的跌跌撞撞推门跑了出去。安妮特一屁股坐到扶椅上,用双拳支撑着前额,突然肝肠寸断地痛哭起来。

舞男与舞女

　　酒吧里熙熙攘攘。桑迪·威斯克已经喝了好几杯鸡尾酒,开始觉得饥肠辘辘的了。他看了看手表。本来约他九点半一起吃晚餐,可现在都快十点了。伊娃·巴雷特总是姗姗来迟,十点半能吃到东西,他就算运气不错了。他转身向酒吧伙计又要了一杯鸡尾酒,看到一个男人正向酒吧走来。
　　"喂,科特曼!"他说,"来一杯吧!"
　　"好啊,没问题,先生。"
　　科特曼是个俊小伙儿,大概三十岁。虽然个子不高,但身材很好，看起来并不显矮。他身着得体的双排扣礼服夹克，只是腰身收得过紧，使得衣服上的蝴蝶结显得硕大无比。他的黑色卷发既厚实又光亮柔顺，齐刷刷地从前额梳到脑后，一双大眼睛炯炯有神。他说起话来温文尔雅，只是带有伦敦方言。

"斯特拉还好吧？"桑迪问。

"哦，她还行。她总喜欢在演出前稍微躺一躺，您知道。她说，需要放松一下，定定神。"

"我才不会为一千英镑去表演她那绝技。"

"我想您不会的。除了她，没有人能干得了那个。虽说她跳水的地方不是太高，我是说，水却只有五英尺深。"

"那是我见过的最令人恐惧的表演。"

科特曼哈哈笑了起来，他把这话当作一种赞赏。斯特拉是他的妻子。当然，是她冒的险表演这个特技的。不过，是他想出来在特技中使用火焰的。而且是火焰引发了观众的想象力，才带来了节目的巨大成功。斯特拉从一个六十英尺高的梯子顶端飞身跃入一个水箱，如他所说，水箱里的水只有五英尺深。就在她即将跃入水面之前，他们往水上泼一层汽油，然后科特曼把汽油点燃；火焰腾空而起，斯特拉纵身跃入火焰之中。

"帕克·艾斯皮奈尔给我说，这是俱乐部有史以来最有吸引力的节目。"桑迪说。

"我知道。他对我说，他们在七月份卖饭赚的钱跟八月份差不多。他还告诉我，那全都是因为我们的演出带来的财运。"

"那我希望你赚一笔啊。"

"哦，还不敢那么说。您看，我们已经签了合同，并不知道会引起轰动。不过艾斯皮奈尔正说着还要和我们预约下个月的演出。不妨告诉您，要是他还给我们开同样或跟原先差不多的条件，那就留不住我们了。呃，就在今天早上，我还收到一位代理人的信，希望我们到多维尔①演出呢。"

"我约的人来了。"桑迪说。他朝科特曼点点头，离开了。伊娃·巴雷特与她的客人们款款而来！她在楼下把他们召集到了一起，一共有八位。

"我就知道能在这里找到你，桑迪。"她说，"我没有迟到，对吧？"

"你只迟了半个钟头。"

"问问他们喝什么鸡尾酒，然后咱们就开饭。"

现在，几乎所有的人都到露台吃饭去了，酒吧的人少了。他们正在那里站着，帕克·艾斯皮奈尔正好经过，便停下来与伊娃·巴雷特握了握手。帕克·艾斯皮奈尔是个年轻人，已经挥霍光了自己的钱财，眼下靠为俱乐部安排各类吸引顾客的演出谋生，他的职责就是对权贵之人礼貌有加。查洛纳·巴雷特是一位家财万贯的美国富孀，不仅在吃喝玩乐方面出手阔绰，而且还乐于赌博。不管怎样，那些午餐、晚宴和两场进餐时的卡巴莱歌舞表演②都不过是为诱惑人们在桌旁输掉钱罢了。

"给我留了个好桌位吗，帕克？"伊娃·巴雷特问道。

"留了最好的。"他那双漂亮的阿根廷人的黑眼睛显示出

---

① 法国北部的海滨城市。
② 餐馆或夜总会中的歌舞或滑稽短剧等现场表演。

他对巴雷特夫人无限成熟魅力的敬仰之情,这也是他的生意经。"您看过斯特拉的表演吗?"

"当然,看过三次了。是我看过的最吓人的表演。"

"桑迪每晚都来。"

"我想在她摔死的时候在场。这些个晚上她总有一次会摔死的。只要能来,我可不想错过那个场面。"

帕克笑了起来。

"她已经大获成功了。我们打算让她演到下个月。我只要求八月底之前她能保住命。之后她想怎样就怎样吧。"

"哦,天哪,难道我每晚都得吃鳟鱼和烤鸡,一直到八月底吗?"桑迪叫了起来。

"你真恶毒,桑迪!"伊娃·巴雷特说,"来吧,咱们进去吃饭吧!我饿坏了。"

帕克·艾斯皮奈尔问侍者是否见到了科特曼,侍者说科特曼刚才跟韦斯科特先生一起喝酒了。

"哦,好。要是他再来这儿,告诉他我想跟他说几句话。"

巴雷特夫人在通往露台的楼梯顶端站住,等那位报界代表——一个头发蓬乱、满脸憔悴的小个子女人——拿着笔记本走上来。桑迪悄声向巴雷特夫人通报了客人的姓名。这是一个典型的里维埃拉①聚会,客人中有一位英国勋爵及其夫人,两人都又高又瘦。只要有人请他们白吃,他们乐意同任何人一同进餐。午夜之前,两人一定会喝得烂醉如泥。客人中还有一位

---

① 南欧沿地中海一地区。

憔悴的苏格兰女子，她的面孔就像遭受过千年暴风雨袭击的秘鲁面具一般。她的英格兰丈夫虽然是个掮客，却为人直率、果敢、开朗，给人的印象是那么正直。当他将一件好东西作为特别的恩惠送给你，到头来却证明毫无用处时，你几乎会为他而不是为自己感到难过。还有一位意大利公爵夫人，她其实既非意大利人，也非公爵夫人，只不过玩得一手好桥牌；还有一位俄国王子，他总想把巴雷特夫人打造成亲王夫人，顺便代人销售香槟、汽车和绘画大师的作品。舞会正在进行，巴雷特夫人正等待舞会结束。她朝下扫视了舞池里摩肩接踵的人群，小巧的上嘴唇显露出鄙夷的神情。这是一个欢庆的夜晚，许多餐桌挤到了一起。露台外，大海宁静无声。音乐声止，侍者领班谦恭地微笑着走来，引领巴雷特夫人到了她的餐桌旁。她迈着优雅的步子，疾步走下台阶。

"我们可以好好欣赏跳水了。"她边坐下边说。

"我喜欢紧靠着水箱！"桑迪说，"这样，就可以看见她的脸了。"

"她漂亮吗？"公爵夫人问道。

"不是那个问题，是她的眼神。每次她跳水时都吓得要死。"

"哦，我才不信呢。"那位叫古德哈特上校的绅士（没人知道他怎么有了这个头衔）说，"我是说，整个恶心的绝技只不过是个把戏。我的意思是，其实这没有什么危险性。"

"你知道你在说什么吗？从那么高的地方跳入那么浅的水中，她入水的那一刻必须迅速转身。要是做得不到位，她的头肯定会撞到水箱底，把脊柱折断。"

"那就是我要告诉你的,老兄。"上校说,"那就是个把戏。我说,这没什么可争议的。"

"不管怎样,表演没有危险就没有意思了。"伊娃·巴雷特说,"表演一分钟就结束了。要不是她冒着生命危险来表演,那就是现代最大的骗局了。还是别说我们一遍又一遍地看这个表演,不过是个骗人的玩意儿吧。"

"其实什么都是骗人的。你信我的话没错。"

"是啊,你该知道的。"桑迪说。

虽然上校意识到这话可能是对他的恶意挖苦,还是巧妙地掩饰过去了。他哈哈一笑。

"不妨告诉大家,我对此略知一二。"他承认说,"我的眼很尖,骗不了我的。"

水箱在露台左侧的稍远处,后面有几个支柱支撑着一架高耸的梯子,梯子顶端有一个很小的平台。伊娃·巴雷特和她那帮人吃着芦笋。又跳了两三轮舞之后,音乐声止,灯光暗了下来。聚光灯的光辉照在水箱上。在明亮灯光的照射下,科特曼的身影清晰可见。他上了六级台阶,到了水箱顶端。

"女士们,先生们!"他以响亮清脆的嗓音大声说道,"接下来,您将看到的是本世纪最美妙的技艺表演。全世界最伟大的跳水员斯特拉女士将从六十英尺高的地方跳入一个燃烧着火焰的五英尺深的湖里。这项技艺还从未有人表演过,谁愿意尝试的话,斯特拉夫人愿意奉送一百英镑。女士们,先生们!我很荣幸地请出斯特拉女士。"

一个小巧玲珑的身影出现在通往露台的台阶顶端。她飞快地跑到水箱前面,向台下喝彩的观众鞠躬致意。她身穿一件男式丝绸便袍,头戴游泳帽,瘦削的脸庞好像专门化了舞台妆。那位意大利公爵夫人透过长柄眼镜打量着她。

"她并不漂亮。"她说。

"身材不错。"伊娃·巴雷特说,"一会儿你会看出来的。"

斯特拉迅速脱掉便袍,递给了从梯子上走下来的科特曼。斯特拉站立片刻,看了一眼观众。他们都在暗处,她只能看到他们模模糊糊的白色脸庞和白衬衣的前胸部分。斯特拉小巧玲珑,身材娇美,双腿修长,臀部瘦小,泳衣显得比较暴露。

"你说的对,她的身材的确很好,伊娃。"上校说,"当然,她有些发育不全。但我知道,你们女孩子都觉得那样正好。"

斯特拉开始往梯子上爬,聚光灯的光束跟随她。梯子高得令人难以置信。一个侍者往水面泼洒了汽油。科特曼手拿一把燃烧的火炬,看着斯特拉爬到了梯子顶端,在平台上站定。

"准备好了吗?"他喊道。

"好了。"

"起跳。"他大声叫道。

刚一喊出口,他就几乎同时将燃烧的火炬投进了水里。火焰腾空而起,火舌蹿得很高,看着着实吓人。与此同时,斯特拉飞身跃起,像一道闪电般穿过熊熊火焰俯冲下来。她一入水,火焰便熄灭了。眨眼间她已游出水面,跳出水箱,迎来暴风雨般的欢呼声和掌声。科特曼用便袍将她裹住,她一再向观众鞠躬致谢,掌声却经久不息。音乐骤然响起,她最后挥了挥手,跑下台阶,从餐桌中间穿梭而过,走到了门口。灯又亮了，侍者们赶紧重新忙起刚才丢在一边的工作。

桑迪·威斯克叹了口气,不清楚自己是失望还是松了口气。

"真是顶呱呱啊!"那位英国贵族说。

"那完全是骗人的。"上校以英国人特有的执拗劲头说道,"随你赌什么东西都行。"

"这么快就演完了,"英国贵妇说,"我是说,你花的钱真不值。"

不管怎样,她并没有花这个钱,她从来没有自掏腰包。意大利伯爵夫人向前探过身来,她说的英语很流利,不过带有浓重的口音。

"伊娃,亲爱的!阳台底下靠近门口桌旁坐着的那两位不同寻常之人是谁?"

"他们很有意思,对吧?"桑迪说,"我的眼睛简直离不开他们了。"

伊娃·巴雷特扫视了伯爵夫人提到的桌子,亲王本来背靠着那张桌子坐着,也转过身来了。

"他们真奇怪!"伊娃叫道,"我得问问安吉洛他们是谁。"

巴雷特夫人是这么一类女人,知道欧洲所有大饭店侍者领班的名字。她吩咐正在给她斟酒的侍者去把安吉洛叫来。

他们确实是奇葩的一对。他们正坐在一张小桌旁,已经一把年纪了。老先生身材高大,身强体壮,满头白发浓密如银,两道白眉和白色胡须浓重粗长。他看起来很像意大利的已故国王亨伯特①，却更有国王的派头。他腰板笔挺地坐着，身穿整套晚礼服，系一条白色领带，但衣领样式已落伍三十年了。陪伴他的是一位身材矮小的老妇人，一身黑绸缎舞会礼服，领口很低，腰部紧束，脖子上戴着几串彩珠项链。很明显，她的头上戴着假发，是做工精致的黑色卷发，但大小并不合适。她浓妆艳抹，眼睛和眼睑涂成了亮丽的蓝色，眉毛描得浓黑，两颊上涂有大片粉色的胭脂，嘴唇抹成了猩红色；她脸上的皮肤松弛，皱纹横生，一双肆无忌惮的大眼睛热切地在桌子间来回扫视，将一切一览无遗。每隔一分钟，她便叫老先生注意看这个或那个人。在这群穿着晚礼服或紧身浅色长裙的时尚男女中间，这对老夫妻的外表显得分外古怪，导致很多人都转而注视他们。不过，在众目睽睽之下，老妇人并未感到不爽。当她感到一些人在注视自己时，反而有意扬起了眉毛，转动着眼珠微笑着，好像在答谢众人的喝彩。

安吉洛赶紧跑到老主顾伊娃·巴雷特跟前。"您找我吗，夫人？"

"嗯，安吉洛，我们迫不及待地想知道，靠近门口的桌子旁边坐的那两位不同一般的人是谁呀？"

安吉洛抬眼看了一下，露出不屑一顾的样子。他脸上的神情、肩膀的动作、扭动的脊背、双手的姿势，甚至他脚趾的转动，都显示出一种略带幽默风格的歉意。

---

① 指翁贝托一世（Umberto I）(1878 – 1900)，意大利的一位国王。因批准与德国和奥匈帝国同盟，1900年被一个无政府主义者暗杀。

"您不用搭理他们，夫人。"他当然知道巴雷特夫人没有资格接受这样的称呼（就像他知道那位意大利公爵夫人既不是意大利人，也不是伯爵夫人；而且他还知道，只要有人肯破费，那位英国勋爵从来不会自掏腰包），但是他也知道这样的称呼不会使她不悦，"他们想看斯特拉夫人跳水，求我给他们一张桌子。他们以前也是干那一行的。我知道，没有人愿意看到他们在这里用餐，可他们一直求我，我实在不忍心拒绝。"

"可我认为他们很滑稽，我喜欢他们。"

"我认识他们很多年了。其实那男的还是我同乡哩。"侍者领班故作屈尊地轻笑了一下说，"我同意给他们一张桌子，但前提条件是不能在这里跳舞。我可不想冒风险，夫人。"

"哦，可我真想看他们跳一曲呢。"

"人总得有点儿原则，夫人。"安吉洛一本正经地说。他笑着又鞠了个躬，退了出去。

"看！"桑迪嚷道，"他们要走了。"

这对滑稽的老夫妻正要付账。老先生起身将一条不太干净的白色羽毛长围巾围到妻子脖子上，她也站了起来。他把手臂伸给妻子，身子笔挺，相形之下显得瘦小的她偎依着丈夫走了出去，黑色绸缎长裙拖着长长的裙裾。

见此情景，伊娃（已年逾五十）快活地尖声叫道："快看！我记得上学时我妈妈也穿这种裙子。"

这对滑稽的老夫妻手挽着手，穿过夜总会一个个宽敞的房间，走到门口。老先生对看门人说："求您发发慈悲，带我们去演员化妆间吧！我们想向斯特拉夫人表达敬意。"

看门人打量了他们一眼,揣测了一下他们的身份,断定没必要对他们毕恭毕敬。"你们在那里找不到她。"

"她还没走吧?我想,她在两点还要表演第二场吧?"

"没错。他们可能在酒吧。"

"咱们过去看一眼也无妨,卡洛。"老妇人说。

"没问题,亲爱的。"老先生的卷舌音很重。

他们慢慢登上宽大的台阶,进了酒吧。那里只有一个小伙计,还有一对夫妻坐在角落的扶手椅上,别无他人。老妇人放开丈夫的手臂,伸出双手轻快地走了过去。

"你好吗,亲爱的?我觉得必须来向你道贺。我像你一样也是英国人,也干过这一行。你的表演真了不起,亲爱的!理应获得成功!"她转向科特曼,"这是你丈夫吗?"

斯特拉从扶手椅上站起来,有些困惑地听老妇人滔滔不绝地讲着,嘴角露出一丝羞涩的微笑。"是的,他是席德。"

"见到你很高兴。"他说。

"这是我丈夫,"老妇人用胳膊肘轻轻朝高个的白发老人指了指,"佩雷斯先生。其实,他是一位伯爵。按说,我就是佩雷斯伯爵夫人了,可我们从这一行退出时就放弃了爵位。"

"你们要喝点儿什么吗?"科特曼说。

"不,让我们来请你们吧!"佩雷斯夫人坐到一把扶手椅上,"卡洛,你来点吧!"

侍者走过来。经过了一番商讨,他们要了三瓶啤酒。斯特拉什么都不喝。

"第二场演出前,她什么都不会喝的。"科特曼解释道。

斯特拉大约二十六岁，娇小玲珑，有一头短短的浅褐色卷发，灰眼睛，红嘴唇，脸上略施粉黛，皮肤苍白。她虽算不上漂亮，但脸蛋看起来还算端庄大方，穿着一件朴素的白色丝质晚礼服。啤酒端了上来，佩雷斯喝了一大口。很明显，他不善言辞。

"请问您以前是干哪一行的？"席德礼貌地问道。

佩雷斯夫人化过妆的眼睛熠熠生辉，眼珠转动，看了席德一眼后转向了丈夫。"告诉他们我是谁，卡洛。"她说道。

"美人炮弹。"他自豪地宣布。

佩雷斯夫人爽朗地笑了起来，目光如小鸟般掠过每一个人。可他们只是丧气地看着他。

"弗洛拉，"他说，"是美人炮弹。"

很显然，她期待着他们对她有深刻的印象，结果反而弄得他们有些手足无措了。斯特拉有些困惑地瞅瞅席德，他过来打圆场。

"那一定是我们出生之前的事吧。"

"当然是你们出生之前的事啦。唉，我们就是在可怜的维多利亚女王驾崩那一年退出的，当时还引起了巨大轰动呢。不过你们一定听说过我吧。"她看到他们脸上一片茫然，语气便稍微有所变化。"我曾经在伦敦最叫座。在老水族馆，就是在那里，伦敦所有的社会名流都去观看，有威尔斯亲王，还有许多我叫不上来名字的人。我是全城人谈论的话题。这都是真的，对吧，卡洛？"

"她让水族馆整整一年都挤得水泄不通。"

"那是他们看过的最为上乘的节目。哎,就在几年前,我走到德·巴思夫人跟前作自我介绍,就是莉莉·兰特里,你知道吧。她过去住在那里。她把我记得一清二楚,还说看过我十次演出呢。"

"那时你表演什么?"斯特拉问。

"他们把我从大炮里射出来。你得相信我,当时轰动一时呀。在伦敦演出完毕后,我又到世界各地去演出。是啊,亲爱的,现在我老不中用了,我不否认这一点。佩雷斯先生七十八岁,我也早过了七十岁,可当时伦敦每一个海报栏里都有我的肖像。德·巴思夫人对我说:亲爱的,你跟我一样有名气。不过你知道观众是什么样的人,你给他们表演好节目,他们会发疯似的追捧你。不过,他们接着就想要换口味,无论节目多好,他们都会腻味,就不再去看了。你也会遇到这种情况的,亲爱的!就像我当初的经历一样。我们都会经历这种事情。不过佩雷斯先生的脑子经常很好使。他才这么高时就开始在这个圈子里混——是马戏团,你知道的,是马戏团领班。我开始时就是这么认识他的。我在一家杂技团表演空中飞人,你知道。现在他还很帅气,不过要是你们那时见过他就好了。他脚蹬俄罗斯长靴,身穿马裤,紧身外套的前面缀满了饰扣。他骑马绕场飞奔时,长鞭甩得噼啪响。他可是我这辈子见过的最帅的男人。"

佩雷斯先生默不作声,只是若有所思地捻捻自己浓密的白胡须。

"是啊,像我告诉你的那样,他是个从不乱花钱的人。经纪人不再跟我们续约时,他就说,咱们别干了。他真英明,在伦敦做过红极一时的明星,我们不能再回马戏团了。我是说,佩雷斯先生真是一位伯爵,他得考虑自己的尊严。所以,我们就来到这里,买了房子,开始对外出租房屋。佩雷斯先生早有心干这行,如今我们在这里生活了三十五年。最近两三年经济萧条了,我们的状况开始变坏。顾客也跟我们刚开始干那会儿很不一样,给我们要许多我不知道的东西:要求卧室里有电灯和自来水,还有我叫不上名的东西。给他们一张名片,卡洛。在我们店里是佩雷斯先生自己下厨房。如果你们想真正感受一下'宾至如归'的滋味,就会知道到哪里去感受了。我喜欢同行,我们之间有许多共同话题,是你我之间,亲爱的。我想说,曾为同行,永远同行。"

这时,侍者领班吃完晚饭回来,一眼就看见了席德。

"啊,科特曼先生,艾斯皮奈尔先生正找您呢。他想单独见见您。"

"哦,他在哪儿?"

"就在附近什么地方。"

"我们马上就去!"佩雷斯夫人起身说,"哪天有空来和我们吃顿午饭,行吗?我想给你们看看我以前的老照片和简报。你们竟然没有听说过美人炮弹,真是奇怪。喂,我那时可是和伦敦塔一样出名啊。"

佩雷斯夫人发现这些年轻人竟然从来没有听说过她,并不感到气恼,只是觉得滑稽。

他们相互告别后,斯特拉重新又瘫倒在椅子里。

"我要喝完啤酒了,"席德说,"然后去看看帕克有什么事。宝贝,你是待在这里还是去化妆室?"

斯特拉紧攥着双手,没有回答。席德看了她一眼,赶紧把目光移开了。

"那个老太婆真能捣乱,"他仍然大声嚷嚷道,"真是个滑稽的人。我猜想她说的是真的。可是我不得不说,真是难以置信。谁能想得到她会风靡整个伦敦!什么,四十年前?尤其可笑的是,她以为人人都记得她,好像我们没有听说过她是不可理喻的事情。"

他从眼角又斜眼看了斯特拉一下,怕她看见,却发现她在哭泣。他一下子结巴起来。眼泪正从她苍白的脸颊流淌下来,她并没有哭出声。

"怎么啦,亲爱的?"

"席德,今晚我不能再表演了。"她抽抽嗒嗒地说。

"到底为什么?"

"我害怕。"

他握住了她的手。

"我知道你不至于如此。"他说,"你是世界上最勇敢的小女人。喝口白兰地吧!这会让你重新振作起来。"

"不。那只会让情况更糟。"

"你不能这样让观众失望吧。"

"那些狗屁观众。一群傻吃傻喝的猪,一群乱嚼舌根的笨蛋,钱多得不知道怎么花。我不稀罕他们。我冒死表演,他们谁在乎过?"

"当然,他们就是为了寻找刺激才来的。这一点不可否认。"他有些不自在,"不过,你我都清楚没有什么危险,只要你镇静就没事儿。"

"可是我镇静不了,席德。我会死的。"

她提高了嗓音。他迅速回头看了看侍者,但侍者在看《威尼斯侦察兵》,并没有注意他们。

"你不知道从那上面,从梯子顶端往下看水箱是什么情形。跟你说实话,刚才表演时我觉得快要晕过去了。我告诉你,今晚我不能再表演了。你帮我取消表演吧,席德!"

"要是你今晚退缩了,明天会更糟糕。"

"不,不会的。一天表演两场会害死我的。得等那么久,太吓人了。你去找找艾斯皮奈尔,给他说我一晚演不了两场。我受不了啦。"

"他绝不会同意的。所有晚餐的生意全靠你呢。那些观众来这里就是为了看你的表演。"

"我受不了啦。我告诉你,我不能继续表演了。"

他沉默了片刻。眼泪还在顺着她苍白的小脸向下流淌,他看到她正在迅速失去自控力。好几天来他都觉得不对劲,一直有些担忧,试图不给她提及此事的机会。因为他模模糊糊地知道,最好不让她把自己的感受表达出来。不过,他一直还是担心,毕竟他很爱她。

"不管怎样,艾斯皮奈尔想要见我。"他说。

"什么事?"

"我也不知道。我会告诉他,你一晚演不了两场,看他怎么说。你在这里等着我吗?"

"不,我要去化妆室。"

十分钟后,他在那里见到了斯特拉。他兴高采烈,步伐轻盈,猛地推开了门。

"心肝宝贝,我有大好消息带给你!他们愿意以高出一倍的价格留我们干到下个月。"

他直奔过去要抱住她,吻她,却被她推开了。"今晚我还得再演一场吗?"

"恐怕得演。我想要定成每晚一场,可他不愿意听我解释,说晚餐时的那场至关重要。而且毕竟报酬多了一倍,也值了。"

这时,斯特拉瘫倒在地,挥泪如雨。

"我不能演,席德,不能演。我会死掉的。"

他在地上坐下,扶起她的头,将她抱到怀里安抚她。

"打起精神,亲爱的。你不能拒绝这样一大笔钱哪。有了这笔钱,我们什么都不用干就能熬过冬天了。再说,七月份只剩下四天,然后就只剩下八月份了。"

"不,不,不,我吓怕了。我不想死,席德。我爱你。"

"我知道你爱我,亲爱的,我也爱你。你看,从我们结婚以来,我没有看过别的女人一眼。我们以前从来没有过这么多钱,以后也不会再赚这么多了。你知道这是怎么回事,我们现在是大红大紫,但不可能永远这样下去。我们得趁热打铁。"

"你想要我死吗,席德?"

"别说傻话了。你想,没有你了我可怎么活!你可别这么糊涂,好好想想你的自尊心。你可是全世界闻名。"

"就像美人炮弹以前一样。"她怒火中烧,狂笑着喊道。

"那个可恶的老太婆。"他心想。

他知道,那是压倒骆驼的最后一根稻草。真倒霉,斯特拉偏偏受了刺激。

"她让我大开眼界。"她接着说,"他们为什么一次又一次来看我表演?是因为有可能看到我摔死。我死了一星期以后,他们甚至会忘掉我的名字。观众就是这副德性。看到那个浓妆艳抹的丑老太婆,我就看透了一切。唉,席德,我的命怎么这么苦!"她用胳膊搂住他的脖子,将脸贴在他的脸上:"席德,干这个没有好下场。我不能再干啦!"

"你是说今天晚上不干了吗?要是你真这么想,我就跟艾斯皮奈尔说你晕过去了。我敢说,就这一次应该还可以。"

"我不是指今天晚上,是说以后永远不干了。"

她觉得,他的身体猛地一下僵直了。

"席德,我亲爱的,你别以为我在犯傻。我不是今天才有这个想法的,我一想起这事,晚上就睡不着。等我真睡着了,就会梦见自己站在梯子顶端往下看。今晚我差点儿上不去了,哆嗦得厉害。当你点着火了喊'跳'的时候,我觉得有什么东西在把我往后拽,我甚至都不知道已经跳下去了。一直到我发现自己站到了台上,听到了他们的鼓掌,我的脑子还是一片空白。席德,要是你还爱我,就不会让我受这种折磨。"

他叹了口气,眼睛湿润了——他深深挚爱着自己的妻子呀。

"你很清楚这都意味着什么,"他说,"以前的那种苦日子,马拉松舞和那一切。"

"那也总比这强。"

以前的那种生活，他们都还记得。席德从十八岁就开始做职业舞男，他那黝黑的西班牙人模样显得帅气十足，充满活力，中老年妇女竞相花钱跟他跳舞，他从未丢过饭碗。他从英国一路跳到欧洲大陆，就在这里住了下来。他不断从一个宾馆搬到另一个宾馆，冬天到里维埃拉①，夏天到法国的海滨疗养地。他们过的日子还不错，都是男的，一般两三个人一起租住廉价公寓的一个房间，不用起早，只需要在中午十二点之前穿戴完毕后按时到宾馆，跟那些想减肥的肥胖女人跳舞。跳完舞后，他们能歇到下午五点再去酒店。他们三个人一起坐在桌旁，用犀利的目光密切注视着可能想跳舞的主顾。他们都有自己的老主顾。夜晚，他们到饭店去，那里会为他们备有丰盛的大餐。上菜间隙，他们也跳舞，能赚不少钱，一般能从随便哪个主顾那里赚取五十或一百法郎。有时，一个有钱的女人和他们中的一位跳过两三晚之后，会给他多达一千法郎的报酬；有时，一位中年女子会让他们中的一位去跟她过夜，他就能赚到两百五十法郎。他们还总有机会碰到一位昏了头的呆傻老女人，那样就能弄到铂金和蓝宝石项链、香烟盒、服装和手表。席德的一个朋友跟其中的一位女子结了婚，这个女人老得足以做他的妈，不过她送给了他一辆汽车和赌博资金，两人住在比亚里茨②的一幢美丽别墅里。那时候真是好日子，每个人的钱

---

① 法国沿地中海的一个地区。
② 法国西南部的一个城市。

都花不完。随着经济萧条的来临,这些舞男的日子就不好过了。酒店空了,原来的老主顾不愿意花钱跟年轻帅小伙跳舞取乐了。席德经常整天赚不到一杯酒钱,不止一次,一个体重一吨的胖老娘们居然厚颜无耻地只给他十法郎。可他的花销并没有减少,他必须穿得时髦潇洒,否则酒店经理就会说风凉话;洗衣服也得花一笔费用,他需要的衣服多得惊人;还有鞋子,那些地板对鞋子很不客气,鞋必须显得崭新才行。他还得付房租和午餐费。

就是在那时,他遇到了斯特拉。那是在埃维昂①,在一个糟糕的季节,她做一名游泳教练。她是澳大利亚人,是个漂亮的跳水员。她每天上午和下午表演,晚上受雇在酒店伴舞。他们在酒店的一张与客人分开的小桌旁用餐。当乐队开始演奏时,他们便翩翩起舞,引导客人下舞池跳舞。可是常常没有人随他们跳,他们只能自己跳。两人做职业舞伴都未赚多少钱,但相互爱上了对方,便在那个季节末结了婚。

两人历经艰难岁月,对婚姻从未后悔过。尽管他们为了赚钱隐藏了结婚的真相(年龄大的女士不太喜欢同有妻子在场的已婚男士跳舞),可是两人要想同时在一家酒店找到工作并非易事,而席德远不能赚到足够的钱来养活斯特拉,使她不用再出来工作,即使他们住最廉价的廉租房也不够。舞男的生意日趋萧条,他们便去巴黎学了一套新舞蹈,但行内竞争激烈,很难得到卡巴莱歌舞表演的邀请。斯特拉是舞厅的优秀舞女,

---

① 一个法国小镇。

但是时下流行的是杂技表演，无论他们多么努力地练习，她始终无法取得令人刮目相看的成绩。观众早已看腻了阿帕什舞①，他们曾几周找不到工作，便把席德的手表、金烟盒、白金项链拿到当铺全当掉了。最后在尼斯，他们穷途末路，席德只好把晚礼服拿去当掉。那真是一场灾难。他们不得不参加马拉松舞，那是一位有魄力的经理发起的一种舞蹈。他们一天跳了二十四小时，每小时只能休息十五分钟。可怕极了。两人腿疼脚麻，好长时间都不知道自己在干什么，只是跟着音乐的节拍尽可能少费力气。他们逐渐挣了一点儿钱，人们会给他们一两百法郎作为鼓励。有时为了引起人们的关注，他们会强打精神来一场舞蹈表演。如果观众心情不错，会给他们一份不菲的费用。他们越来越筋疲力尽，第十一天，斯特拉累得晕了过去，只得放弃。席德继续自己不间歇地跳啊跳，没有舞伴，他显得滑稽可笑。那是他们经历的最困难时光，到了山穷水尽的地步，留给他们的只有恐怖和痛苦的回忆。

但就是在那时，席德突发灵感。当时他正独自绕舞厅缓缓起舞，忽然有了个主意。斯特拉常说能往碟子里跳水，这其实只是个把戏。

"人的主意来得可真有趣，"他后来说，"就像一道闪电。"

他突然记起曾见过一个男孩点燃了人行道上的汽油，火突然呼地烧了起来。当然，是水上的火焰和不同寻常地跳向火焰的场景扣人心弦，能激发观众的兴致。他猛地停下步伐，站在

---

① 美国西南部的一种印第安舞蹈。

了那里。他太兴奋了，跳不下去舞了。他跟斯特拉说起这件事，她的热情也很高，他便给一位做经纪人的朋友写了封信。大家都喜欢席德，他是个好小伙，经纪人便为他们提供资金，置办了设备，还在巴黎的一家马戏团为他们搞到一份合同。他们的演出大获成功，聘约接踵而至，席德便为自己购置了整套新服装。当他们接到海滨夏季卡巴莱歌舞表演的预约时，事业已然达到了顶峰。所以当席德说斯特拉大红大紫时，一点儿都不为过。

"我们所有的苦日子都结束了，我的心上人。"他不无怜爱地说，"现在我们可以存些钱，以备不时之需。等观众看腻了这个节目，我再想别的办法。"

可是现在，就在他们的事业飞黄腾达之时，斯特拉没有一丝征兆地想要丢弃这一切，他真不知道该如何跟她讲。看到她那么不高兴，他的心都碎了。他现在比新婚燕尔时更加爱她。他爱她，是因为他们曾一起共患难。毕竟，曾有五天，他们除了一块面包和一杯牛奶，没有任何其他吃的。他爱她，是因为她帮他渡过了难关，现在他又有了新衣服穿，每天可以吃三顿饭了。现在，他不敢正视她，不忍看她那可爱的灰色眼睛里流露出的痛苦神情。她胆怯地伸出手，握住他的手，他长叹了一口气。

"你知道这意味着什么，宝贝。我们跟宾馆的关系早完了，不管怎样，干不了那行了。就算有生意，也被比我们年轻的人顶了。你和我一样清楚，那些老娘儿们是什么东西；她们要的是小伙子，而且我的个子确实不够高。我年轻时倒问题不大，可现在说我显得年轻没用了，因为我已经不年轻了。"

"也许我们可以去演电影。"

他耸了耸肩。以前他们穷困潦倒之时曾经尝试过。

"我不在乎以前做的事情。到商店里卖东西也行。"

"你觉得工作是一张口就能有的吗?"

她又开始哭起来。

"别哭了,宝贝。你把我的心都伤透了。"

"我们已经存了些钱。"

"我知道我们是存了些钱,只够维持六个月,可是这之后就得挨饿。就得先把零碎东西当掉,接着再把衣服当掉,就跟以前一样。再接着,就得到一些低档舞厅去跳舞,挣一顿晚饭,一晚上赚五十法郎。会一连几周找不到工作,一听说有个马拉松舞就去参加。观众对这些东西还能喜欢多久呀?"

"我知道,你觉得我太不理性了,席德。"

这时,他转过身来看着她,她双眼泪涟涟的。他冲她笑了笑,笑得迷人温柔。

"没有,我没有这么想,宝贝。我想让你开心快乐。不管怎样,你是我的一切!我爱你!"

他把斯特拉揽入怀里,搂着她,能感觉到她砰砰的心跳。要是斯特拉那样想,那他必须妥善处理好这件事。假如她真丢了性命怎么办?不,不,就别让她跳水了,让钱见鬼去吧。她微微一动。

"怎么啦,宝贝?"

她挣脱掉他的怀抱,站了起来,走到梳妆台前。

"我想,我该准备表演了。"她说。

他蓦地站了起来："你今晚不是不表演了吗？"

"今天晚上演，每天晚上我还会演，直到摔死为止。我还能怎样？我知道你是对的，席德。我不能再回到从前了，不能再住在最不入流的旅馆那臭气熏天的房间里吃不饱饭。唉，还有马拉松舞，你干吗又重提以前的伤心事？连续多日成天跳得又脏又累，直到累得精疲力竭才罢休。也许我能再坚持一个月！那时，咱们挣的钱足够你有时间另寻门路了。"

"不，宝贝！我不同意你这么做！算了吧，我们总能熬过去的。以前我们挨过饿，以后再挨饿也无所谓。"

她脱掉衣服，只穿着长筒袜。她就那么站了一会儿，看着镜子里的自己，勉强挤出一丝微笑。

"我一定不能让我的观众失望！"她暗自苦笑道。

雨

快到上床就寝的时间了。明天一早醒来,他们就可以看到陆地啦。麦克费尔医生点上烟斗,斜靠在船的横杆上,眼睛搜寻着夜空中的南十字星座①。以前他在前线待过两年,身上有

---

① 南天星座之一,是全天八十八个星座中最小的星座,位于半人马座(Centaurus)与苍蝇座(Mosca)之间的银河。星座中主要的亮星组成一个"十"字形,从这个"十"字形的一竖向下方一直划下去,直到约四倍于这一竖的长度的一点就是南天极。

一处伤口久治未愈，如今他很高兴能在阿皮亚①安静地住上至少十二个月。他感觉身体已经好多了，这次旅行没有问题。因为有些乘客明天早上要在帕果帕果下船，他们晚上跳了一会儿舞，结果直到现在他的耳畔还萦绕着自动钢琴刺耳的旋律。不过，甲板终于安静了下来。不远处，他看到妻子正坐在一把长椅上和戴维森夫妇聊天，便向她踱了过去。他在灯下坐下来，摘掉帽子，可以看到他的头发是赤红色，头顶有一块光秃的斑痕。他面部的红皮肤布满雀斑，与他的红发相映成趣。这是个四十岁的男子，身材消瘦，愁眉苦脸，显得刻板而又迂腐。他满口苏格兰腔，说话文静，声音十分低沉。

在麦克费尔夫妇和做传教士的戴维森夫妇之间产生了一种同舟的情谊。他们的情谊不是由于趣味相投，而是因为在船上交往较多。他们的主要纽带是，都看不惯没日没夜在吸烟室打扑克或桥牌还喝酒的人。麦克费尔夫人不胜荣幸地认为，戴维森夫妇在船上仅乐于与她和丈夫交往，甚至连腼腆却不愚蠢的医生本人也模糊地感到这种荣耀。只是因为他本性好争辩，夜晚在他们的船舱里，他总会对传教士夫妇吹毛求疵一番。

"戴维森夫人说，要不是我们两个，她真不知道该怎么熬过这次旅程。"麦克费尔夫人一边说着，一边把假发梳理整齐，"她说在这条船上，就只有我们才愿意和他们结交。"

"我觉得一个海外传教士也不是什么大人物，他居然还摆

---

① 一个位于太平洋中南部西萨摩亚首都和主要港口的城市，是一座美丽的热带城市，依山傍水，风光绮丽。

架子。"

"这不是摆架子。我完全理解她的意思。要是戴维森两口子跟吸烟室的粗俗之人混在一起,那就太不合适了。"

"他们的宗教创立者可没这么排外。"麦克费尔医生轻声笑起来。

"我一再告诉你不要拿宗教开玩笑。"他的妻子答道,"我不该喜欢像你这种德性的人,亚历克。你从来看不到别人好的一面。"

他那双灰蓝色的眼睛斜瞥了她一眼,却没有吭声。多年的婚姻生活使他学会了和妻子和睦相处的好方法,那就是让妻子说完最后一句,他不再还嘴。他在她之前脱掉衣服,爬到上铺,躺下来看会儿书再睡觉。

第二天一早,他走上甲板,船马上就要靠岸了。他用热切的目光注视着这块陆地。那是一片狭长的银色海滩,紧邻山丘,山坡上的植被枝繁叶茂。椰子树林郁郁葱葱,苍翠繁茂,几乎延伸到海边。树丛里,可以看到萨摩亚人①居住的草屋,还有一座闪着白光的小教堂,无论在树丛的哪个位置都可以看到它。戴维森夫人走过来,站到他身旁。她身着一身黑衣,颈上戴着一条金项链,上面悬挂着一个小小的十字架。这是个身材瘦小的女人,她褐色而无光泽的头发梳理得十分平整,不起眼的夹鼻眼镜后面闪动着一双炯炯有神的蓝眼睛。她的脸庞瘦长得像绵羊一般,但并未给人以愚蠢之感,反倒让人觉得甚为

---

① 太平洋中部萨摩亚群岛的民族。

机敏。她的动作快捷如同小鸟。她最不同寻常之处是刺耳的高嗓门,毫无婉转之感;她尖利单调的嗓音传到你耳旁时,就像无情喧嚣的风钻一样,搅得你的神经不胜其烦。

"这里对您来说一定像是家乡。"麦克费尔说,勉强微微一笑。

"我们那里是低平的岛屿,您知道,跟这里的地势不一样。那里是珊瑚岛,这里是火山岛。到我们那里还得十天的航程。"

"在这些地方,简直就像是在家里的另一条街道。"麦克费尔医生诙谐地说。

"哦,您这么说就有些夸张了。不过,在南太平洋看远处确实跟别处不一样,眼前您这么说也对。"

麦克费尔医生轻微地叹了口气。

"我很高兴我们没有被派驻到这里。"她接着说,"他们说这个地方很难开展工作。轮船来来往往的让人难以安定下来;还有一座军港,这对当地人不利。在我们那个教区,我们没有那样的困难需要解决。当然,我们那里也有一两个商人。不过,我们注意让他们规规矩矩做事,否则就会让他们待不下去,逼得他们宁愿离开。"

她扶正鼻梁上的眼镜,冷酷的眼光凝望着这个郁郁葱葱的岛屿。

"对于海外传教士来说,来这里开展工作简直是毫无希望。我对上帝真是感激不尽,至少我们不是在这个地方工作。"

戴维森所在的教区由北萨摩亚的一组岛屿组成;这些岛屿

之间距离相隔遥远，他经常要乘独木舟才能到达很远的地方。这种时候，他的妻子就留在总教区处理一些布道的事情。麦克费尔医生一想到她做布道工作时干劲十足的样子，心就不免往下沉。她提到当地土著人的堕落时，慷慨陈词，语调激昂却令人恐怖，简直没有什么能让她平静下来。她的感觉敏锐得超乎寻常，早在他们初识之时，她就对他说："您知道，我们刚到岛上时，他们的婚姻太让人吃惊了，我简直无法向您描述。不过我会告诉麦克费尔夫人，她会转述给你的。"

接着，他就看到自己的妻子和戴维森夫人的帆布躺椅并列放在一起，她们热切地交谈了大约两个小时。为了活动身体，他在她们身边来回踱步，他听到戴维森夫人激动的耳语声就像是山里远处的洪流。他从妻子张大的嘴巴和惨白的脸色看得出来，戴维森夫人乐于与人分享一些令人震惊的经历。晚上，在他们的舱房里，妻子原原本本地把听到的一切小声向他复述了一遍。

"哎，我给您说的怎么样？"第二天早上，戴维森夫人兴高采烈地喊道，"您听说过比这更可怕的事情吗？即使您是医生，我也没有亲口告诉您，您不会感到奇怪吧？"

戴维森夫人审视了一下他的脸，很显然，她急切地想看到自己已经实现了预期效果。

"您会奇怪吗？我们刚到那里时心灰意冷。要是我告诉您，那里的任何一个村子都找不到一个单身好姑娘，您简直不敢相信我吧。"

她以极具艺术性的方式说出了"好"这个词，以表达出自己的相反之意。

"戴维森先生和我讨论了这件事，我们决定，要做的第一件事就是禁止跳舞。当地人都是狂热的舞迷。"

"我年轻时并不反对跳舞。"麦克费尔医生说道。

"昨天晚上，听到您要求麦克费尔夫人和您跳一圈时，我就猜到了。要是一个男人和自己的妻子跳舞，不会有什么害处，可她不愿意跟您跳，这倒使我感到欣慰。在这些情况下，我们最好不要与人来往过多。"

"在什么情况下？"

戴维森夫人透过她的夹鼻眼镜飞快地瞟了他一眼，却没有作答。

"不过，在白人中间情况就大不一样了，"她继续说道，"可我得说我同意戴维森先生的观点。他说，他难以理解一个男人坐视妻子向另一个男人投怀送抱。就我而言，我打结婚以来就从没跳过一步舞。可当地人跳舞完全是另一回事。不仅跳舞本身不道德，而且它毫无疑问会导致伤风败俗。不过，感谢上帝，我们杜绝了这种事。我想，我这么说没有错——八年来，我们的教区没有人跳过舞。"

说着话，他们的船就到了港口的入口处，麦克费尔夫人也加入到他们的谈话中来了。船急转弯后缓缓驶入港湾。这是个陆地封闭的大港口，大得足以容下一支舰队；港口四周是苍翠的山丘，高耸陡峭。接近入口处，从海面吹来阵阵和风，总督府就坐落在一个花园中，旗杆上无精打采地悬挂着一面星条旗。他们的船驶过两三座整齐的平房和一个网球场，然后就到了带有仓库的码头前。戴维森夫人指了指那艘停泊在离水边两三百码远的纵帆船，它将运载他们前往阿皮亚。一群热情嘈杂而又情绪高涨的当地人从岛屿的四面八方赶来，一些人是来看稀罕的，一些人是要与去悉尼的旅客做物物交换的生意。他们带来了菠萝、大串的香蕉、塔帕纤维布、用贝壳或鲨鱼齿制作的项链、卡瓦①碗，还有作战用的独木舟模型。美国的船员们衣着整齐，刮得干干净净的脸庞显现出率直的表情。他们在当地人中间闲逛，还有一小群官员。他们的行李被搬上岸时，麦克费尔夫妇和戴维森夫妇向人群观望。麦克费尔医生注意到，这里绝大多数孩子和年轻男孩似乎都患上了雅司病②。这是一种跟慢性溃疡似的难看的疮。在他的职业生涯中，这是他第一次看到象皮病③，他职业性的眼光开始开始发生作用了。那些患病的男人不是在拖着肿胀笨重的胳膊乱逛，就是拖着一条严重变形的腿缓慢而吃力地前行。这些男男女女，都只在腰间系有印花缠腰布④。

"那是很不检点的装束。"戴维森夫人说道，"戴维森先生认为法律应当禁止这样的着装。这些人除了在胯间围上一条红布，什么也不穿，您还怎么能指望他们讲道德？"

---

① 太平洋小岛上的一种植物，具有缓解焦虑、放松心情的功能，代表自由、希望。
② 一种热带症状慢性皮肤传染病。
③ 又称血丝虫病，是被血丝虫感染后的症状。血丝虫幼虫在人体的淋巴系统内繁殖，使淋巴发炎肿大，使人体类似于象的皮肤和腿，一般传染的途径是蚊虫叮咬。
④ 印花缠腰布是萨摩亚及其他太平洋岛屿土著人的特有服装。

"这很适合当地的气候。"医生说着,擦掉了头上的汗水。

现在他们上了岸,虽然只是大清早,却已经热得让人透不过气来。帕果帕果在群山的环绕之中,一丝风也吹不进来。

"在我们那些岛上,"戴维森夫人以尖利的音调继续说道,"实际上,我们杜绝了穿这种缠腰布。有少量老男人还在穿,但也就是那么几个人。女人们都穿上了宽大的长罩衣,男人们穿上了长裤和汗衫。我们刚到那里时,戴维森先生在他的一份报告中讲到,除非规定每个十岁以上的男孩都穿长裤,否则这些岛上的居民永远不会完全信奉基督。"

戴维森夫人说着话,却又轻快地扫了几眼港口入口处上空飘动的浓重乌云,几滴雨开始飘落下来。

"我们最好找个地方避避雨。"她说。

他们随着人群,向一个波纹铁皮搭建的大棚子赶去。随之,瓢泼大雨开始倾泻下来。他们在那里站了一会儿,戴维森先生也过来加入到他们的行列。在旅途中,他对麦克费尔夫妇十分礼貌,却不像他妻子那样善于与人交际。他在旅途中把大量时间都用在了读书上。他沉默寡言,非常郁郁寡欢,会让人感觉他的亲和态度是他按照基督教教义强加给自己的责任。他秉性矜持,甚至有些孤僻。他的相貌奇特,身材瘦高,长长的四肢显出松松垮垮的样子,两颊深陷,颧骨高得出奇。他的样子那么死气沉沉,可是人们要是注意到他那丰满又性感的嘴唇,就会感到吃惊。他留着长长的头发,那双乌黑的大眼睛深陷在眼窝里,露出悲凉的神情。他的两只手形状很漂亮,又粗又长的手指给他平添了一种力量之感。不过,他最突出的特点是给人一种强压怒火的感觉。那令人印象深刻，又模模糊糊地令人厌烦。人们跟他不可能建立任何亲近关系。

现在，他给大家带来了坏消息。在南太平洋诸岛中，麻疹已经来到了。这种传染病很严重，且常致人死亡。在他们即将搭乘的继续航行的纵帆船上，一名水手就染上了这种病。病人已被送上岸，住进了检疫站的医院。可从阿皮亚来的电报称，除非确定这条纵帆船的其他水手没有被感染，否则船不允许进入港口。

"这意味着我们将不得不在这里至少待十天。"

"可是阿皮亚急需我呀。"麦克费尔医生说。

"那没办法。要是船上没有人再被感染，纵帆船可以带白人旅客离开，继续航行，但是所有当地人禁行三个月。"

"这里有宾馆吗？"麦克费尔夫人问。

戴维森先生轻声笑了笑。"没有。"

"那我们该怎么办？"

"我一直在和总督交涉。沿海有个商人有房屋出租，我的建议是，等雨小一些我们就过去，看看能怎么办。不要指望能多舒服。要是我们能有一张床，而且能够不在露天的地方睡觉，就该谢天谢地了。"

但是雨丝毫没有停止的迹象。最后，他们只好打上雨伞、穿上雨衣动身了。岛上没有城镇，只有一栋办公楼和一两个商店。在街道后面的椰树林和大蕉林里有几座当地人的房子，他们要找的房子离码头大约要步行五分钟。这是座两层楼的木板房，两层都有宽敞的阳台，屋顶是瓦楞铁皮。房东霍恩是个混血儿，妻子是当地人，有几个褐色皮肤的孩子。他在一层开了个小店，出售罐头食品和棉布。他带他们看的房间几乎没有家具。在麦克费尔夫妇的房间，除了一张破旧的床、一顶破破烂烂的蚊帐、一把摇摇晃晃要散架的椅子和一个脸盆架，别无他物。他们打量了一下四周，极为沮丧。倾盆大雨，下个不停。

"除非拿咱们必须用的物品，不然我就不打开行李了。"麦克费尔夫人说道。

在她打开旅行皮箱之际，戴维森夫人进了屋。她活泼、机敏，周围令人不快的环境丝毫未影响到她。"要是您们听我的建议，就拿根针和线马上去缝补一下蚊帐吧！"她说，"要不然，今晚您们就别想合上眼睡觉。"

"蚊子有这么厉害吗？"麦克费尔医生问。

"这是蚊子猖獗的季节。要是阿皮亚总督府邀请您去参加晚会，您就会注意到，他们会给所有女士发一个布套，让她们把四肢裹起来。"

"我希望雨能停一会儿。"麦克费尔夫人说，"要是太阳出来了，我就可以用点儿心把这里收拾得舒服一点儿。"

"唉，您要是等太阳出来的话，得等很长时间。帕果帕果几乎是太平洋地区下雨最多的。您看，那些山丘和那个港湾都吸收水汽。不过在一年的这个时候，不管怎么说，下雨都很正常。"

戴维森夫人看看麦克费尔，又看看他的妻子。他们各自站在房间的一边，束手无策、失魂落魄的样子。她噘了噘嘴，看来必须自己出手帮他们处理这一摊子啦。像这种不中用的人真让她没耐心，但她的手发痒，非要把一切处理得井井有条才行。这就是她的天性。

"喂，您给我针和线，我来缝补您们的蚊帐。您们去解开行李取东西。一点钟开饭。麦克费尔，您最好到码头看看您那些大件行李是不是放到干地方了。您知道这些当地人都是什么德性，他们可能会任凭雨淋湿行李存放处。"

医生又穿上雨衣下楼了。霍恩先生正站在门口，与他们搭乘同一艘船的舵手和一个二等舱旅客交谈。麦克费尔医生在甲板上见过这位旅客几次，舵手瘦小干瘪，脏得出奇。麦克费尔医生经过他身边时，他点头致意。

"医治麻疹可是个糟糕的差事，医生。"他说，"我看您已经安排妥当了。"

麦克费尔医生觉得舵手说话有些太随意了，不过他是个胆小如鼠的人，不会轻易生气。

"是的，我们租了楼上的一个房间。"

"汤普森小姐要和您们一同坐船去阿皮亚，我就把她带到这儿来了。"

舵手用拇指指了指旁边站着的女子。她大概二十七岁，体态丰满，粗俗的外表之下倒也露出了些许姿色。她身穿白色连衣裙，头戴一顶硕大的白帽子。她的粗胖小腿上套有白色棉质长筒袜，从白色山羊皮长靴顶部膨胀出来。她向麦克费尔讨好地笑了笑。

"那个家伙想敲我的竹杠。那么小的房间，一天就要我一美元半。"她用嘶哑的嗓音说道。

"我告诉你,她是我的一个朋友,乔。"舵手说,"她最多付你一美元,你无论如何得照这个价让她住下。"

房东身体肥胖,但性情平和,嘿嘿地笑着。"好吧,既然您那么说了,斯旺先生,那我看看该怎么办。我跟我太太说说,看我们能不能降降价。"

"少跟我来这一套糊弄我!"汤姆森小姐说,"我们现在就一言为定!那个房间一天一美元,一个子儿你也别想多要。"

麦克费尔医生笑了起来。他佩服她那种蛮横无礼的砍价方式,他自己是要多少钱就给多少钱的人,宁愿多付钱也不愿意还价。

房东叹了口气:"那好吧,看在斯旺先生的面上,我同意了。"

"这才对头嘛。"汤姆森小姐说,"斯旺先生,进来喝杯酒吧!你把我的小旅行包拿来,里面有上好的黑麦威士忌。医生,你也一起来喝一杯吧!"

"哦,我看我就不去了。谢谢你!"他答道,"我要去看看我们的行李有没有问题。"

他跨出门,走向雨中。瓢泼大雨从港口的入口处横扫而来,对岸一片模糊。他从两三个当地人身边经过,他们身上只系着缠腰布,打着一把大伞。他们迈着悠闲的步伐,身体挺得笔直,走路的姿势十分美观。他们冲着他笑了笑,用一种奇怪的语言向他打招呼,然后扬长而去。

麦克费尔医生回来时已近午饭时间,他们的饭菜已经摆放在房东的客厅里了。这个房间并不是为了住人,只是为了装饰门面。房间有股发霉的气味和令人伤感的气氛，墙壁四周整齐地摆放着一套印花长毛绒沙发，天花板中间悬挂着一盏镀金枝形吊灯。为了防苍蝇，天花板上贴着黄色薄棉纸。戴维森还没有回来。

"我知道他去拜访总督了。"戴维森夫人说，"我猜，总督留他吃饭了。"

一个当地小姑娘给他们端来了一盘汉堡牛排。过了一会儿，房东过来看看他们要的饭菜是否全上齐了。

"我看到我们还有一个房客，霍顿先生。"麦克费尔医生说。

"她就租了一个房间。"房东答道，"她的伙食自理。"

霍恩恭恭敬敬地看了看两位女士。

"我把她安置到楼下了，免得她碍事。她不会给您们带来什么麻烦的。"

"她是乘船来的吗？"麦克费尔夫人问。

"是的，夫人。她原先在二等舱，要去阿皮亚，到那里做出纳。"

"噢！"

房东离开后，麦克费尔说："我想，她在自己的房间吃饭一定很不开心。"

"如果她原先坐二等舱，我猜她宁可在屋里自己吃饭，"戴维森夫人答道，"我不太确定她到底是哪一位。"

"舵手带她来时，我正巧在那里。她叫汤普森。"

"她不就是昨晚跟舵手跳舞的那个女人吗？"戴维森夫人问。

"那一定是她。"麦克费尔夫人说。"那时候我还奇怪她到底是谁呢。我觉得她是个放荡女人。"

"她绝不是良家妇女。"戴维森夫人说。

他们很快谈起了其他事。因为早上起得早,他们感到困乏,饭后便分手了,各自回房去睡觉。一觉醒来,虽然乌云压顶,天色依旧阴沉沉的,但雨已经停止,他们便顺着美国人沿海湾修建的大路散步去了。

他们回来后,发现戴维森刚刚进门。

"我们可能得在这里待两周,"他很烦躁地说,"我和总督争辩了一通,可他说他也没办法。"

"戴维森先生很想赶紧回去工作。"他妻子说,用焦虑的眼光扫视着他。

"我们已经离开一年了。"他说,在阳台上来回踱步,"我的任务就是负责管理当地的传教士。我非常担心他们会放任自流。他们是好人,我不会说对他们不利的话。他们敬畏上帝,有虔诚之心,是真正的基督徒,对基督的信仰精神会使国内许多所谓基督徒汗颜。可是,很遗憾,他们缺乏力量。他们可能会有那么一两次立场坚定,但不会总是那样。假如您交给当地传教士一项任务,无论他显得多么值得信赖,可最终您会发现他还是会偷偷地胡作非为。"

戴维森先生静静地站着。他体格高挑瘦削,苍白的脸上闪烁着一双大眼睛,是个令人印象深刻的人。他举手投足间的激情和他深沉、响亮的声音,明显地透露出了他的真诚。

"我希望能把我的工作安排好。我会行动起来,马上行动起来。如果树腐烂了,就应该把它砍下来投到火里去。"

晚上，吃完了一天的最后一餐——傍晚茶之后，他们坐到这间阴冷的客厅里。女士们在忙活着，麦克费尔医生在抽着烟斗，传教士给他们讲述他在岛上的工作。

"我们刚到那里时，他们根本就没有罪恶感。"他说，"一个又一个地破坏戒律，却从来没有意识到自己犯错了。我觉得，工作中最难做的部分就是给当地人灌输罪恶感。"

麦克费尔夫妇已经了解到，戴维森在遇到妻子之前在所罗门群岛工作了五年。她曾经在中国做过传教士，他们在波士顿相识，当时两人利用回国休假的部分时间在那里参加了一个海外传教士会议。结婚以后，他们就被派遣到这些岛屿，工作至今。

在与戴维森先生的所有谈话中，麦克费尔夫妇意识到，戴维森先生极为清晰地表现出一个特点，那就是无所畏惧的勇气。作为行医的传教士，他随时有可能被请到群岛中的任意一个岛上去。雨季，在波涛汹涌的太平洋上，甚至捕鲸船也不是那么安全。可来请他出行的却常常只是一叶扁舟，可想而知他工作的危险性有多大。碰到有人生病或者遭遇事故，他从未有过半点儿犹豫。有十多次，他成夜地往船外舀水，换来了劫后余生。那时戴维森夫人以为他已失踪，甚至放弃了他能生还的希望。

"有时候我求他不要出海了，"她说，"或者至少等到稍微风平浪静后再去，可他从来都不听。他很倔，一旦下决心做什么，九匹马也拉不回。"

"要是我自己都害怕这么做，那我还怎么要求当地人信仰上帝呢?"戴维森大声说道,"何况我并不害怕,我不害怕。他们知道,要是他们有了麻烦来请我,只要我力所能及就会去的。您以为我在为上帝尽责的时候,他会抛弃我吗?风按照他的旨意而吹,海浪按照他的吩咐而汹涌澎湃。"

麦克费尔医生是个胆怯之人,从未习惯战壕里的枪林弹雨。在前线急救站做手术时,他极力想要控制住颤抖的双手,汗水从他的眉宇间流下来,把眼镜都弄模糊了。眼前,他看着传教士,身体微微颤栗。

"我希望我能够自豪地说,自己从来没有害怕过。"麦克费尔说。

"我希望您能够说,您信奉的是上帝。"戴维森反唇相讥。

但不知什么原因,那天晚上,传教士的思绪回到了他和妻子在岛上生活的最初时光。

"有时候,戴维森夫人和我会相互对视,眼泪会顺着我们的脸颊哗哗流淌。我们日日夜夜无休止地工作,但似乎并没有什么进展。那时要没有她,我真不知道会是什么样子。当我感到沮丧、几近绝望之时,是她给予了我勇气和希望。"

戴维森夫人低头看看手里的活儿,一抹红晕在她瘦削的脸颊升起。她的手微微颤抖了一下,不知说什么好。

"没有一个人帮助我们。我们孤立无援,离我们的同胞数千里之遥,周围一片黑暗。当我情绪消沉低落、身心疲惫之时,她就会放下手头的工作,拿起《圣经》给我诵读,直到我内心平静如水,宁静降临到我头上,就如同睡意降临到孩子的眼睑一样。最后,她合上书时会说:'无论他们怎样,我们要拯救他们。'于是，我对上帝的信仰变得更加坚定，我会回答说：'是的，有上帝的帮助，我要拯救他们！我一定要拯救他们！'"

他走到餐桌前站定，就好像那是教堂的诵经台。

"您看，当地人天性如此堕落，甚至难以让他们看清自己的邪恶。在他们看来自然的行为，我们只能将之定性为罪恶。我们不仅将通奸、撒谎和偷盗定性为罪恶，还有裸露身体、跳舞、不去教堂。我把女孩袒胸露乳和男人不穿裤子也定性为罪恶。"

"您怎么定性这些罪恶呢？"麦克费尔医生不无惊讶地问道。

"我制定了惩罚制度。很明显，要使当地人认识到一种行为是否有罪，唯一的途径就是在他们犯了类似的罪行后惩罚他们。如果他们不去教堂，我就罚他们钱；要是他们跳舞，我也罚他们钱；要是他们衣衫不整，我也罚他们。我有一张处罚单，犯任何罪行都要处以罚款或罚苦力。最后，我终于让他们明白了什么行为是有罪的。"

"他们从来就没有拒交罚款吗？"

"他们怎么会拒绝呢？"传教士反问道。

"敢于站出来反对戴维森先生的人一定是胆大包天的人。"他的妻子说道，咬紧了嘴唇。

麦克费尔医生用困惑的眼神看看戴维森。他对听到的一切感到震惊，但他不想表达自己不同的想法。

"您必须记住，我的最后一招就是废弃他们的教会成员资格。"

"他们在乎那个吗？"

戴维森微微一笑，两手轻轻地摩挲着。"那他们就卖不掉自己的椰子干了。人们打了鱼，他们也分不到自己的那一份。那就意味着他们要被饿死。是啊，他们很在乎那个。"

"你给他讲讲弗雷德·奥尔森的事。"戴维森夫人说道。

传教士的眼睛炯炯有神地盯着麦克费尔医生。"弗雷德·奥尔森是个丹麦商人，在岛上生活了许多年，像其他商人一样很有钱。我们来到岛上后，他不是很高兴。您知道，他一直都为所欲为。他想用什么物品，就用什么物品换当地人的椰子干，他用货物和威士忌跟他们交换。他有个当地的妻子，却公然对她不忠。他还是个酒鬼。我曾给他机会让他改过自新，他却置之不理，甚至还嘲笑我。"

戴维森说到最后时，声音低了下去；然后沉默了一两分钟，寂静得让人深感威胁、不安。

"两年后，他就一无所有了，失去了自己二十多年间积攒的全部家当。我把他收拾得一无所有。最后，他不得不像个乞丐一样来找我，哀求我给他一笔回悉尼的路费。"

"要是您能见到他来求戴维森先生时的样子就好了。"传教士的妻子说道，"他以前眉目清秀、强壮威武，全身皮糙肉厚，嗓门大得声如洪钟，可如今他的身材缩小了一半，全身颤颤巍巍的，突然变成了一个老头。"

戴维森另有所思地凝望着外面的夜色，雨又开始下了。

突然，楼下传来了一阵响声。戴维森扭头疑惑地看着妻子。是留声机的声音，响声尖利而又巨大，断断续续地发出嘶嘶的音调。

"那是什么?"他问道。

戴维森夫人按了按鼻梁上的夹鼻眼镜。

"一个二等舱的乘客也在这座房子的一个房间里租住。我猜声音是从她那里发出来的。"

他们屏息倾听,一会儿又听到了跳舞的声音。接着,乐声停止,他们又听到了起瓶盖的声音和逐渐升高的欢快的说话声。

"我敢说,她准是在给船上的朋友举行告别晚会。"麦克费尔医生说,"十二点开船,对吧?"

戴维森没有应答,而是看了看手表。"你准备好了吗?"他问妻子。

她站起身来,把手里的活儿卷了起来。

"好了。我想,我是准备好了。"她答道。

"现在上床还早,是吧?"医生问。

"我们还要读许多东西呢。"戴维森夫人解释道,"无论我们在哪里,晚上临睡前都要读一章《圣经》,并通过注释研究一番,还要仔细讨论讨论。这对于人的头脑来说,是个极好的训练。"

这两对夫妻互道晚安后,只剩下了麦克费尔夫妇。他们有两三分钟的时间相对无言。

"我想,我还是去把纸牌拿来吧。"最后,医生开口说道。

麦克费尔夫人满脸狐疑地看着他。与戴维斯夫妇的谈话让她深为不安,觉得最好还是不要玩牌,省得戴维森夫妇看见了难堪。他们随时都有可能过来，可她又不想说出这话来。麦克费尔医生拿来了纸牌，独自玩着单人牌游戏，她在旁边看着他玩牌，内心有一丝模糊的内疚感。楼下狂欢的声音不绝于耳。

第二天，天气晴朗。麦克费尔夫妇注定要在帕果帕果停滞两周的时间，便决定随遇而安。他们一路走到码头，从行李箱里取出了几本书。医生去拜访了海军医院的外科主治主任，并和他一起去查看了病房，还给总督留下了登门拜访的名片。在路上，他们遇见了汤普森小姐。医生摘帽向她致意，而她则用响亮、欢快的声音向他问候早安。汤普森小姐的衣着打扮和前一天相同，仍然穿着白色连衣裙和一双锃亮的高跟白靴，那双粗胖的小腿依旧从靴子的顶部膨胀出来。这种装束，在这异域风情的环境之中颇为奇异。

"我得说，她穿得很不得体，"麦克费尔夫人说，"在我看来，她真是极为粗俗。"

他们回到居住的房子，看到汤普森小姐正在阳台上跟房东深色皮肤的孩子们玩耍。

"你去跟她打个招呼吧！"麦克费尔医生跟妻子耳语道，"她孤身一人在这里，不理她显得不太好。"

麦克费尔夫人有些胆怯，但她习惯于听从丈夫的吩咐。"我想，咱们都是一个屋檐下的租户。"她的话有些傻里傻气。

"被困在这么一个鸟不拉屎的小镇真是很糟糕，是吧？"汤普森小姐答道，"就这，他们还跟我说在这里有个房间就够幸运了呢。我真不明白自己怎么就住到当地人的房子里了，有些人是不得已而为之。我搞不懂，为什么他们连个旅馆都没有。"

她们又谈论了几句。汤普森小姐不但嗓门大,说话还喋喋不休。很显然,她爱闲聊。

麦克费尔夫人不善与人闲谈,很快就说:"呃,我想,我们得上楼了。"

晚上,他们坐下来喝傍晚茶时,戴维森一进来就说:"我看到楼下女人那里坐着几个水手,真不知道她是怎么和他们混熟的。"

"她也没什么不同寻常的。"戴维森夫人说。

闲散无聊、漫无目的的一天过后,他们都深感疲惫。

"假如我们就这样在这里待上两周,我真不知道到最后会腻味成什么样。"麦克费尔医生说。

"唯一的办法就是把一天分成几部分,来做不同的事情,"传教士答道,"无论天气放晴还是下雨,我都要抽出几个小时来学习,再花几个小时来锻炼——在雨季您不能老关注是否下雨——还要有几个小时娱乐。"

麦克费尔医生用疑虑的眼光看看他的同伴,戴维森的计划让他压力山大。他们吃的又是汉堡牛排,这好像是厨师会做的唯一饭菜。接着,楼下又响起了留声机的声音。戴维森听到这个声音就紧张地跳了起来,不过倒没有说什么。随即,飘来男人说话的声音,是汤普森小姐的朋友们在合唱一首有名的歌曲;而且立刻就能听到她沙哑而又高亢的声音,他们的喊叫声和哄笑声响成一片。楼上的四个人正要说话,却又不由自主地倾听楼下叮叮当当的碰杯声和拖拉椅子的刮擦声。汤普森小姐正在举办晚会。

"真不知道她是怎么把他们弄来的。"麦克费尔夫人突然打断了传教士与她丈夫之间有关医学的谈话。

这句话充分表明她的思绪在哪里。戴维森正在谈论有关科学的话题，但他的脸抽搐了一下。这就证明，他和麦克费尔夫人一样也在想着同一件事。正当医生讲述他在弗兰德斯前线的行医经历时，百无聊赖的戴维森突然大叫一声，从椅子上跳了起来。

"怎么啦，阿尔弗雷德？"戴维森夫人问。

"一定是这样的！我竟然从未想到这一点，她是从伊韦雷来的。"

"不会吧。"

"她是在檀香山上的船。她把生意做到这里来了。这里！"他带着满腔愤怒，吐出了最后一个字。

"伊韦雷是怎么回事？"麦克费尔夫人问道。

他忧愁的眼光转向了她，充满恐怖的声音在微微发颤："那是檀香山的藏污纳垢之地——红灯区，是我们文明的耻辱。"

伊韦雷地处檀香山市区边沿。你摸黑沿港口的偏僻小巷前行，穿过一座摇摇晃晃的桥，一直走到一条满是坑坑洼洼的冷清小路上，就会突然发现周围一片光明。道路两边有停放摩托车的停车场地；还有灯光明亮的低档酒吧，每个酒吧都传来嘈杂的自动钢琴声；一路上还有理发店和烟草店。空气中弥漫着人们骚动不安和期望寻欢作乐的气氛。你拐入一条窄巷，无论向左还是向右，都会发现自己是在伊韦雷。就是这条路，将伊韦雷一分为二。这里成排的涂着绿漆的平房整齐地排列着,房屋之间的道路宽阔笔直,整个布局就像一个花园城市。这个地方体面而整齐,有序而整洁,却又讽刺性地给人以恐惧感。这是因为,在寻欢作乐方面,没有哪个地方比这里更成体系,更有章法。小路上路灯稀少,如若没有敞开窗户的平房里透出的灯光,街道就会漆黑一片。男人们到处游逛,瞅着坐在窗口的女人。她们或读书,或做针线活,大多对那些过客视而不见。像女人一样,这些过客的国籍五花八门,有美国人,他们是从港口的船上来的水手和招募来的炮艇士兵,都喝得醉醺醺的;还有驻扎在岛上的兵团士兵,既有白人,也有黑人;有日本人,他们三三两两在街上结伴而行;还有夏威夷人、穿长袍的中国人和戴着滑稽帽子的菲律宾人,他们默不作声,好似倍受压制一样——欲望是令人悲哀的。

"这是太平洋地区最为臭名昭彰的事情。"戴维森狂热地喊道,"许多年传教士激烈反对这种事,最后当地报纸也开始报道。可警察拒绝插手。您知道他们的观点,他们说卖淫不可避免,最好的解决办法是集中管理,对之加以管控。可真相是他们收受了贿赂,得到了实惠。那些酒吧老板、地痞和女人买通了他们,最后他们不得不撤走。"

"我在檀香山登岸时有报纸送到船上,读到了这个报道。"麦克费尔医生说。

"我们到达那里的那一天,伊韦雷的邪恶和耻辱就不复存在了。那里所有人都被带上了审判台。真不知道我怎么没有马上看出这个女人的嘴脸。"

"现在您提到这件事,"麦克费尔夫人说,"我记得,船起航前几分钟,我看到她才上船。我当时还在想,她卡的点真准哪。"

"她怎么敢来这里!"戴维森愤怒地喊道,"我绝不能容许这种事。"他大步走向门口。

"您要干什么?"麦克费尔问道。

"您以为我会怎么样?我要阻止这种事情。我绝不能让这座房子变成——变成……"他搜肠刮肚地寻找字眼,免得让两位女士听着不雅。他沉浸在愤怒的情绪之中,眼睛熠熠生辉,苍白的脸庞变得更为煞白。

"听起来好像有三四个男人在那里。"医生说道,"您现在过去,不觉得太鲁莽吗?"

传教士轻蔑地扫了他一眼,一言不发地夺门而出。

"如果您认为戴维森先生会因担心个人安危而不去履行自己的职责,那就是您对他还不甚了解。"他的妻子说道。

她坐在那里,紧张得双手紧握,高高的颧骨升起红晕,倾听着楼下将会发生的一切。他们都在凝神静听,听到他噔噔噔地沿着木板楼梯冲下去,"砰"地把楼下的房门推开了。歌唱声戛然而止,留声机还在继续播放着靡靡之音。他们听到了戴维森的声音,然后有什么东西被重重地摔倒在地上。音乐声也停了下来,是他把留声机摔到地上了。接着,他们又听到了戴维森的说话声,但听不清他在说什么;然后是汤普森小姐刺耳的喊叫声;再接着是嘈杂的喧闹声,好像几个人在一起歇斯底里地吼叫。戴维森夫人倒吸了一口气,拳头握得更紧了。麦克费尔医生迟疑不决地看看她，又看看妻子，他不想下楼去，可又不确定她们是否希望他去。接着，他们又听到一种声音，听起来像是在厮打。现在，嘈杂声更为清晰了。可能是戴维森被推出了房门，接着听到门"砰"地被关上了。门外一片寂静，他们听到戴维森上了楼，回自己房间去了。

"我想，我得去看看他。"戴维森夫人说。她站起来走了出去。

"如果您需要我帮忙，叫我一声。"麦克费尔夫人说。等到戴维森夫人离开后，她又说道，"我希望他没有受伤。"

"为什么他非要管闲事？"麦克费尔医生说道。

他们静默地坐了一两分钟，然后两人猛地跳了起来。他们听到留声机又挑衅似的开始响起来，还伴有嘶哑的嗓音用嘲弄的语调干嚎的下流歌曲。

第二天，戴维森夫人的脸色既苍白又疲惫，显得衰老而憔悴。她抱怨说头疼，并告诉麦克费尔夫人，传教士一夜未合眼，整晚极为焦虑不安，凌晨五点就起床出去了。前一晚有人给他身上泼了一杯啤酒，把他的衣服弄脏了，发出一股臭味。不过，戴维森夫人一提起汤普森小姐，两眼就闪着阴沉的怒火。

"她侮辱了戴维森先生，总有一天她会懊悔莫及的。"她说道，"戴维森先生有着一颗高尚的心灵，无论谁遇到麻烦向他求助都能得到安慰，但他对邪恶毫不姑息。一旦有人引发了他的义愤，他将不留情面，绝不手软。"

"那他会怎么办？"麦克费尔夫人问道。

"我不知道。无论如何，我都不会站在那个女人的立场。"

麦克费尔夫人不由地不寒而栗。这个瘦小女人胜利自信的神态中明显透露出一种令人惊恐的架势。那天上午，她们一起出门，肩并肩走下楼梯。汤普森小姐的房门大开，她们看到她身穿一件破旧的睡衣，正在用火锅做饭。

"早上好！"她朝她们喊道，"戴维森先生今天早上好点儿了吗？"

她们默不作声地从汤普森小姐身旁走过，趾高气扬的神情显得她好像不存在似的。可是，当她猛地迸发出一阵大声嘲笑时，她们又禁不住一下子脸红了。戴维森夫人猛地回头瞪着汤普森小姐。"你竟然还敢跟我说话！"她厉声呵斥道，"你要是胆敢侮辱我，我会叫你吃不了兜着走，让人把你从这里赶走！"

"哎哟，是我让戴维森先生来做客的吗？"

"别理她！"麦克费尔夫人赶紧小声提醒道。

她们继续朝前走，直到听不到她的声音才开始交谈。

"她真是厚颜无耻，不要脸！"

她因愤怒而几乎窒息。

在回住地的路上，两位夫人遇到汤普森小姐，她正向码头的方向悠闲地溜达过来。她衣着鲜艳，硕大的白帽子上插着俗不可耐、扎眼的花朵，貌似有意的冒犯。从她们身边经过时，她冲她们欢快地叫起来，而她们却对她冷若冰霜。这惹得旁边站着的几位美国水手咧嘴笑了起来。她们刚一进门，雨就又开始下起来。

"我想，她要把那身漂亮衣服糟蹋了。"戴维森夫人刻薄地讥笑道。

她们午饭吃了一半，戴维森才迟迟归来。他如落汤鸡般全身湿透了，却拒绝换衣服，只是坐在那里，闷闷不乐地默不作声，吃了一口饭便停了下来，不愿意再多吃一口，只是呆望着外面的瓢泼大雨。戴维森夫人给他讲了她们与汤普森小姐两次相遇的经过，他并不作答，紧锁的眉头表明他听到了这一切。

"您不觉得我们应该让霍恩先生把她从这里赶走吗？"戴维森夫人问，"我们不能容忍她这样侮辱我们。"

"好像她也没有其他地方可去。"麦克费尔说道。

"她可以和当地人一起住。"

"在这样的天气，在当地人的小屋一定住得很不舒服。"

"我在那种房子里住过好几年呢。"传教士说。

一个当地小个子女孩送来了炸香蕉——这是他们每日的甜点。戴维森转身对她说："去问问汤普森小姐，看她什么时候方便，我要见见她。"

女孩怯生生地点点头，出去了。

"你要见她干什么，阿尔弗雷德？"他妻子问道。

"去见她是我的责任。我会给她提供所有的机会，做到仁至义尽。实在不行了，我才会采取行动。"

"你都不知道她是什么贱货，她会侮辱你。"

"就让她对我无礼吧！让她对我吐口水吧！她也有一颗不朽的灵魂，我必须竭尽所能去拯救她。"

戴维森夫人的耳畔还在回响着那个浪女人的大声嘲笑。

"她实在太过分了！"

"难道她过分得难以得到上帝的怜悯吗？"他的眼睛突然熠熠生辉，声音也随之柔和起来，"绝不是这样的。罪人的罪孽也许比地狱的还深，可耶稣基督爱的光辉仍旧能够降临到他头上。"

那个当地小女孩送来了口信："汤普森小姐向您致意，说只要戴维森先生不在营业时间来访，她会随时恭候您大驾光临。"

几个人听了这个消息后，出现了死一样的沉寂。麦克费尔医生赶紧收起洋溢在嘴角的微笑。他很清楚，要是他觉得汤普森小姐的放肆言行很好玩的话，他的妻子会恼他的。

他们默不作声地吃了午饭。撂下饭碗，两位女士就起身去做起了手头的针线活。麦克费尔夫人在织另一条羊毛围巾。战争开始以来，她已经织了不知多少条了。医生点燃了烟斗，可戴维森仍旧坐在椅子上，两眼茫然地盯着饭桌发呆。最后，他站起身来，一言不发地出了房间。他们听见他走下了楼，又听到他敲门时汤普森小姐挑战似的说了声："进来。"他在汤普森小姐那里待了一个小时。麦克费尔医生出神地望着外面的滂沱大雨，不禁有些心烦意乱。这里的大雨不同于英国，英国的绵绵细雨总是悄无声息地滋润着大地，而这里的大雨冷酷无情，有些令人生畏，让人感受到自然界原始力量的邪恶威力。这里的雨不是从天空倾泻而下，而是像从天而降的洪水般直冲而下。雨水持续不断，啪啪地敲打着波浪形铁皮屋顶，好像也会发怒似的，令人发狂。雨没完没了地下着。有时你简直感觉自己会忍不住尖叫起来；接着，你会突然感到浑身软弱无力，好似骨头瞬间酥软了似的，内心只剩下痛苦和绝望。

传教士回来时，麦克费尔扭回头去望着他。两个女人也抬起了头。

"我已经仁至义尽，给了她忏悔的机会。我也规劝她做忏悔，可她太邪恶了。"

他停了下来。麦克费尔医生看到他两眼黯淡无光，苍白的脸变得冷酷而严厉。

"我主耶稣曾经用鞭子把高利贷者和货币兑换商赶出了上帝的圣殿，现在我要拿过那把鞭子了。"他在屋里来回踱步，嘴巴紧闭，浓眉紧锁。"即使她逃到天边，我也要把她拉回来。"

他突然转过身来，大步离开了房间。她们听到他又下了楼。

"他要去干什么？"麦克费尔夫人问道。

"我也不知道。"戴维森夫人摘下夹鼻眼镜，擦了擦。"他在履行圣职时，我从不过问。"她微微叹了口气。

"怎么了？"

"他总是把自己耗得精疲力竭，从来没有懈怠过。"

麦克费尔医生从房东那里得知了传教士的行动引发的最初结果。那天，他经过小商店时，房东把他拦住，在门廊告诉了他那件事。房东肥胖的脸庞显得忧心忡忡。

"戴维森先生责怪我不该把房子租给汤普森小姐，"他说道，"可我租她房子时并不知晓她是干什么的。有人来租房，我只在意他们是否能够支付房租。而她提前一周就把房租付给我了。"

麦克费尔医生不愿卷入这件事,于是他说:"不管怎样,这是你的房子。你能收留我们住下,我们对你感激万分。"

霍恩满脸狐疑地看着他,不太确定医生到底在多大程度上站在传教士一边。

"传教士之间相互通气,"他吞吞吐吐地说,"如果他们要对付一名商人,他就只能关店走人。"

"他想让你把她撵走吗?"

"没有。他说,只要她老老实实的,他就不会让我那么做。他说要对我公平。我承诺说她不会再接客了,我刚去她那里跟她讲过了。"

"她听了怎么回答的?"

"她骂了我一顿。"

房东一副局促不安的样子,身体在破旧的帆布工作服里来回扭动。他已经发现了,汤普森小姐是个难对付的主顾。

"噢,我敢说她会搬走的。要是没有客人来,她就不想留在这里了。"

"可她没地方可去。这里只有一家当地人开的旅馆,而且现在也没有当地人会接纳她。眼前传教士们也不会对她怎么样。"

麦克费尔医生望着外面的雨。"唉,我估计,想要等天放晴是不可能了。"

晚上,他们坐在客厅,听戴维森讲他当年的大学时光。当时,他没有钱,只能靠假期打零工来读书。此时,楼下悄无声息。汤普森小姐正独自坐在小屋内。可是,突然留声机开始响起来。她毫无顾忌地打开了留声机,来掩藏自己的孤独,并没人跟着唱,曲调哀愁,似乎是在求助。戴维森对之置之不理,他的长篇趣闻轶事正讲到中间,就面不改色地继续讲了下去。留声机继续响着,汤普森小姐放了一张又一张唱片,看来像是寂静的夜晚让她焦躁不安。天闷热得让人透不过气来。麦克费尔夫妇上床后难以入眠,他们并排躺着,眼睛睁得大大的,倾听着蚊帐外令人难受的蚊子的嗡嗡声。

"那是什么声音?"麦克费尔夫人低声问道。

他们听到有人说话的声音。那是戴维森的声音,从木质隔板传了过来。他的声音在继续,单调、认真却又执著。他正在大声祈祷,在为汤普森小姐的灵魂祈祷。

两三天过去了。如今,他们在路上遇到汤普森小姐,她不再用带有嘲讽的热情或微笑向他们问候,而是趾高气扬地从他们身边走过,浓妆艳抹的脸上带有愁苦不堪的神情,眉头紧锁,对他们视而不见。房东告诉麦克费尔说,她曾试着到别处找栖身之处,但是无果而终。晚上,她仍旧在播放留声机的各种唱片,但很显然那是在强颜欢笑。拉格泰姆音乐①有种撕心裂肺、伤心欲绝的节奏,好似令人绝望的单步舞曲。礼拜天,她又打开了留声机开始播放音乐,戴维森便让霍恩立即去阻止她,因为这是安息日啊。唱片从留声机上拿了下来,整个房子安静了,只能听到雨水打在铁皮屋顶上连续发出的"啪啪"声。

"我觉得她有点儿担心了。"第二天,房东告诉麦克费尔,

---

① 1890-1915年间在美国流行的一种音乐。

"她不清楚戴维森先生到底想要怎样。这让她有些害怕。"

那天早上，麦克费尔瞥见了她，令他吃惊的是她傲慢的表情已经发生了转变，那神情分明是惊恐万状的样子。房东斜眼瞟了他一眼。

"我想，您不清楚戴维森先生到底要怎样处理她的事吧？"他大胆问了一句。

"不清楚。我不知道。"

霍恩问他的那个问题确实很奇特，因为他也认为传教士在秘密开展工作。

麦克费尔有一种印象，那就是传教士正在围绕那个女人精心而又有条不紊地编织一张大网。一旦一切就绪，他就会突然将网口的绳子收紧。

"他让我传话给她，"房东说道，"无论她什么时候想要见他，只要捎个信，他就会过来。"

"那你把话捎给她后，她说什么了？"

"她什么也没说。我也没有耽搁就走了。我只是说了他让我捎的话，然后就走了。我想，她也许会哭吧。"

"我一点儿都不怀疑，是孤独让她受不了了。"医生说，"还有这场雨，简直让任何人急不可耐。"他继续焦躁地说下去，"在这个讨厌的地方，难道雨就不会停止吗？"

"雨季里，雨总是没完没了的。我们这里一年有三百英寸的降雨量。您知道，是这个港湾的地势造成的。好像整个太平洋的雨都给吸到这里来了。"

"这港湾的地势真见鬼！"医生说。

他抓挠着蚊子叮咬的地方,觉得很想发脾气。等到雨过天晴、太阳出来的时候,这里就像个蒸笼似的闷热,让人觉得酷暑难当,会全身潮湿。这时,你会产生一种奇怪的感觉,一切事物都在滋生一种野蛮的暴力。当地人一向以无忧无虑、天真烂漫著称。此时,他们的染发和身上的纹身会使他们的外表透露出几分邪恶。当他们光着脚"啪嗒啪嗒"地紧跟在你身后时,你会本能地扭头瞅瞅他们。你会觉得,他们会随时迅速冲到你身后,将一把匕首刺入你的肩膀。你说不清楚他们那间距很宽的双眼背后隐藏着什么阴暗的念头。他们的外表有些像画在神庙墙上的古埃及人,浑身散发着极为古老的恐怖气息。

传教士回来后又走了。他忙忙碌碌的,麦克费尔夫妇并不知道他在做什么。霍恩告诉医生说,传教士天天去见总督,有一次戴维森提到了总督。

"他看起来好像意志非常坚定,"他说,"可一旦你涉及实质性问题,他就没有主心骨了。"

"我想,那意味着他不会完全按照您的意志去做。"医生开着玩笑说。

传教士没有笑。"我希望他做正确的事情。这个是不需要人劝的。"

"可人们对于正确性的理解并不一样。"

"如果一个人的脚患上了坏疽病后还在犹豫是否该截肢,您还会对他有耐心吗?"

"坏疽是个实实在在的问题。"

"那邪恶呢?"

他们很快就清楚了戴维森的行动。那天,他们四人刚吃完午饭,还未各自去午睡。炎热的天气迫使两位女士和医生每天中午要休息一下,而戴维森却几乎难以容忍这种懒惰的习惯。门突然"砰"地一下打开了,汤普森小姐走进来;环顾一下房间后,他径直走向戴维森。

"你这个下贱的卑鄙小人!你在总督面前嚼舌头,说我什么了?"她怀着满腔怒火,气急败坏地说。

屋里沉寂了片刻。然后,传教士拉过来一把椅子:"你不坐坐吗,汤普森小姐?我一直想再跟你谈谈!"

"你这个穷酸透顶的混蛋!"她破口大骂,一连串的污言秽语不堪入耳,粗鄙不堪。

戴维森阴郁的眼光紧紧盯着她。"你愿意怎么骂就怎么骂吧,我不在乎,汤普森小姐,"他说,"我得提醒你,还有两位女士在场。"

此时,她愤怒地抑制住了眼泪。她的脸涨得通红,好像上不来气似的。

"发生什么事了?"麦克费尔医生问道。

"刚才有个家伙来这里说,我必须乘下一班船走!"

传教士的眼睛猛地一亮,脸上却不动声色。

"像你现在这种情况,你总不能指望总督让你留在这里吧?"

"是你干的这事!"她厉声尖叫,"你骗不了我,是你干的。"

"我也不想骗你,是我催促总督采取这唯一可行的措施。这是他应尽的职责。"

"为什么你容不下我?我又没有伤害你。"

"你可以放心,即使你伤害了我,我也不会恨你。"

"你以为我愿意待在这穷乡僻壤吗?我看起来像个乡巴佬吗?像吗?"

"既然这样,那我就不明白你有什么可抱怨的了。"他答道。

她含糊不清,愤怒地喊了一声,夺门而去。屋里是一片短暂的寂静。

"得知总督最后采取了行动,我很欣慰。"戴维森终于开口说道,"他是个软弱的人,还优柔寡断。他说,不管怎样,汤普森小姐只在这里待两周。要是她去了阿皮亚,那就是英国的管辖区,与他毫无干系了。"

传教士跳起来,大步走到房间的另一端。"那些权贵试图逃避责任的做法真不像话。照他们说来,好像不在眼前的邪恶之事就不再邪恶了一样。那个女人的生存方式就是一种丑恶,即使把她驱赶到另一个岛上也于事无补。最后,我不得不向总督摊牌。"戴维森眉头紧锁,噘着嘴巴,看起来满脸凶相,要坚持到底的样子。

"您这话什么意思?"

"我们的海外传教团对华盛顿并非完全没有影响。我向总督指出,如果有人投诉他在这里未行使好行政权力,那将对他没有任何好处。"

"那她什么时候走?"医生迟疑了一下,问道。

"从悉尼起航到旧金山的船在下周二预计到这里。她得乘那条船走。"

那得到五天之后了。因为没有更多有意义的事情可做,目前,麦克费尔上午大多在医院度过。第二天,他从医院回来刚要上楼,房东拦住了他。

"打扰一下,麦克费尔医生。汤普森小姐病了,您能给她看看吗?"

"当然可以。"

霍恩带他进了汤普森小姐的房间。她正无精打采地坐在一把椅子上,既没有读书,也没有做针线活,只是茫然地盯着前方。她仍旧穿着那件白连衣裙,头上硕大的帽子上插着花。麦克费尔注意到,她涂抹着脂粉的皮肤显得蜡黄、黯淡,目光呆滞。

"听说你不舒服,真遗憾。"他说道。

"哦,我不是真的有病。我那么说,只不过是想见见您。我必须乘一班到旧金山的船离开这里。"她盯着他。

他看到她的眼神像是突然受到了惊吓,两只手痉挛般地一张一合。房东站在门口听他们说话。

"我知道这事。"

她稍微哽咽了一下。"我觉得,眼下要我去旧金山不太方便。昨天下午我去见总督了,可是没有见到他,只见到了他的秘书。秘书告诉我只能搭那艘船,到那里去的船只有那一艘。这样,我只好去见总督。今天早上,我在他住的房子外面等他。他出来后,我就给他说我的事。可我不得不说,他不愿意搭理我。但我不会轻易让他把我甩掉的。最后他说,只要戴维森先生同意,他不反对我留在这里,坐到悉尼的下一班船走。"她住了口,焦躁不安地看着麦克费尔医生。

"我真不知道能帮你做什么。"他说。

"哦,我想,也许您不介意替我向戴维森求个情。我向上帝发誓,只要他允许我留下来,我在这里什么都不会干。如果他乐意,我可以大门不出。不就是两周的时间嘛。"

"那我问问他吧。"

"他不会同意的。"霍恩说道,"他会让你星期二走的。你还是别抱幻想了。"

"您告诉他,我在悉尼可以找到工作,我是指正经的工作。我的要求不算过分吧。"

"我会尽力的。"

"请尽快告诉我结果,好吗?无论如何,不解决这个事,我无法安下心来。"

医生对这个差事感到并不爽。性格使然,他拐弯抹角地办了这件事。他把汤普森小姐的话告诉了妻子,让她跟戴维森夫人谈谈。传教士的态度好像极为武断专横——毕竟让一位女子在帕果帕果再待上两周也无妨——对自己的策略产生的结果使他始料未及。传教士直接找上了门去了。

"我夫人告诉我,汤普森托您说情了。"

麦克费尔医生突然这样被直接问到脸上,被迫敞开心扉。作为一个腼腆之人,他不免心生怨气。他感到自己的火气猛地上来了,脸涨得通红。"我觉得,她想去悉尼而不想去旧金山是无所谓的事情。既然她答应在这里时老老实实的,您再去为难她就有些过分了。"

传教士用严厉的目光紧紧盯着医生:"那她为什么不愿意

回旧金山呢?"

"我没有问她。"医生粗暴地答道,"而且我以为,一个人管好自己的一亩三分地就不错了。"

也许这个回答不甚婉转。

"总督已命她乘坐驶离岛屿的第一班船离开。他只不过是在履行职责,而我不会干涉的。她在这里逗留,会带来危险。"

"我觉得您太不近人情了,独断专横。"

两位夫人吃惊地抬头看了看医生。不过,她们不必担心会有一场争吵。

传教士只是温和地笑了笑。"您竟然那样看待我,实在抱歉,麦克费尔医生。请相信我,我的心在为那个不幸的女人流血!可我只不过在履行职责而已。"

医生没有吭声,表情凝重地看着窗外。这会儿雨停了,可以看到港湾对面的树丛里掩藏的当地村落的茅舍。"我想趁现在雨停的间歇出去一趟。"他说道。

"请不要因为我无法答应您的希望就对我心生怨恨!"戴维森凄然一笑,"我十分敬重您,医生。如果您对我怀有恶感,我感到很难过。"

"我毫不怀疑,您非常自视清高,所以能够对我的评价泰然处之。"他反唇相讥。

麦克费尔医生感到自己做事冒失,又未达到目的,所以有些恼恨自己,就下了楼。

汤普森小姐正在门口等着他,她的门半开半掩。"哎,"

她说，"您跟他说了吗？"

"说了。不过我很抱歉，他不愿意改变以前的决定。"他答道。他深感尴尬，不敢正视她。

紧接着，他很快扫了她一眼，是她的呜咽声引起了他的注意。他看到，她的脸庞因恐惧而变得惨白。他猛地心一沉，瞬间有了个主意。

"可你还是不要丧气。我觉得，他们对待你的那种方式实在可耻，我要自己面见总督。"

"是现在吗？"

他点点头。她马上面露喜色。

"啊呀，您真是太好了！如果您能替我求情，我敢肯定总督会允许我继续留在这里。在这期间，我再也不会做我以前不该做的事情了。"

麦克费尔医生也不太清楚自己为什么下决心要去向总督求情。他对汤普森小姐的事本来漠不关心，可是传教士激怒了他，他的愤怒在心中郁积。他在总督的家里找见了总督。总督是个魁梧英俊之人，留着牙刷般整齐的灰白胡须，身穿一尘不染的白斜纹制服。他曾做过水手。

"我来这里见您，是为了一位和我们同租一座房子的女子的事情。"他说道，"她叫汤普森。"

"我想，我差不多听够了有关她的事情，麦克费尔医生。"总督笑道，"我已命她下周二离开此地。我只能这么做。"

"我想来问您能否网开一面，允许她等到旧金山的船来到这里，这样她就能够乘船前往悉尼。我保证她一定会规规矩矩的。"

总督继续保持着微笑的模样,却眯起了双眼,神情变得凝重了。"我也想成人之美,麦克费尔医生。不过,我既然已经发布了指令,就得执行。"

医生竭力为汤普森据理力争,然而总督收敛了笑容,满脸愠色地听着,目光若即若离。麦克费尔医生意识到他在白费口舌。

"很抱歉给这位女士带来了不便,但她务必在周二乘船离开此地。这件事只能这么做。"

"可她在这里待着又能怎样?"

"请原谅,医生。我想,我除了有义务向我的有关上级做出解释,不需要向任何其他人解释我的职权行为。"

麦克费尔用敏锐的目光扫视着总督。他想起来,戴维森曾经暗示对总督采取过恐吓手段,而且总督的态度显得令人奇怪的尴尬。

"戴维森是个可恶的好管闲事者。"他言辞激烈。

"麦克费尔医生,我不能说我对戴维森先生有多高评价,可我必须承认,他有权利向我指出,在这种地方,有大量士兵驻扎在当地居民中,像汤普森小姐这样性情的女人留在这里很危险。"

总督站起身来,麦克费尔也不得不跟着站起来。

"我得请您原谅我,我还有个约会。请代我向麦克费尔夫人致意。"

医生垂头丧气地离开了总督。他知道汤普森小姐在等着他，可他并不愿亲口告诉她自己没办成事。他从后门直接进了房子，蹑手蹑脚地上了楼，好像在隐藏什么似的。

晚饭时他一声不吭，坐立不安，传教士却兴高采烈，容光焕发。麦克费尔医生感到传教士洋洋自得、心情畅快，眼光不时瞟到自己身上。他忽然意识到，戴维森已经得知他拜访过总督，还知道他大败而归。但他到底是怎么得知这一切的呢？那个人一定有某种邪恶之力。晚饭后，他看到霍恩在阳台上，便装作要和霍恩闲聊的样子走了出去。

"她想知道您是否见到了总督。"房东悄声问道。

"见到了。可他不肯干预此事。实在抱歉，我也无能为力。"

"我就知道他不肯干。他们不敢与传教士做对。"

"您们在谈什么？"戴维森和颜悦色地说着，出来加入了他们的谈话。

"我在说，您们至少还得等一个星期才能去阿皮亚。"房东油腔滑调地答道。

霍恩离开后，两个人又回到客厅。戴维森先生在每餐之后都要放松一个小时。很快，他们听到了怯生生的敲门声。

"请进。"戴维森夫人厉声说道。

门并没有开，她便起身打开门。他们看到汤普森小姐站在门口，她的外表变化很大：不再是那个在路上讥讽他们的招摇过市的轻佻女子了，变成了失魂落魄、惊魂未定的女子。她的头发一贯梳理得极为精致，如今却凌乱地垂在脖颈上。她脚蹬一双卧室穿的拖鞋，身穿臭味扑鼻、破旧不堪的罩衫和短裙。

她站在门口不敢进来,眼泪顺着脸颊哗哗流淌。

"你想要怎样?"戴维森夫人厉声呵斥。

"我能跟戴维森先生说几句吗?"她哽咽着说。

传教士站起来,向她走去。"快进来,汤普森小姐!"他和善地说,"我能为你做什么吗?"

她进了屋。"呃,我为那天跟您说的话和——和我做的一切向您道歉。我想,我做得有些过火,还望您能原谅我。"

"呃,没什么。我想,我的肚量还算宽广,能容得下几句难听话。"

她走向他,一副卑躬屈膝的模样。"您把我打败了,我已黔驴技穷。您不会真让我去旧金山吧?"

他的和善表情刹那间消失了,声音变得冷酷而严厉。"为什么你不愿回到那里?"

她在传教士面前毕恭毕敬。"我想着,我家人都住在那里,我不希望他们看到我这个样子。我愿意去您说的任何其他地方。"

"那你为何不愿意回旧金山?"

"我已经告诉过您了。"

他身体前倾,死死地盯着她,一双又大又明亮的眼睛好似要穿透她的心灵。突然,他气喘吁吁地说了一句:"收容所。"

她尖叫起来,猛地扑倒在他脚下,紧紧抓住他的腿。"别把我送回到那儿去。我向上帝发誓我要做个良家妇女,我会洗手不干的。"她突然没头没脑地乞求起来,眼泪顺着她浓妆艳抹的脸颊哗哗流下。

他弯下身，托起她的脸，逼迫她看着自己。"是因为那个收容所吧？"

"他们抓到我之前我就跑了。"她喘着粗气，"要是警察抓住我，我就得蹲三年牢。"

他放开了她。她瘫倒在地，剧烈地抽泣着。麦克费尔医生站了起来。

"现在，这一切都发生了改变！"他说，"您知道了这一切，就不要再让她回去了。再给她一次机会吧！她想翻开新的一页。"

"我要给她一个她从未有过的机会。要是她真要悔过自新，那就接受应有的惩罚吧。"

她误解了他的意思，抬起头来，红肿的眼睛里流露出一线希望。"您会放过我吧？"

"不。你还得在星期二乘船去旧金山。"

先是一声惊恐的叹息声；接着，她又猛地发出低沉而沙哑的尖叫，听起来简直不是人的声音；然后，她没命地使劲把脑袋往地上"砰砰"地磕。

麦克费尔医生一跃而起，把她扶了起来。"起来，你不能这个样子。你最好回房去躺躺！我去给你拿点儿药。"

他把她扶了起来，半拖半拉地把她送下了楼梯。他对戴维森太太和自己的妻子极为恼怒，因为她们两人袖手旁观。房东正站在楼梯下，便帮着医生把汤普森安顿到床上。她还在抽泣，几乎神志不清。医生给她打了一针。走回楼上时，他感到热得难受，全身精疲力竭。

"我把她安顿好，躺下了。"

戴维森和两个女人还像医生离开时那样坐在老地方。在他离开的这段时间里，他们没有动弹过，也没有说过话。

"我在等你。"戴维森的声音陌生而冷淡，"我希望你们和我一起为这个犯错误的姊妹的灵魂祈祷。"

他从书架上拿下《圣经》，在他们刚吃过晚饭的桌旁坐下来。桌子还未收拾干净，他便把茶壶推到一边，用有力、洪亮而深沉的声音向他们宣读那一章耶稣基督与犯通奸罪的女子见面的场景。

"现在，请跟我一起跪下来！让我们为亲爱的姊妹莎蒂·汤普森的灵魂祈祷！"

他突然开始诵读一篇冗长、激昂的祈祷文，恳请上帝宽恕那个有罪的女人。麦克费尔夫人和戴维森夫人跪下来，闭上双眼。医生感到既惊讶、难堪，又局促不安，便也跪了下来。传教士的祈祷雄辩而狂放，连他自己也深受感动。他一边宣讲，眼泪一边顺着脸颊流淌。屋外，无情的雨滴"噼噼啪啪"地下个不停，带有人类所有强烈的恶意。

最后，他停了下来。又停了片刻，他说道："现在，我们来重复一遍主祷文！"

念完之后，他们跟着他站了起来。戴维森夫人脸色发白，但很安详。她深感慰藉，内心平静，麦克费尔夫妇却突然感到局促不安，无所适从，不知眼睛究竟该看向什么地方。

麦克费尔医生说："我下楼去看看她现在怎样了。"

他敲门后，霍恩开了门。汤普森小姐正坐在一把摇椅上轻声抽泣。

"你在那里做什么?"麦克费尔喊道,"我跟你说了让你躺下。"

"我无心躺下。我想去见戴维森先生。"

"可怜的孩子,你觉着那有用吗?你绝不会打动他的心的。"

"他说过,要是我请他来,他会来的。"

麦克费尔医生向房东打了个手势。"去把他叫来!"

房东上楼去了,医生和汤普森小姐一起无言地等待着。戴维森很快便来了。

"请原谅我请您来这里。"她说道,满脸忧郁地望着他。

"我正等着你来请我。我早就知道上帝会对我的祈祷做出答复。"

他们相互注视了对方片刻,然后她把目光移开了。她说话时并不正眼瞧他。"我是个坏女人,我要忏悔。"

"感谢上帝!感谢上帝!他听到了我们的祷告。"

他转向那两个男人:"让我单独和她待会儿。告诉戴维森夫人,上帝答复我们的祈祷了。"

他们走出去,关上了身后的门。

"天啊。"房东感叹道。

那晚,麦克费尔医生久久未能入睡。听到传教士上楼的声音时,他看了看表,已是凌晨两点。即使已是深夜,传教士也未立即上床就寝。透过分割房间的木质隔板,医生听到传教士在大声祷告,直到他听得精疲力竭,沉沉睡去。

第二天早上,医生看到传教士的尊容时,极为惊诧。传教士的脸庞显得比以往更为惨白、疲惫，眼睛却如闪耀着神圣的火焰般炯炯有神。他看上去似乎心花怒放。

"我想请您马上下楼去看看莎蒂！"他说，"我不敢指望她的身体很快好起来，可她的灵魂——她的灵魂却有所转变。"

医生感到既悲哀又紧张。"您昨晚和她待到了很晚。"他说。

"是的。我一离开，她就受不了。"

"您看起来得意洋洋的嘛。"医生悻悻地说。

戴维森的眼神分明因欢天喜地的心情而熠熠生辉。"上帝赐予了我莫大的恩宠。昨晚我有幸将一个迷失的灵魂带回到耶稣仁慈的怀抱。"

汤普森小姐又坐到了摇椅上，还未整理床铺，房间里一片凌乱。她甚至懒得穿戴整齐，只披了一件肮脏的睡衣，头发随意扎了个结。她用湿毛巾稍微擦了一把脸，却满脸浮肿，因哭泣而皱纹横生，看起来垂头丧气。

医生进门时，她无精打采地抬了抬眼，一副惊魂未定、伤心欲绝的样子。

"戴维森先生在哪儿？"她问道。

"你要想见他，他很快就会来！"麦克费尔医生说话有些尖酸刻薄，"我来这里，是看看你怎么样了。"

"哦，我想应该没事了。您不必担心。"

"你吃东西了吗？"

"霍恩给我送了些咖啡。"她焦急地望着门口。"您觉得他会很快下来吗？我觉得有他在我身边，好像就不太可怕了。"

"星期二你还得走吗？"

"是的,他说我必须走。请告诉他马上来这里吧!您帮不了我什么。现在,只有他能帮我。"

"好吧。"麦克费尔说。

在这之后的三天里,传教士几乎所有时间都和莎蒂·汤普森待在一起,只有吃饭时才和其他三个人在一起。麦克费尔注意到他吃得很少。

"他把自己搞得精疲力竭。"戴维森夫人颇为心疼地说,"他要是不小心,会累垮的,可他就是不会爱惜自己。"

她自己也是面色惨白,跟麦克费尔夫人说她近日也无法入眠。传教士从汤普森小姐那里回去上楼后还要祷告,直到累得筋疲力尽。即使如此,他仍旧睡得极少,一两个小时之后就起床穿衣,沿着海湾去徒步行走,还做了些稀奇古怪的梦。

"今天早上他告诉我说,他最近一直梦见内布拉斯加的山。"戴维森夫人说。

"那确实很古怪。"麦克费尔医生答道。

他记得以前乘火车横穿美国时曾透过车窗看见过那些山,看起来像是鼹鼠打洞后扒出的泥土堆成的鼹鼠丘一样滚圆光滑,骤然从平原上矗立起来。麦克费尔医生还记得,他之所以对那里印象深刻,是因为它们就像女人的乳房一样。

戴维森焦躁不安的状态连他本人也难以忍受,可他又因一件美妙且令人振奋的事情而兴奋。他正在将隐藏在那个可怜女人内心隐秘角落最后的罪恶残余连根拔起。他陪她一起诵读《圣经》,还陪她一起祈祷。

"太棒了!"一天晚饭时,戴维森对他们说,"这是一次真正的再生。她的灵魂曾漆黑如夜，如今却如新降的白雪般纯净洁白，而我与她相比却卑微、胆小。她为自己所有的罪过所做的忏悔真是绝妙无比，我简直不配帮她掂起她外套的褶边。"

"那您还忍心把她送回旧金山吗？"医生问道，"那样的话，她就得在美国监狱住上三年。我早就想到，您本来就会拯救她免遭此难的。"

"呃，可您怎么不明白，那是必需的。您以为我的心没有为她流血吗？我爱她，就像爱我的妻子和姐妹一样。她在监狱遭罪之时，我也将遭受她的一切痛苦。"

"真是一派胡言！"医生怒不可遏地叫道。

"您想不通这一切，那是因为您的洞察力不足。她犯下了罪过，就必须受到惩罚。我知道她将忍受的一切痛苦，她会挨饿、受到折磨和羞辱。可我希望她作为献给上帝的祭品接受人类的惩罚，我还希望她能够满心喜悦地接受惩罚，她拥有我们这些人中少有的机会。上帝是极为善良、仁慈的。"

戴维森的声音因激动而颤抖。这些话语磕磕巴巴地从他的双唇充满激情地冒出来，甚至模糊不清。

"我整天都陪她一起祈祷，我离开她以后又继续为她祈祷。我尽我所能为她祷告，期望上帝能够赐予她巨大的恩惠。我希望她能将接受惩罚的热切愿望铭记在心。即使我放她走，她都会拒绝。我想让她感到，牢狱的严酷责罚是她放在天主脚下的感恩祭品，是天主曾把生命献给了她。"

日子一天天慢慢过去了。整屋子的人都在关注着楼下那个备受折磨的痛苦女人。她处于一种不正常的亢奋状态，就像一个受害者正被准备送去参加野蛮、血腥的邪神崇拜仪式一样，恐惧感使她呆如木鸡。她无法忍受戴维森离开她的视野，只有在戴维森的陪伴下，她才会充满勇气。她像奴隶般依赖着他。她多次哭泣，还诵读《圣经》，进行祈祷。有时候她会筋疲力尽、心如死灰，确实盼望着审判的到来，好像那样她就可以从正在遭受的痛苦中真正直接地解脱出来。她实在无法再忍受如今困扰着她的莫名恐惧。因为有罪在身，她早已将所有个人虚荣抛却，整日里蓬头垢面，头发凌乱，披着件俗艳的睡衣。她已有四天未换睡衣，也未穿长筒袜，房间里乱七八糟、凌乱不堪。屋外雨仍旧无情地下个不停，你会觉得天上的水分最终会枯竭，可大雨仍然倾注而下，直接重重地冲刷着铁皮屋顶，没完没了，简直令人发狂。她的所有物品都潮湿发黏，墙和放在地上的靴子也长了霉斑。在一个个无眠之夜，蚊子也在愤怒地嗡嗡肆虐。

"哪怕雨停一天，日子也不至于这么糟糕。"麦克费尔说。

他们都盼望着星期二的到来，那时开往旧金山的船将从悉尼到达这里。这种压力实在令人难以忍受。就麦克费尔医生而言，他也想摆脱那个不幸的女人，这个愿望已将他的怜悯和怨气驱赶得烟消云散。不可避免的事情只好接受。他感到，船驶离此地之后，他的呼吸会更为顺畅。莎蒂·汤普森将由总督办公室的职员护送登船。这个人在周一晚上来拜访汤普森小姐，告诉她在第二天上午十一点做好准备。那时，戴维森也将陪伴她。

"我来看看是否一切都准备妥当。我会亲自陪她上船。"

汤普森小姐一言未发。

当麦克费尔医生吹灭蜡烛、小心地爬到蚊帐里面时，如释重负地叹了口气。"啊，感谢上帝，总算完结了。到明天这个时候她就离开了。"

"戴维森夫人也会很高兴。她说，他把自己累得骨架都快散了。"麦克费尔夫人说，"她完全变了。"

"谁？"

"莎蒂。我从未想到这种事情能够成为可能，它使人变得谦卑。"

麦克费尔医生没有应答，很快便酣然入睡。他疲惫不堪，比以往都睡得更为香甜。

早上，一只放到他胳膊上的手把他推醒了。他一下子坐了起来，看到霍恩在他床边。房东将手指放到嘴边，示意麦克费尔大夫不要声张，并招呼他过来。通常，霍恩总穿一条破烂不堪的帆布裤，眼下却光着脚，只穿着当地人的缠腰布，突然显出野气十足的样子。麦克费尔医生下了床，看到他全身甚为显眼的纹身。霍恩示意医生到阳台上来。麦克费尔医生下了床，跟出去了。

"别出声！"他低声耳语道，"有人请您去一趟。穿上衣服和鞋，快点儿来。"

首先出现在麦克费尔脑海的想法是，汤普森小姐出了事。

"怎么回事？我需要带医疗器具吗？"

"快点儿！请快点儿！"

麦克费尔溜回卧室，在睡衣外披上一件雨衣，穿了双橡皮底的鞋。他和房东会合后，便蹑手蹑脚地下了楼。通向大路的门早已打开，门口站着一些当地人。

"到底怎么回事？"医生又问道。

"跟我来。"霍恩应道。

他走出大门，医生紧随其后，一群当地人也跟在他们后面。他们穿过马路，到了海滩。医生看到，一群当地人围着水边的什么物体站着。他们快步走过去，大概走了二十多码。当地人看到医生来了，便闪开了一条道。房东把他推向前去，医生看到了半躺在水中半露出水面的可怕物体——戴维森的尸体。麦克费尔医生不是那种遇到紧急事件便会失去理智的人，他弯下腰把尸体翻过来。戴维森的喉咙被齐耳根割断了，他的右手还有一把干这事用的剃刀。

"他全身已经凉了。"医生说，"肯定已经死了一段时间了。"

"刚才一个小伙儿在上班路上看到他躺在那里，就来告诉我了。您觉得是他自己干的吗？"

"是。得让人去叫警察。"

霍恩用土话说了点什么，便有两个年轻人起身离去。

"我们得等他们来了后再离开。"医生说道。

"他们不能把他弄到我家里来。我不能把他放在我房子里。"

"你得按照政府的要求来办！"医生厉声答道，"其实，他们会把他送去停尸房。"

他们站在原地等着。房东从缠腰布的一个皱褶里抽出一根烟，递给了麦克费尔医生。他们一边抽烟，一边望着这具尸体。麦克费尔医生搞不明白这一切是怎么回事。

"您觉得他为什么要这么做?"霍恩问道。

医生耸了耸肩。不一会儿,一个海军士兵带着一个当地警察抬着担架,赶来了,很快又来了几个海军军官和一个当地医生。他们有条不紊地处理好了一切。

"他妻子怎么办?"一位军官问道。

"既然你们来了,我就先回屋穿件衣服。可以想见,这种事会让她伤心欲绝的。在把尸体处理好之前,最好不要让她见到。"

"我想应该那么做。"当地的医生说道。

麦克费尔医生回去后,见妻子即将穿戴停当。

"戴维森夫人对她的丈夫担惊受怕,"他一露面,她就忙不迭地告诉他说,"他一夜都没有上床休息。她听到他在凌晨两点离开了汤普森小姐的房间。要是他从那时起就一直来回走动,那他绝对会死掉的。"

麦克费尔医生把发生的一切告诉了她,并让她去把这个消息传给戴维森夫人。

"可他为什么那么做呢?"她惊恐万分地问道。

"我也不知道。"

"可我不能告诉她!我不能这么做!"

"可你必须这么做。"

她畏惧地看了他一眼,然后出去了。他听到她走进了戴维森夫人的房间。稍停片刻,他定了定神,开始刮胡子,洗漱。他穿戴好后在床上坐下,等着妻子回来。终于,她回来了。

"她想看看他。"妻子说道。

"他们已把他送到了停尸房。我们最好下去陪陪她。她知道了事情以后怎么样?"

"我觉得她给吓晕了。她没哭,却像树叶一样颤动。"

"我们最好马上过去。"

他们敲门后,戴维森夫人走了出来。她面如死灰,却欲哭无泪。在医生看来,她的镇静似乎不太正常。他们一言未发,在静默中走出门,上了路。到达停尸房后,戴维森夫人开口说:"让我单独进去看看他吧!"

他们站在一边。一个当地人为她打开门,等她进门后又把门关上了。他们坐下来等着。有一两个白人过来与他们低声交谈,麦克费尔医生再次将自己了解的悲剧讲了一遍。最后,门静静地打开了,戴维森夫人走了出来。众人都沉默不语。

"现在,我准备回去了。"她说道。

她的声音既冷酷又冷静,连麦克费尔医生也无法读懂她的眼神。她惨白的脸庞令人生畏。他们缓步往回走,一路无语。终于,来到了他们居住的房子对面的拐角处。戴维森夫人叹了口气。此时,他们都静止不前。一个令人难以置信的刺耳声音敲打着他们的耳膜,久违的留声机又开始播放了。播放的拉格泰姆音乐既响亮又刺耳。

"那是什么声音?"麦克费尔夫人恐惧地叫了起来。

"咱们还是走吧!"戴维森夫人应道。

他们上了台阶,进入大厅。汤普森小姐正站在门口跟一位水手闲聊。她变化很大,突然与以往判若两人。她往日的那种怯懦苦相不复存在，取而代之的是她身着往日所有的华丽服饰——依然穿着白色连衣裙，粗胖小腿套着棉质长筒袜，从铮亮的长靴顶部膨胀出来。她的头发梳理得极为精致，还戴着那顶硕大的白帽子，上面插着俗不可耐的花朵。她的脸庞依然浓妆艳抹，眉毛涂抹得漆黑浓重，嘴唇一片猩红。她一副趾高气扬的派头，俨然是他们初次相识时不可一世的皇后模样。他们进门时，她猛地大声发出嘲笑声。戴维森夫人不自觉地停下了脚步，汤普森便将嘴里所有的唾液集聚起来，"呸"地一声吐了出来。戴维森夫人吓得向后退缩了一下，脸颊上突然升起两点红晕。然后，她双手捂脸猛然跑开，迅速上了楼梯。

麦克费尔医生勃然大怒，他从汤普森小姐身边挤过去，把她推入了她的房间。"该死，你在干什么？"他喝道，"把那可恶的机器关掉！"他冲过去把唱片猛地扯下来。

她冲他叫道："喂，医生，你也跟我来这一套！你到底来我房间做什么？"

"你什么意思？"他厉声喝道，"你究竟什么意思？"

她显得霸气十足，脸上带着无以名状的蔑视神情，或者说她的回答充满了傲慢的仇恨之情。"你们这些男人！你们这些卑鄙肮脏的猪猡！你们都是一路货色，全都是一路货！你们是猪！猪！"

麦克费尔医生倒吸了一口气，猛地恍然大悟了。

家

农场坐落于索默塞特①群山的一片山谷中,谷仓、畜栏和户外厕所环绕着一座老式的石头房子。

门口刻有房子建造的日期——一六七三年,数字雕刻得十分雅致;灰色的房子历经风雨侵蚀,看起来跟遮蔽它的树木一样,像是风景画中的一部分;一条壮观的榆树林荫大道贯穿了大路和整齐的花园。它曾是许多乡绅府邸的骄傲。

---

① 英格兰西南部的一个郡。

在这里居住的人们，如同他们的石头房子一样古板、刚毅而又谦逊。唯一值得夸耀的是，自从这些房子建造以来，从父亲到儿子，再到孙子，他们像一根没有断的线一样，一辈子都生活在这里。三百年来，他们耕种着周围的土地。

如今，乔治·梅多斯①已年过五十，妻子比他小一两岁。他们身强体壮，正当壮年；孩子们——两个儿子和三个女儿——既漂亮又强壮。他们并不受绅士、淑女这些新近流行的观念影响；了解这片土地，并为之骄傲。

我从没见过像他们那么团结的一家人，快乐、勤劳、善良，生活由家里的族长统一管理。就像贝多芬的交响曲和提香②的画作给人的感受那样，这种圆满的生活有一种美感。他们幸福快乐，而且应当享有这种幸福的生活。

不过，房子的主人并非乔治·梅多斯（村里人说根本就不是他的），而是他的母亲。村里人说，她的年纪是儿子的两倍，七十岁了。她高挑的个子，身板挺直，外表端庄，毛发灰白。虽然她的脸庞布满了皱纹，眼睛却炯炯有神，目光犀利。无论在家里还是农场，她的话就是法律；不过，她很幽默。虽说她有些专横，但也是温和仁慈之人。人们听了她讲的笑话，会哈哈大笑，并转述给其他人。她是个很好的生意人，要想在讨价还价时胜过她，需要起个大早才行。她很有个性，将罕见

---

① 这个家族里有两代人都叫乔治。这位是乔治二世。
② 提香（Tiziano Vecellio，1490－1576），意大利文艺复兴时期威尼斯画派画家。

的善良与本性滑稽之人的警觉融合在一起。

一天，在我回家的路上，乔治夫人把我拦住了。她显得心绪不宁（她婆婆是我们知道的唯一被称为梅多斯夫人的人。人所共知，乔治的妻子被称为乔治夫人）。

"你知道今天谁要来吗？"她问我，"是乔治·梅多斯叔叔①。你知道，他原来在中国。"

"咦，我以为他早过世了呢。"

"我们都以为他过世了。"

我早已多次听说乔治·梅多斯叔叔的故事，感到很有趣，觉得他的故事具有古老民谣的特点。现实生活中碰到这样的事，会让人觉得既古怪又动人。乔治·梅多斯叔叔和汤姆在五十多年前都追求过梅多斯夫人。那时，她叫艾米丽·格林。嫁给了汤姆后，乔治就离家出海航行去了。

他们听说乔治叔叔到了中国海岸。最初的二十年，他时不时地给他们寄来礼物，可后来就杳无音信了。当汤姆·梅多斯去世时，他的遗孀给乔治叔叔写信告知汤姆的死讯，但未收到任何回音。最后，他们得出结论说，乔治叔叔一定不在人世了。可是，两三年前，令他们惊诧的是，他们收到了朴茨茅斯水手之家②负责人的一封信，似乎说乔治·梅多斯叔叔在最后的十年因患风湿病而致残，一直住在水手之家；现在他感到时日不多，想要再看看自己出生的房子。于是，他的侄孙阿尔伯特·梅多

---

① 指乔治一世。
② 水手之家是收费低廉的水手寄宿处。

斯去了朴茨茅斯接他。这个下午，他就要到家了。

"你想想吧，"乔治夫人说，"他离开这里五十多年了，一直都没有见过乔治①。乔治下一个生日就五十一岁了。"

"梅多斯夫人怎么看待这件事？"我问道。

"哦，你知道她就那个样子。她坐在那里自己乐呵着，一直说着，'他离开时还是个帅小伙儿，但不像他哥哥那么稳重。'那也是她选择了我家乔治父亲的原因。'不过，到现在，他也许稳当下来了。'她这么说。"

乔治夫人让我顺道去看看乔治叔叔。她最远只到过伦敦，有着乡下妇女淳朴的特点，认为我和乔治叔叔既然都到过中国，一定有相同之处。当然，我欣然接受了她的邀请。

到她家里时，我发现他们一大家子人都聚在那里，坐在铺着石头地板的很大的旧厨房里。梅多斯夫人还是坐在她炉火边的椅子上，身板笔挺。看到她穿着自己最好的丝质衣服，而她的儿子、儿媳及他们的孩子们坐在桌旁，我感到很有趣。在炉火的另一边坐着一位老人，蜷缩在椅子里，瘦骨嶙峋，皮肤松弛得像是穿了一件很不合身的宽大的旧外套。他满脸皱纹，脸色发黄，牙齿几乎掉光了。

我和他握了握手。"喂，很高兴看到你平安归来，梅多斯先生。"我说。

"我是船长。"他纠正我说。

"他自己走进屋来的。"他的侄孙阿尔伯特告诉我，"到门

---

① 指乔治二世。

口时,他让我把车停下来,说想自己走走。"

"跟你说吧,我两年都没有下床了。他们把我抬下来,放到车里。我以为我再也不会走路了呢,可看到那些榆树时——我记得父亲很珍视那些榆树——觉着自己又能走路了。我便沿着那条车道,走了过来。五十二年前,我就是从那里离开家的。现在,我又走回来了。"

"傻,我说这是傻。"梅多斯夫人说。

"这对我有好处。我觉得现在比十年前的状况还好,还有劲呢。我也希望你能走出去,艾米丽。"

"你别这么肯定吧。"她答道。

我想,我们这一代人都没有对梅多斯夫人直呼其名的。乔治叔叔对梅多斯夫人的称呼让我稍感震惊,似乎他对她有些随意。她看看他,目光中透露出睿智的微笑。而他在跟她谈话时,露出无牙的牙床,咧嘴笑了。看着他们——两人已经半个世纪未曾谋面,想想他们——那么久以前两人曾相互爱恋过,真是让人好生奇怪。我不知道他们是否还记得当时的感觉,是否还记得彼此曾跟对方说过的话;我不知道现在他是否感到奇怪,他为了那个女人离开了世代居住的家乡,放弃了自己的合法继承权,去过一种自我放逐的生活。

"你结过婚吗,梅多斯船长?"我问。

"没有。"他用颤抖的声音说道,咧嘴笑了,"也正是因为这个原因,我更了解女人了。"

"那只是你的说法。"梅多斯夫人反驳道,"如果我能知道真相,要是听说你年轻时娶过六位黑人妻子,我都不会奇怪。"

"艾米丽，中国人不是黑人。你应该很清楚这个，他们是黄种人。"

"也许那就是为什么你的肤色那么黄的原因。我刚看到你时，心里就犯嘀咕：哎呀，他得了黄疸了。"

"艾米丽，我说过，除了你，我谁都不会娶的。我从来没有结过婚。"

他说这话的语气既无伤感，也没有怨恨，只是在陈述事实，就好像一个人可能会说："我说过我要走二十英里，我做到了。"他的话语中透露出些许满意感。

"不过，假如你真娶了我，可能会后悔的。"她答道。

我跟这位老人聊了一会儿有关中国的话题。

"我对中国的每一个港口都很熟悉，比你对自己外套的口袋还熟悉。每艘船所到之处我都去过。我经历的事情太多了，我可以让你这么一整天坐着不动，给你讲我这辈子的经历，连一半也讲不完。"

"哦，乔治，据我观察，有一件事你还没有做。"梅多斯夫人说道，眼神中仍然透露出调侃却并无恶意的笑意，"那就是你没有发大财。"

"我不是个会攒钱的人。赚了钱就花，这是我的座右铭。但有一点我要告诉自己：假如有机会重新活一次，我会抓住它的。没有很多人会这么说的。"

"确实没有。"我说道。

我充满敬佩和敬重之情望着他。这是一位牙齿脱落、跛脚、身无分文的老人，可他的人生很成功，因为他乐在其中。

我离开时，他让我第二天再来看他；并说如果我对中国感兴趣，他愿意给我讲我想听的所有故事。

第二天，我想我该去问问，看老人是否愿意见我。我沿着绿树成阴的榆树大道信步走来。到得花园时，梅多斯夫人正在摘花儿。我便向她问候早安，她直起身子，抱着一大把白色的花儿。我望了一眼屋子，见百叶窗还拉着。我感到很奇怪，梅多斯太太一贯喜欢阳光啊。

"一旦你被埋葬了，就会有足够的时间生活在黑暗之中。"她总是这么说。

"梅多斯船长怎么样了？"我问她。

"他一贯是个鲁莽的人。"她答道，"今天早上，当莉齐给他送茶时，发现他已经去世了。"

"去世了？"

"是的。他在睡梦中离去的。我正在摘的这些花儿，就是要给他放到房间里去的。呃，我很高兴他能在那座老房子里离去。这对于梅多斯家族的人来说，意味深长。"

前一晚，他们费了很大的劲儿才劝说他上了床。他给他们讲了他在漫长的一生中经历的所有事情，如今很高兴能回到自己的老房子里。不需要人搀扶就自己走上了车道，他深感自豪；他还夸口说，要再活二十年。但命运是充满善意的：死亡在恰当的地方给他画上了句号。

梅多斯太太闻了闻抱在怀里的白色花朵。"哦，毕竟他回来了，我很高兴。"她说，"我嫁给汤姆·梅多斯之后，乔治就走了。事实上，到底是否嫁对了，我从来都不太确定。"

母　亲

　　有两三个人听到了庭院里的争吵声，从各自屋子里跑出来看热闹

　　"是那个新房客。"一个女人说，"她跟行李搬运工吵起来了。"

　　这是一座两层楼的出租公寓房，围绕着一个庭院建造而成。它位于拉·马卡雷纳一条小街上，是塞维利亚①最为杂乱

---

① 西班牙的一个地名。

的街区。房子租给了打工仔和西班牙的一般小职员，像邮递员、警察或电车售票员；而且这个地方聚集了许多孩子。这里居住着二十户人家，他们会吵闹后再握手言和；也会把脑袋凑到一起，喋喋不休；有人需要帮忙时，他们会出手相助。因为安达卢西亚人①是温厚和善之人。总体而言，他们相处得很好。有一个房间闲置了一段时间未租出去，今天早上有一位女子租住了。一小时后，她就尽己所能，携带着自己的零碎家当来了，一个加利西亚人②（在西班牙，搬运工一般都是加利西亚人）帮她运来了其余行李。

可是，争吵声更加激烈了。两个住在二楼的女人把身子探出阳台的护栏，听得津津有味，生怕错过一个字。

她们听到这个新来的女人尖厉的嗓门越来越高，不断地谩骂着，而搬运工只是偶尔粗声插几句。两个女人用胳膊肘捣了捣对方。

"你不付给我钱，我不会走。"他不断说着。

"可我已经付给你钱了。你说过干这些活儿收三里尔的吗？"

"从来没有的事！你答应给我四里尔的。"

他们在针尖儿大的搬运费上争论不休。

"搬那么几样东西就要四里尔，你真是疯了！"她试图把他推走。

---

① 西班牙的一个民族。
② 西班牙的一个民族。

"你不付给我钱,我就不走。"他再次说道。

"我再给你一便士。"

"一便士,我不要。"

他们争吵的声音越来越高。那个女人对搬运工尖叫谩骂,在他面前晃动着拳头。

最后,他失去了耐心。"那好吧,给我一便士,我就走。我可不愿意在你这样的荡妇身上浪费时间。"

她付了钱,搬运工把她的褥子扔到地上,走了。他离开时,她又冲着他骂了一句脏话。等她从房间出来、再把东西拖到屋里时,站在阳台上的两个女人看清了她的脸。

"天哪,多么邪恶的一张脸啊!她看起来就像个女杀人犯。"

正在这时,一个女孩儿走上楼梯来。她的母亲大声对她说:"罗莎莉娅,你看到她了吗?"

"我问那个加利西亚人她是从哪里来的,他说他从特里亚纳①给那个女人送来了行李。当时她答应给他四里尔的,可送到了她又不给了。"

"他告诉你这个女人的名字了吗?"

"他也不知道。不过,在特里亚纳,他们都叫她拉·卡奇拉。"

过了一会儿,这个刁妇来取一个她忘记了的包裹,又出现在她们的视野之中。

---

① 西班牙的一个地方。

她扫了一眼站在阳台上冷漠地看着她的女人们，什么也没说。

罗莎莉娅猛地颤栗了一下。"她让我感到害怕。"

拉·卡奇拉年届四十，面容憔悴，瘦骨嶙峋，两只手掌和手指的骨骼就像秃鹫的爪子一样皮包骨头。她的脸颊深陷，蜡黄的皮肤布满皱纹。当她张开苍白的厚嘴唇时，一口尖厉的牙齿显露出来，就像食肉动物的牙齿一样锋利。她的一头黑发干枯粗糙，挽成一个难看的结，似乎马上要散落到肩头似的；两缕直发从耳朵的前面散落下来。她的一双乌黑大眼深陷在眼眶里，闪着凶狠之光。她的脸上透露出极其凶残的神情，没人胆敢走上前来跟她说话。她是个完全自闭的人。邻居们的好奇心被激发出来了。他们知道她很穷，因为她的衣服破旧不堪。她每天早上六点出门，夜里才回来。不过，他们甚至不知道她到底以何为生。于是，他们督促一个住在这座房子里的警察做一番盘查。

"只要她不扰乱治安，我就不应该管她。"他说。

但在塞维利亚，丑闻的传播速度极快。几天后，一个住在楼上房间的泥瓦匠带来了消息，说他从特里亚纳的一个朋友那里知道了她的底细。拉·卡奇拉一个月前刚刚出狱，她蹲了七年牢——犯的是谋杀罪。她本来住在特里亚纳的一所房子里，可孩子们发现了她的所作所为后，便向她投石头，还辱骂她。她便用不堪入耳的话语回击他们，还动手打了他们，把那个地方搅得鸡犬不宁，房东只好对她下了逐客令。她便对房东和所有赶她走的人谩骂一通后，在一个清晨突然无影无踪了。

"那她到底杀了谁?"罗莎莉娅问道。

"他们说是她的情人。"泥瓦匠答道。

"她怎么会有情人?"罗莎莉娅大声嘲笑。

"圣玛利亚!"她的母亲皮拉尔叫道,"我希望她不会杀掉我们中的任何人。我说过,她看起来就像个女杀人犯!"

罗莎莉娅全身颤栗,在身上画了个十字。恰在此时,拉·卡奇拉干完了一天的活儿,走了进来。这让这群饶舌者猛地感到一种压迫。他们惶恐地看着这个怒目圆睁的女人,彼此往前挪动了一下身子,似乎想要挤作一团。她好像从他们的静默中看出了某种不友好的预兆,满脸狐疑地飞快扫视了他们。那个警察没话找话地向她问好。

"谢谢好意。"她阴沉着脸答道,很快走入自己的房间,"砰"地关上了门。

他们听到她把门锁上了。她那邪恶、阴森森的目光使他们感到压抑,如同阴云笼罩一般。他们交头接耳地悄声议论着,似乎中了神秘的魔咒。

"她一定是恶魔附体了。"罗莎莉娅说。

"真高兴您能在这里保护我们,曼纽尔。"她母亲对警察说。

但拉·卡奇拉似乎无意在这里找麻烦。她照旧我行我素,不卑不亢,从来不屑与任何人打招呼。对于其他人的友好表示,她都断然将其打消在萌芽之中。她感到邻居们已经发现了她杀人和坐牢多年的秘密,脸上的皱纹更为严峻,深陷的眼睛露出更为冷酷的神色。但她给大家带来的焦虑感逐渐在消散,当她偶尔经过坐在庭院里的众人时，甚至爱多嘴的皮拉尔也不再关注这个默不作声、满脸憔悴的女人了。

"我敢说，是监狱把她逼疯了。他们说经常有这种事情发生。"

可有一天，一件事又激起了人们的议论。一个年轻人来到铁格栅（是熟铁锻造的门，用作塞维利亚房子的前门）前，要找安东尼娅·桑切斯。皮拉尔正坐在庭院里缝补裙子，抬头看看女儿，耸了一下肩："这里没有叫这个名字的人。"她说道。

"有，她就住在这里。"年轻人答道，停顿了一下又说，"他们叫她拉·卡奇拉。"

"噢！"罗莎莉娅打开大门，指了指那个门，"她住在那里。"

"谢谢。"

年轻人向她微微一笑。罗莎莉娅是个长相标致的女孩儿，一双漂亮的大眼睛光彩照人，一朵红红的康乃馨将她的黑发衬托得更为光滑润泽。她胸部丰满，两个乳头在罩衫下挺立着。

"愿上帝保佑给你带来生命的母亲。"他说了一句惯常的祝福语。

"上帝和你同在。"皮拉尔答道。

他走过去，敲响了那扇门。两个女人好奇地打量着他。

"他会是谁呢？"皮拉尔问道，"拉·卡奇拉从来没有客人来访"

没人回应他的敲门声，他又敲了一下。他们听到拉·卡奇拉用焦躁的声音问道："谁？"

"妈妈！"他喊道，"妈妈！"

传来一声尖叫,门猛地一下开了。"古利托!"女人张开双臂,搂住了他的脖子,热烈地亲吻他。她用充满爱意的双手温柔地轻轻抚摸着他的脸。

在一旁观看的女孩儿和母亲从来没有想到,她竟能如此温情脉脉。最后,她把儿子拽到了屋里,因开心而轻声啜泣。

"他是她的儿子。"罗莎莉娅满怀惊讶地说,"谁能想到呢,她竟然有这么好的儿子。"

古利托脸庞白皙清瘦,牙齿洁白整齐;头发紧贴头皮,剪得很短;连太阳穴旁边也刮得干干净净;还喷有一种正宗的安达卢西亚香水;过早发育的胡须在褐色皮肤下形成了蓝色的影子。当然,他注重自己的打扮,像他的国人一样喜爱穿考究的衣服。他穿着紧身裤子、崭新的短夹克和饰边衬衫,还戴着一顶宽边帽子。

最后,拉·卡奇拉的门开了。她的头靠在儿子的臂膀上,走出门来。"你下周日还来吗?"她问。

"如果没有什么事耽搁,我会来的。"他看了一眼罗莎莉娅,还冲她点了点头。然后,跟母亲道了晚安。

"愿上帝与你同在!"罗莎莉娅说。

她冲他笑了笑,乌黑的眼睛光彩照人。拉·卡奇拉阻止了罗莎莉娅的眼光。强烈的快乐之情早已驱走了往日的阴郁神情,可就像雷雨前的乌云一样,她的面孔突然又沉了下来,狠狠瞪了一眼这个漂亮女孩儿。

"那是你儿子吗?"年轻人走后,皮拉尔问道。

"是,他是我儿子。"拉·卡奇拉生硬地答道,回了自己房间。

没有什么能软化她。甚至当她心中充满快乐时,仍然将友谊的序曲拒之门外。

"他真是个帅小伙儿。"罗莎莉娅说。在接下来的几天里,她不止一次想起他来。

拉·卡奇拉对儿子的爱极其可怕。他是她在这个世界的全部,带着一种狂热、嫉妒的激情爱着儿子。但这种爱反过来又要求儿子对自己绝对忠诚,可儿子根本不可能做得到。她希望自己就是儿子生活的全部。由于他的工作,他们无法住在一起。想到儿子远离她时不知在干什么,她就倍受折磨。她无法忍受儿子看别的女人一眼,一想到儿子可能会给某个女孩儿献殷勤,就火冒三丈。在塞维利亚,最常见的快乐是谈情说爱:少女会在装有铁条的窗前坐半宿或站在门口,而她的情人则站在大街上向她倾诉衷肠。拉·卡奇拉曾问过儿子,他是否有情人(心肝宝贝)。她意识到,像儿子这样有吸引力的年轻人一定会倍受女人的青睐。当儿子发誓说每晚都忙于工作时,她知道他在撒谎。不过,儿子对此事的否认仍旧让她欣喜若狂。

当她看到罗莎莉娅挑逗的眼光和古利托的微笑回应时,不禁怒火中烧。以前她便痛恨自己的邻居,原因就在于他们过得很快活,而她过得很悲惨,还因为他们知道了她可怕的秘密。不过,现在她更为痛恨他们了,甚至有些发疯地臆想他们在合谋把儿子从自己身边夺走。在下一个周日的下午,拉·卡奇拉走出房间,穿过庭院,站到了大门口。她的这一不同寻常的举动,引得邻居们不禁议论纷纷。

"你们不知道她为什么站在那里呀？"罗莎莉娅强忍住笑说，"她的宝贝儿子要来了，她不想让我们看见他。"

"那她觉得我们会吃掉他呀？"

古利托来了，母亲很快把他带到了自己的房间。"她那么嫉妒儿子，就好像他是自己的情人似的。"皮拉尔说。

罗莎莉娅看了看紧闭的房门，再次大笑起来，闪亮的眼睛里充满了恶作剧的神情。她猛地有了个主意，如果跟古利托说句话将会很有趣。一想到拉·卡奇拉会暴跳如雷，罗莎莉娅洁白的牙齿也光彩照人。她便定身在门口坐下来。这样的话，那对母子出来时只能从她面前经过。可当拉·卡奇拉看到这个女孩儿后，便马上走到儿子的另一边来，两个年轻人甚至未能看上对方一眼。

罗莎莉娅耸了耸肩。"你不会这么轻易就能把我打败的。"她心想。

又一个周日到了。当拉·卡奇拉又在门口占据她的位置时，罗莎莉娅出门来到大街上，沿着她猜测的古利托可能会来的方向溜达着。一分钟后，她看到了古利托，继续向前走，佯装未看见他。

"你好！"他停下来说道。

"是你吗？我以为你不敢跟我说话呢。"

"我才什么都不怕呢。"他大言不惭地说。

"除了你妈妈。"

她继续往前走，好像让他离开她。不过，她心里很清楚，他不会这样做的。

"你要到哪里去？"他问道。

"古利托，这跟你有关系吗？去找你母亲吧，孩子！否则，她会打你的。她跟你在一起时，你都不敢看我一眼。"

"胡说八道！"

"好吧，愿上帝与你同在！我还有事要办。"

他很羞怯地离开了，罗莎莉娅独自大笑起来。当他跟拉·卡奇拉穿过庭院要出门时，罗莎莉娅又待在了院子里。这一次，他从羞怯变得勇气十足，停下来跟罗莎莉娅道了声晚安。

拉·卡奇拉气得满脸通红。"过来，古利托！"她烦躁地喊道，"你在等什么？"

他离开了。这个女人在罗莎莉娅面前停了片刻，好像想说些什么。但显而易见，她克制住了自己的情感，回到了昏暗寂寥的房间。

几天后是塞维利亚的守护神——圣伊西多罗的节庆日。为了庆祝这一佳节，泥瓦匠和一两个人在庭院里挂起了一串中国灯笼。夏日的夜晚月高星稀，灯笼发出柔和的光泽，闪烁的星星将天空映衬出一片柔和之光。人们聚集在庭院中间，坐在椅子上；一些女人抱着孩子在喂奶，手里拿着小纸扇扇动着；一些稍大的孩子惹是生非了，女人就会骂他们几句，她们没完没了的闲聊才会中断一会儿。白日里那热得人透不过气的酷暑过后，晚上那凉爽的气息会给人以舒适的感觉。那些去观赏了斗牛比赛的人正给运气不好、没有去的人讲述着比赛，绘声绘色地详尽描述了著名斗牛士贝尔蒙特的出色表现。他们凭借生动的想象力，把每时每刻发生的所有细节——各类事情、各种颜色——都描绘了一番。似乎在塞维利亚历史上，这是斗牛运动最为鼎盛的时期。除了拉·卡奇拉，大家都在场。人们看到，她的房间里，一根孤独的蜡烛发出摇曳不定的光。

"她儿子呢？"

"他在屋里呢。"皮拉尔答道，"一小时前，我看见他过去了。"

"他一定在自得其乐。"罗莎莉娅大笑道。

"喂，不要打扰拉·卡奇拉了！"另一个人说，"给我们跳一曲吧，罗莎莉娅。"

"好！好！"他们嚷着，"跳吧，好孩子！跳个舞吧！"

在西班牙，人们喜欢跳舞，也喜欢观看舞蹈。多年前，据说从来没有一个西班牙女子天生不会跳舞。

椅子很快就摆成了一圈儿。泥瓦匠和电车售票员拿来了各自的吉他，罗莎莉娅拿来了响板，和另外一个女孩儿向前迈了一步，开始跳起舞来。

待在死气沉沉的屋子里的古利托听到了音乐声，急得抓耳挠腮。"他们在跳舞。"他说，感到自己的四肢发痒。他透过窗帘向外观望，看见那群人正坐在中国灯笼柔和的光亮下，还看见两个女孩儿在跳舞。

罗莎莉娅身穿节日盛装，还按习俗，好一番浓妆艳抹，显得十分靓丽。一支鲜艳夺目的康乃馨插在她的发梢，发出亮丽的光彩。古利托的心跳加快了——西班牙人的爱情总是能够迅速萌生。自从那天与她第一次讲话以来，这个漂亮女孩儿的身姿在他心中一直挥之不去。他走到了门口。

"你要做什么?"拉·卡奇拉问道。

"我去看他们跳舞。你总不让我消遣一下。"

"你是想去看罗莎莉娅。"

当她试图阻止儿子时,他一把推开了她,加入到观看舞蹈的人群中来。拉·卡奇拉向前跟了一两步,然后站住了。昏暗的灯光笼罩着她,狂怒之情撕咬着她的内心。

这时,罗莎莉娅看见了他。"你不怕见到我吗?"她跳舞经过他时,悄声问道。

她跳得有些头晕目眩,且对拉·卡奇拉毫无畏惧之感。一曲终了,她的舞伴一下子瘫倒在椅子上,而罗莎莉娅大步走向古利托,站在了他面前。她身体笔挺,脑袋稍稍后仰。因刚才剧烈的跳舞,她的胸部在剧烈起伏着。

"当然,你不会跳舞。"她说。

"会。我会跳。"

"那就来跳呀。"

她挑衅似的笑着,可他稍显犹豫。他回头望望自己的母亲,但并未看到她。他猜测,她一定躲在阴影里。罗莎莉娅看到他的眼神,明白了他的意思。

"你怕了?"

"我怕什么呀?"他耸了耸肩,问道。

他跨入了那圈椅子中间。吉他手弹起了吉他,观众有节奏地拍着手,偶尔会喊上一句"噢嘞"以烘托气氛。一个女孩儿递给古利托一副响板,他便跟罗莎莉娅跳起舞来。他们听到了"嘶嘶"的声音,像是黑暗中毒蛇发出的声音。罗莎莉娅如今无所顾忌，大笑着看着阴影里闪现的那张煞白的脸庞。

拉·卡奇拉没有挪动身子。她注视着那些舞者的动作、摇摆的身姿以及复杂的舞步，看到罗莎莉娅以优雅的身姿向后仰着身，冲着围绕她旋转、拍打响板的古利托微笑着。她的眼睛像火中的煤炭一样冒着怒火，感到它们在眼眶里燃烧；没有人注意到她，她发出了愤怒的低声哀号。舞曲终了，罗莎莉娅沉浸在掌声带来的快乐之中。她笑着告诉古利托说，没想到他的舞跳得这么好。

拉·卡奇拉重回房间，把门插住了。当古利托回来让她开门时，她拒不应答。

"那我就回家了啊。"他说。

她的心因痛苦而流血，但她不愿说话。儿子是她的一切，是她在这个世界的全部所爱，可她又恨他。那晚，她难以入眠，只是躺在那里迷迷糊糊地胡思乱想，觉得他们正在把儿子抢走。早上，她没去上班，而是等待罗莎莉娅出门。

女孩儿终于出现了。一夜狂欢之后，她显得蓬头垢面。当拉·卡奇拉突然出现在她面前时，她吓了一跳。

"你想要把我儿子怎样？"

"你什么意思？"罗莎莉娅答道，脸上现出奇怪的神情。

拉·卡奇拉气得浑身颤抖。她咬了一下自己的手，强迫自己镇静下来。"哦，你知道我的意思。你要把他从我身边抢走。"

"你认为我稀罕你儿子？让他离我远远的！不过，要是我走到哪里他就跟到哪里，我也没办法。"

"你胡扯！"

"你去问问他!"现在,罗莎莉娅的冷嘲热讽让拉·卡奇拉几乎难以自控。"为了见我,他会在街上等一个小时。为什么你不把他拴到你身边?"

"你撒谎!你在撒谎!是你讨好他的。"

"要是我想找情人,根本不用张口,有的是。我可不想要一个女杀人犯的儿子。"

这时,拉·卡奇拉因暴怒冲昏了头脑,血液涌上了脑门,堵住了她的视线。她扑向罗莎莉娅,撕扯着女孩儿的头发。罗莎莉娅发出了尖厉的叫声,想要保护自己。不过,一个过路人很快把她们拉开了。

"要是你不离开古利托,我就杀了你!"拉·卡奇拉叫嚣着。

"你认为我会怕你?要是你有能耐,让他离开我。你这个傻瓜,没有看出来他爱我超过爱他自己的眼睛吗?"

"得了,赶紧走吧!"这个人劝道,"别再跟她吵了,罗莎莉娅。"

拉·卡奇拉愤怒地咆哮着,就像一头没有捕到猎物的野兽。然后,她从众人身边挤过去,往大街上去了。

那次跳舞,让古利托疯狂地爱上了罗莎莉娅。第二天,他一直在想着她那红红的嘴唇。她的眼睛闪烁的光芒在他心中闪耀,使他心中充满了欢乐,对她充满了强烈的渴望。夜幕降临了,他漫步来到马卡雷纳,不知不觉来到了她家门口。他在门廊的阴影中等待着,终于在庭院里看见了她。庭院的另一端,他母亲屋内的灯正在发出孤寂的光芒。

"罗莎莉娅。"他小声呼唤着。

她转过身来,差点儿发出惊讶的叫声:"你今天怎么会来这里?"她向他走去,悄声问道。

"我无法离开你。"

"为什么?"她笑道。

"因为我爱上你了。"

"你知道吗,你妈妈今天早上差点儿杀了我!"

她以安达卢西亚人特有的添油加醋的个性,把发生的事情讲给他听。不过,她省略了自己最后激怒拉·卡奇拉的嘲讽话语。

"她的脾气就像魔鬼一样糟糕透顶。"古利托说。接着,他故作勇敢地说,"我要告诉她,你是我的心上人。"

"她会很高兴的吧。"罗莎莉娅反讽道。

"明天你会到铁格栅来吗?"

"也许会吧。"她答道。

他咯咯地微微一笑。从她的语调他知道,她会来的。当他穿过塞尔佩斯大街往家走去时,比以往更为得意洋洋。第二天,他到那里时,罗莎莉娅正在等着他。像塞维利亚的其他情人一样,他们隔着铁门悄声谈了好几个小时。古利托甚至没有想到,他们本来没有必要隔着这个障碍谈情说爱的。当他问罗莎莉娅是否爱他时,她发出了一声含情脉脉的叹息。他们试图从对方的眼睛里看到燃烧着的爱的熊熊烈焰。于是,他每个晚上都到那里去。

可是,古利托害怕母亲知道他来这里,接下来的那个周日没去看她。这个可怜的女人带着一颗痛苦的心在等着儿子的到来，准备跪下来求得他的原谅，他却没有按时来。这让她开始恼恨他。她宁愿看到他死在自己脚下。一想到还得再等一周才有希望见到儿子，她就伤心欲绝。

一周过去了，拉·卡奇拉依然没有见到儿子的身影。她再也无法忍受了。痛苦啊，痛苦！她爱儿子胜过他的任何情人。她自言自语道，这都是罗莎莉娅干的。一想到罗莎莉娅，她不禁满腔愤慨。最后，古利托鼓足勇气来看母亲了。可她等待得太久了，她的爱似乎已消失殆尽。当他想要亲吻母亲时，却被母亲一把推开了。

"为什么好几周不来了？"

"你锁上门不让我进，我以为你不想要我了。"

"只是因为那个吗？难道没有其他原因吗？"

"我一直很忙。"他耸了耸肩说。

"忙？像你这样一个无业游民还会忙？你一直在忙什么？总不会忙得没空来看罗莎莉娅吧。"

"你为什么打她？"

"你怎么知道我打她了？你见到她了？"拉·卡奇拉大步冲到儿子跟前，两眼闪烁着愤怒的光芒。"他叫我女杀人犯。"

"哦，那又怎样？"

"那又怎样？"她尖叫起来，庭院里的人都能听到。"如果说我是个女杀人犯——那是为了你。是，我是杀了佩佩·桑提，可那是因为他打你呀。就是为了你，我才坐了七年牢——七年啊。喏，你这个傻瓜，你以为她喜欢你！每个晚上她都待在门口。"

"我知道。"古利托咧嘴笑了。

拉·卡奇拉猛地蹦了起来。她迷惑地扫了儿子一眼，然后明白了一切。她因痛苦和愤怒而大口喘着粗气，用手抓着胸部，似乎难以承受强烈的痛楚。

"你每晚都到铁格栅去，居然一次都不来看我？哦，太残忍了！我为你付出了一切。你以为我爱佩佩·桑提呀？我忍受他的殴打是为了你有面包吃！是因为他打你了，我才杀了他。哦，上帝啊！我是为你活着的呀！要不是考虑到你，我宁愿一死了之，也不愿意遭受那么多年的牢狱之苦啊！"

"喂，老太太，你讲点儿道理吧。我都二十岁了，你想要怎样？假如我爱上的不是罗莎莉娅，也会是别的女孩儿。"

"你这个猪狗不如的东西，我恨你！滚！"她猛地把他推到门口。

古利托耸了耸肩。"你别以为我想待在这里。"他步履沉重地走过庭院，砰然一声关上了身后的铁门。

拉·卡奇拉在自己的小屋内像没头苍蝇一样，大踏步乱撞。几个小时过去了，她度时如年，在窗口待了好久，就像一头野兽一样定睛注视着外面，随时准备跳起来。她一动不动地站着，克制着撕扯她心弦的烦躁不安的情绪。铁格栅那儿传来了拍手的声音，表明周围没有什么人。她嘴里喘着粗气往外窥视，燃烧着怒火的双眼几乎要从脑袋上迸出来。不过，那不过是泥瓦匠。她又等了一会儿，罗莎莉娅的母亲皮拉尔进来了，慢慢走上楼梯进了自己房间。拉·卡奇拉两手紧紧抓着喉咙，来缓解她难以忍受的压抑的呼吸。她静静等待着,一种令人惊异的颤栗不时传遍她的四肢。

终于等到了!门口传来了一声轻轻的拍手声,上面传来了一个声音:"谁呀?"

"小声点儿!"

拉·卡奇拉听出来是罗莎莉娅的声音,就发出了得意的喘息声。门从上面打开了,罗莎莉娅走了进来,迈着轻松快活的步伐穿过庭院。她的一举一动都充满了生活的喜悦。当罗莎莉娅的脚刚要踏上楼梯时,拉·卡奇拉一跃而起,挡住了她,并顺势抓住了她的胳膊。

女孩儿无法挣脱出来。"你想干什么?"罗莎莉娅说,"让我过去!"

"你跟我儿子在搞什么鬼?"

"让我过去!要不然,我就喊人了!"

"你们每晚都在铁格栅见面,是真的吗?"

"妈妈,救命啊!安东尼娅……"罗莎莉娅尖声大叫起来。

"你回答我!"

"好吧,既然你想知道真相,那我就告诉你!他就要跟我结婚了。他爱我,而且我——我也真心爱他。"她朝拉·卡奇拉打来,想要摆脱掉她的恶意控制。"你觉得你可以阻止我们吗?你觉得他会怕你吗?他恨你,他是这么跟我说的。他希望你永远都不要从监狱里出来才好呢。"

"他是那样跟你说的?"

拉·卡奇拉往后一推,罗莎莉娅占了上风。

"是的,他是那样说的。他还给我说了好多。他告诉我你杀了佩佩·桑提,你坐了七年牢,还说他希望你死了才好呢。"罗莎莉娅恶毒地说出这番话。看到那个可怜的女人似乎受到了明显打击而垂头丧气时,她尖声大笑起来。"你应当骄傲,我没有拒绝嫁给一个女杀人犯的儿子。"然后,她猛地推了拉·卡奇拉一下,跳上楼梯。

但这一举动使那个女人清醒过来。拉·卡奇拉让罗莎莉娅恶毒的嘲弄弄得手足无措。她暴跳如雷,尖叫着冲向罗莎莉娅,抓住她的肩膀把她拖下了楼梯。罗莎莉娅转身朝拉·卡奇拉脸上就是一拳。拉·卡奇拉从胸口抽出一把刀,骂骂咧咧地挥刀刺向女孩儿的脖颈。

罗莎莉娅尖声大叫起来:"妈妈,她要杀了我啦!"

她倒在了楼梯下面,蜷缩着躺在一堆石头上,地上流下了一小摊血。

听到她绝望的喊叫,六七扇门猛地打开了。人们冲上去要抓拉·卡奇拉,但她向后退到墙边,对他们虎视眈眈。她满脸的凶残表情让众人望而却步,不敢靠近她。人们的犹豫只持续了片刻,皮拉尔尖叫着从阳台跑了过来,大家的注意力转瞬间分散开来。拉·卡奇拉瞅准这个机会向前跑去,跑到自己房间,锁上门,插上了门闩。

院子里一下子站满了人。皮拉尔撕心裂肺地哭喊着,扑到女儿身上,不让众人把自己拉开。有人奔去找医生,有人去找警察。人群从街上蜂拥而入,在院门口聚集。医生手里提着个小黑箱匆匆赶来。警察来到后,十几个人立刻群情激昂地给他讲述事情的经过,并给他指证拉·卡奇拉的房间,警察便破门而入。经过一番打斗,他们押着戴有手铐的拉·卡奇拉走了出来。民众冲向前去,但警察把她围了一圈儿,用刀鞘把众人驱散开来。人们挥舞着拳头朝她谩骂,她只是鄙夷地看着他们,不屑搭理他们,眼睛里闪烁着胜利的光辉。警察带着她穿过庭院,从罗莎莉娅的身旁经过。

"她死了吗?"拉·卡奇拉问。

"死了。"医生庄重地回答。

"感谢上帝!"她说。

浪漫的年轻淑女

现实生活中有许多遗憾之事。其中之一，便是你很难寻得一个完美的故事。也许某一事件早已激发了你的兴趣，当事人却还稀里糊涂，都不知道接下来到底会发生什么。

哦，一般不会发生什么。毕竟你预料的不可避免的灾难也许不是不可避免的，而且动人心弦的悲剧毫不顾及艺术的体面，最终也会退化成室内喜剧。如今，人变老会有许多缺憾，但有这么一种补偿方式（我们得承认，还有其他许多补偿方式），有时它会给你提供机会，让你能够看到很久以前你目睹过的事件的最终结果。你本来早已放弃了解故事结尾的希望，可就在这时，在你最不期待之时，它却像一道菜一样给你装到盘子里，端了上来。

我护送德·圣艾斯特万侯爵夫人乘车走了以后，回到宾馆酒吧间坐下时，有了这些想法。

我要了一杯鸡尾酒，点上一支香烟，让自己静下来，整理一下思绪。全新的宾馆豪华大气，堪与欧洲所有一流宾馆相媲美。但令我深感遗憾的是，为了享受现代设施，我放弃了风景如画、装潢老式的德·马德里酒店。往常我在塞利维亚小住时，常在那里落脚。从我现在住的宾馆，可以看到瓜达基维尔河①的壮丽景观。这是实情，却难以弥补原来酒店提供的每周两三次的酒吧茶舞会。那时，总会有一群时髦男女一起把酒言欢，谈话声几乎淹没了轧轧作响的爵士交响乐的持续吵闹声。

我一下午都出门在外，回来时，发现自己身处一群吵吵闹闹的人中间。我便走到前台去要我的房门钥匙，希望可以径直回房休息。可服务员把钥匙递给我时，说一位女士在找我。

"找我？"

"她很想见见您。她是德·圣艾斯特万侯爵夫人。"

我不认识叫这个名字的人。"一定是搞错了。"我说这话时，向周围随意观望了一下。

随即，一位女士伸出手，走向了我，嘴角挂着一丝灿烂的微笑。

---

① 西班牙南部的一条河流。

据我的记忆所及，我从未见过她。可她用双手抓住我的手，热情地摇晃着，说一口流利的法语。"这么多年了，又见到你，真是太好了！我从报纸看到你正好在这里，就想一定得去探望你。从我们当年一起跳舞到现在有多少年了，我简直不敢想。你还跳舞吗？我还跳。我现在做奶奶了。当然也发福了，但我不在乎。跳舞能防止我再发胖。"

她的语速太快了，我听得几乎喘不上气来。她身材矮胖粗壮，已逾中年，浓妆艳抹，深红色的头发剪得很短，明显染过了。她身着最时髦的巴黎时装，但并不太适合西班牙女人的气质。她的笑声快乐甜美，感染得你也想跟着发笑。显而易见，她极为享受生活，是个优雅出众的女人。我完全相信，她年轻时一定是个美人儿，可眼前我就是想不起来她到底是谁。

"过来陪我喝杯香槟吧，我们可以叙叙旧。要不，你喝杯鸡尾酒？我们挚爱的老塞维利亚全变了，你看到了吧。现在，茶舞会和鸡尾酒也变得跟巴黎和伦敦一样了，我们都赶上来了。谁让我们是文明人呢。"

她把我领到舞池附近的一张桌旁，我们坐了下来。我不能再装作轻松自在的样子了，否则，只会将事情搞得一团糟。

"恐怕我真是愚钝，"我说，"我好像难以记起以前在塞维利亚认识一个叫您这个名字的人。"

"圣艾斯特万？"我还没有说完，她就打断了我的话。"当然，你没有听说过。我丈夫来自萨拉曼卡①，以前从事外交事

---

① 西班牙西北部的一个城市。

务。现在我是个寡妇。当时你我相识的时候，我的名字是皮拉尔·卡伦。当然，我的头发染成了红色。这也让我改变了不少。不过，其他方面我觉得没有太大改变。"

"一点儿没变。"我赶快说道，"只不过您的那个名字让我迷糊了。"

当然，现在我想起她来了。不过，此刻我注意的是尽量将自己满心的惊诧和好笑掩藏起来。她竟然是我在德·马贝拉伯爵夫人家的舞会和游园会上跳舞的那个皮拉尔·凯雷昂！如今变成了这样矮胖粗壮、张扬炫耀的寡妇，简直令人难以置信。但我还是留神为妙。我不知道她是否知道，当年那个轰动塞维利亚的事件我还记得清清楚楚。不过，我很高兴。最后，她与我热情话别。我能够轻松地回忆那些往昔故事了。

那时——四十年前，塞维利亚还不是繁荣的商业城市。白色的街道铺有鹅卵石，十分寂静。那里有许多教堂，钟楼上有白鹳的鸟巢，有许多斗牛士、学生和游手好闲者整日在街上闲逛。当然，那时还未到汽车的时代。为了买一辆马车，塞维利亚人宁肯生活拮据，节衣缩食。为了得到这件奢侈品，他们情愿省去日常用品。每个愉快的下午，从五点到七点，能攀上上流社会的人都会赶着马车在德利西亚斯来来往往。那是瓜达基维尔河畔类似公园的几个花园。你会看到各式各样的马车，有时尚的伦敦维多利亚式马车，还有陈旧不堪的似乎会散架的两轮轻便马车，你还能看到高大威武的骏马和悲惨可怜的老马——它们离死在马圈的悲剧性结局已为时不远。但有一辆豪华的马车不会不引起陌生人的注意。那是一辆维多利亚式的马车，崭新漂亮，由两头威武的骡子拉着，车夫和侍从身着浅灰色的安达卢西亚民族服装。这是塞利维亚人所了解的最为上乘的装备，是德·马贝拉伯爵夫人的马车。她是法国女子，嫁给了西班牙人。她满腔热情地沿用了西班牙人的风俗习惯，但保留了巴黎人的优雅风范。这使得她卓尔不群。别的马车总是如蜗牛爬一般缓缓前行，以便马车的主人可以看到别人，也可以让别人看到自己。可伯爵夫人坐在骡子后面，在两列慢行的马车中间一阵疾跑，一路冲到德利西亚斯的尽头，再折返回来。如此进行两次后，便驾车离去了。她的举止颇有皇室的风范。当你看着她优雅地坐在疾驶的维多利亚式马车上，头部保持潇洒的姿势，头发金光闪闪，光彩亮丽，简直真假难辨，你就不会奇怪，是法国人的朝气、活力和坚定决心赋予了她现今的地位。她是潮流的领军人物，她的命令就是法律。由于伯爵夫人的崇拜者很多，自然也树敌很多。其中最坚决的一位便是德·多斯帕罗斯公爵夫人。公爵夫人凭借出身和社会影响，获得了最为显赫的地位；而这位法国女人靠优雅、智慧和品质，也获得了显赫地位。

那时，公爵夫人只有一位独生女，那就是皮拉尔。我初次见到她时，她年方二十，长相极为标致。她的眼睛妩媚动人；至于皮肤，无论你尽力想用多么优美的词语去描述，只能称之为"白里透红"；她身材苗条，相对于西班牙女孩儿而言个子高挑，嘴唇红润，牙齿洁白晶莹；她将浓密、黑亮的头发精心梳理成了当时流行的西班牙发式——真是一个十足的万人迷。她那双乌溜溜的眼睛里燃烧的熊熊火焰，她的微笑中透露出的温暖和热情，还有她举手投足间显露出的无限魅力，都表明她是个充满激情之人，只不过在当时并不太合乎时宜。有良好家庭背景的西班牙女孩儿婚前都要遵守陈旧的习俗，而皮拉尔属于竭力要打破这些习俗的一代人。我常跟她一起打网球，还常与她在德·马贝拉伯爵夫人家的舞会上一起跳舞。公爵夫人认为，法国女人的舞会喝香槟、吃正式晚餐的安排过于铺张浪费。当她在自家豪宅举办聚会时（一年只有两次），便只为客人提供柠檬水和饼干。不过，像丈夫以前一样，她也饲养了一些斗牛。在挑选年轻公牛的场合，她会为朋友们提供野餐作午餐，大家吃得开心、随意。却有一种封建时代的风格，激发了我的浪漫想象。一次，公爵夫人的斗牛将在塞维利亚的斗牛场参加比赛。晚上，皮拉尔小姐率领队伍进场。她的服装令人想起戈雅①的一幅画来。作为皮拉尔小姐的护卫之一，我也与众人骑马进了场地。夜晚来临，我骑在欢腾雀跃的安达卢西亚马匹身上，后面有六头公牛如雷鸣般哞哞地叫着，周围也全是牛。真是一次令人难忘的经历啊！

　　有许多男人，有富裕人家的，也有高贵人家的，有时也兼而有之，纷纷向皮拉尔小姐求婚。可她置母亲的规劝于不顾，对他们置之不理。公爵夫人十五岁时就已成婚，女儿年方二十却还待字闺中。这对于她而言，实在有失颜面。她便问女儿在等什么，要说女儿难找丈夫实在荒唐。何况结婚是义务所在。可是，皮拉尔过于固执，找了种种理由，将每位求婚者拒之

---

① 西班牙画家。

门外。

这时，真相大白了。

白天在德利西亚斯驾驶马车时，公爵夫人由女儿陪同，乘坐一辆大型的旧式四轮马车。她们经过伯爵夫人时，她正坐在车里沿大道来回快速奔跑。两位夫人的关系非常糟糕，自然都假装没有看到对方，可皮拉尔的眼睛却久久未能离开伯爵夫人那漂亮的马车和两头漂亮的灰色骡子。她不希望遇到伯爵夫人带有嘲讽的眼神，便将目光落在为伯爵夫人赶马车的车夫身上。他是塞维利亚最为英俊的男子，身穿神气的制服，看起来实在魅力无限。当然，没人知道到底发生了什么。但是很明显，皮拉尔越看车夫，越是喜欢他的外表。不知用了何种方法，总归两人见面了（这部分的故事仍旧是个谜）。在西班牙，不同阶层的人很奇怪地混合在一起，一个管家的血管里流淌的血液也许比主人还要高贵。皮拉尔得知（我也对此十分满意），车夫来自古老的利昂家族，比安达卢西亚的任何家族都更为高贵。说实话，就出身而言，两人几乎没有选择余地。只不过她的生活是在公爵的府邸度过，而命运迫使他靠一辆维多利亚式的马车来维生。他们两人并不为此感到遗憾。只有在那个尊贵的位置上，他才吸引住了塞维利亚最难追求的女孩儿。他们疯狂地爱上了对方。就在这时，一个名叫德·圣艾斯特万的年轻人给公爵夫人写信，向皮拉尔求婚。她们在前一年的夏天曾在圣塞瓦斯蒂安见过他。他是个极佳的选择，两个家庭从腓力二世时期以来就不断联姻。公爵夫人下定决心，再也不能容忍女儿胡闹下去了。她便将求婚之事告诉了皮拉尔，并补充说,她犹豫不决的时间太久了,现在必须作出选择——要么嫁给他,要么进修道院。

"这两个我都不会选。"皮拉尔说。

"那你想干什么?我养的你时间够长的了。"

"我要跟约瑟·利昂结婚。"

"他是谁?"

皮拉尔犹豫了片刻,也许她的脸稍稍红了。她也确实希望如此。

"他是伯爵夫人的车夫。"

"哪个伯爵夫人?"

"就是德·马贝拉伯爵夫人。"

我清楚地记得公爵夫人。我敢肯定,一旦她被激怒,就很难缠。这一次,她为之暴怒、哀求、大哭、争吵,场面十分吓人。人们说,她还搧女儿的耳光,揪女儿的头发。但我的印象是,立场坚定的皮拉尔是能够作出反击的。她一再重复说,自己爱约翰·利昂,他也爱她,她下定决心要嫁给他。公爵夫人召开了一个家庭会议,把事情摆到了桌面上。他们决定,为使家庭免遭耻辱,应该把皮拉尔送到乡下,让她待在那里,直到她迷途知返。皮拉尔获悉了有关消息,一个夜晚,趁家人熟睡之际,她从卧室的窗户跳出去逃走了,跟恋人的父母住到了一起。这家人是令人尊敬的,住在瓜达基维尔河畔比较偏远的一套狭小公寓里。那个地区叫特里亚纳。

此后,这个丑闻不胫而走,在塞尔佩斯街的酒吧四处传了开去。侍者们忙着将托盘里的小杯曼赞尼拉酒端给来自附近酒店的顾客。他们就这个丑闻说长道短，肆无忌惮地予以嘲笑。皮拉尔曾拒绝的许多追求者也收到了众多祝福。女儿竟然跑了！公爵夫人绝望透顶。她想不出万全之策，只好向大主教求助。他是她信赖的朋友，也是她以往的忏悔师。她恳求他亲自去劝解自己神魂颠倒的女儿。皮拉尔被传唤到了主教宫。善良的老人对调教家庭纠纷驾轻就熟，竭尽全力告诉女孩儿，她的行为有多么愚蠢。皮拉尔却将之当作耳旁风。任何人说的任何话都无法使她离开她心爱的人。公爵夫人就在隔壁房间等着，她被叫去对女儿做最后的规劝，但也是徒然。皮拉尔对眼泪汪汪的公爵夫人和大主教弃之不顾，回到了自己简陋的住处。大主教不仅对宗教十分虔诚，在足智多谋方面也毫不逊色。当他看到心烦意乱的公爵夫人急于听取他的意见时，便提出了最后建议：去找德·马贝拉伯爵夫人。那是塞维利亚最聪慧的女人，可能会在此事上助她一臂之力。

最初，公爵夫人满腔愤慨地拒绝了。她可不愿意忍受向自己最大的敌人求助的屈辱。否则，自己古老的多斯帕罗斯家族荣耀将毁于一旦。但大主教习惯于做这些难缠的女人的工作，他温和地采用计策劝她改变想法。很快，她同意屈尊去获得那个法国女人的慈悲。她心里窝着火，给伯爵夫人送去了消息，问能否一见。那天下午，她就被迎入了伯爵夫人的客厅。伯爵夫人当然是最早获悉丑闻的人之一，但她只是静静地听着伤心的母亲讲述，似乎从没听说过此事一样。她心满意足地品味着这个过程，让报复心强的公爵夫人拜倒在自己脚下是她最大的胜利。不过，伯爵夫人本质是善良敦厚之人，还具有幽默感。

"这真是不幸之至！"她说，"十分抱歉，我的仆人竟然与此事有染。不过，我如何能为此事竭尽绵薄之力，还请您指点迷津。"

公爵夫人真想扇伯爵夫人那张浓妆艳抹的脸，但还是竭力克制住了自己的愤怒，声音有些微微颤抖。"我向您求助不是为了我自己，而是为了皮拉尔。您知道，我们都很清楚，您是城里最聪明能干的女人。在我看来，大主教也这么认为，要是有什么对策，您头脑灵敏，一定会想出来的。"

伯爵夫人知道，自己在受到对方大肆的阿谀奉承，却不以为然。她喜欢这样。

"您得让我稍微想想。"

"当然，假如这个人是绅士，我本可以把我儿子叫来，他会杀了那个孽障。可多斯帕罗斯公爵是不能屈尊跟德·马贝拉伯爵夫人家的车夫决斗的。"

"也许不能吧。"

"在过去的时代，对处理这种事我了如指掌，只需雇几个无赖，晚上在大街上就可以把那个畜生的喉咙割断。可如今有这么多法律制度，害得正派人没法儿保护自己免遭伤害。"

"无论采用何种方法解决这个难题，我都深感遗憾。那将会使我失去一位得力的车夫，他就不能伺候我了。"伯爵夫人嘀咕着。

"可假如他跟我女儿结了婚，也不能继续做您的车夫了。"公爵夫人愤愤不平地嚷道。

"您会给皮拉尔一笔收入，让他们赖以为生吗？"

"我?一个比塞塔①也不会给。我曾跟皮拉尔说过,她别想从我这里得到任何东西。他们就是饿死,也与我无关。"

"哦,让他继续做我的车夫吧!我会这么想,但不会这么做。我的马棚有几间很不错的房子。"

公爵夫人的脸一阵白,一阵红。

"请您忘记前嫌,咱们做朋友吧!您不能让我遭受这种羞辱。假如我曾经做过冒犯您的事,我求您大人不计小人过。"公爵夫人哭了起来。

"请擦干眼泪,公爵夫人!"法国女人终于说道,"我会尽力而为的。"

"您能帮我的忙吗?"

"或许可以吧。皮拉尔现在没有钱,将来也不会有自己的钱,是吗?"

"她没有我的同意就结婚,一个便士也别想得到。"

伯爵夫人的脸上现出灿烂明朗的微笑。

"人们通常的印象是南方人浪漫,而北方人务实。其实,反过来才对。浪漫得不可救药的是北方人。我在你们西班牙人中间生活的时间可不短。我知道,如果你不讲求实际,将会鸡飞蛋打,什么也得不到。"

公爵夫人如今伤心欲绝,对这些不中听的话语不便直接公开表现出怨恨的情绪。不过,啊,她是多么憎恨这个女人啊!

德·马贝拉伯爵夫人站了起来:"今日天黑你就能够得到

---

① 西班牙的基本货币单位。

我的信儿。"她坚定地打发走了来客。

马车定好了五点钟出发。还差十分钟时，伯爵夫人梳妆打扮完毕，便差人把约瑟叫来。约瑟走进了客厅。他穿着一身浅灰色制服，气宇轩昂，连伯爵夫人也不能否认他确实一表人才。如若他不是车夫——唉，现在不是有这种想法的时候。他站在她的面前，轻松自如，还有些许豪情万丈、神气活现的气度，举止神态并无一丝奴颜媚骨。

"真是个希腊之神啊！"伯爵夫人自言自语道，"只有安达卢西亚才会有这么帅气的人。"接着，她放声说道，"我听说，你要跟多斯帕罗斯公爵夫人的女儿结婚了。"

"假如伯爵夫人您没有异议的话。"

她耸了耸肩："你跟谁结婚，我根本不关心。你当然知道，皮拉尔小姐不会得到任何财产。"

"是的，夫人。我有个好住处，可以养活自己的妻子。我爱她。"

"我不会为那件事责备你。她是个漂亮女孩儿。不过，我想我该告诉你，我的一个根深蒂固的观点是反对雇用已婚的车夫。从你结婚那天起，你就不用再来，可以离开了。我想跟你说的就这些。现在，你可以走了。"

她开始翻阅刚从巴黎送来的日报。可如同她所预料的，约瑟站着未动，低垂着脑袋，两眼盯着地板。

很快，伯爵夫人抬起了头："你在等什么？"

"我从没想到夫人会赶我走。"他垂头丧气地答道。

"我毫不怀疑你会找到其他活儿的。"

"那倒是。不过……"

"咦，怎么啦？"她声音尖厉地问道。

他痛苦地叹了口气："整个西班牙没有一对骡子能跟我们的相比。它们简直就是人哪！我给它们说的每一个词，它们都懂。"

伯爵夫人冲她一笑。那笑容会迷倒任何一个还没有陷入疯狂恋爱状态的人。"恐怕你得在我和你的未婚妻之间选一个了。"

他一阵踌躇，两只脚不自觉地换了位置。他把手伸进衣兜里想要掏支烟，但随即想起来这里不能抽烟，便没有掏出来。他扫了伯爵夫人一眼，脸上又浮现出极为精明的微笑。这是住在安达卢西亚的人都熟悉的。

"那样的话，我就不再犹豫了。皮拉尔一定会明白，这将完全改变我的处境。一个人在一周当中的任何一天都可以找到一位妻子，可像这样的职位，人一辈子只能遇见一次。为一个女人放弃这一切，那我就是个傻瓜。"

这就是这个传奇故事的结局。约瑟·利昂继续为德·马贝拉伯爵夫人赶车。不过，伯爵夫人注意到，从此以后，当他们驱车在德利西亚斯来回疾跑时，关注她最新款式帽子的眼睛跟关注她的帅气车夫的眼睛一样多。一年后，皮拉尔嫁给了德·圣艾斯特万侯爵。

诺　言

　　我的太太是一个很不守时的女人。当我和她约好在克拉里奇饭店吃午餐时,我晚到了十分钟,她竟然还没有露面,我对此毫不奇怪。于是,我便要了一杯鸡尾酒,慢慢喝。当时正值盛夏时节,酒吧里只有两三张桌子空着——有些客人早早吃过饭后正坐在那里品咖啡;也有些人像我一样,手里正在摆弄着一杯干马提尼酒。女人们穿着漂亮的夏季连衣裙,看起来既快乐又迷人,男人们则显得温文尔雅。但在这些人中间我还找不出一个人,其外表足以令我兴致盎然,使我还愿意在这里待上一刻钟。尽管他们看起来个个都身材苗条，穿着考究，风度翩翩，可都像从一个模子里刻出来的。我这样细致观察他们，主要出于足够的耐心，而不是好奇之心。

现在已是中午两点钟了，我感到有些饿意。妻子告诉我说，她既不能戴玉镯，也不能戴手表。因为玉镯的颜色往往变绿，手表也老是爱停。她把这一切都归结为自己的命不好。我对她戴不戴玉镯倒是不愿发表意见。不过，我有时在想，如果她按时给表上发条，表就会走了。当我正在胡思乱想时，一个服务员向我走来。他肃然告诉我说（似乎他们传来的信息比语言更不吉利），有一位女士刚刚打来电话，说她有事来不了，不能和我共进午餐了。

我犹豫了一下。独自一人在这拥挤不堪的饭店吃饭，并不是一件令人愉快的事情。可如果再去俱乐部，又有点儿太晚了。因此，我决定还是在这里吃午餐。我迈步走进餐厅。对某些讲究的人来说，能够在这样豪华的饭店让领班知道一下他的名字，的确是一件特别惬意的事情。可这对我来说，倒是无关紧要。但在今天这个场合，如果没人冷眼待我的话，我就很高兴了。饭店的领班板着一副极不友好的面孔告诉我说，所有餐桌都订出去了。我无奈地环视了一下这宽敞而又富丽堂皇的大厅，令我高兴的是，我忽然看到了一位熟人——伊丽莎白·弗蒙特太太。伊丽莎白·弗蒙特太太是我的老朋友。她冲我笑了笑。我注意到她独自一人，便走了过去。

"您能可怜可怜我这个饥肠辘辘的人，让我跟您坐在一起吗？"我问道。

"好，请坐吧。可我快吃完了。"

她就餐的小桌恰好在一根巨大的柱子旁边。我坐下后才发现，尽管大厅里人头攒动，但我们坐在那里却几乎像个私人空间。

"我真走运！"我说，"我快要饿晕了。"

她笑起来很好看。这笑容虽然不能陡然使她的脸蛋增添光泽，却让她显得更加妩媚动人。那笑容先是在嘴唇上停留了片刻，然后慢慢移到了她那双明亮的大眼睛上。她就那么一直温柔地笑着。肯定没有一个人会说伊丽莎白·弗蒙特姿色平平。当她还是少女的时候，虽然我并不认识她，但许多人都对我说她十分可爱，可以让人羡慕得落泪，对此我深信不疑。现在，尽管她已五十岁，却风韵犹存，美貌仍然无人可及，处于花季的漂亮姑娘们也自愧不如。我不喜欢女人们看上去极为相似的涂脂抹粉的面孔。我认为，女人用粉饼、胭脂和口红化妆有损自然美，会模糊她们的个性，很不明智。但是，伊丽莎白·弗蒙特的化妆不是为了模仿自然，而是为了改善自然。您不会问她究竟采用了什么方式化妆，而只能对其化妆的效果赞不绝口。她把化妆品使用得恰到好处，非但没有削弱，反而增强了她那张完美无瑕面孔的自然美。

我想，她的头发是染过的，那么乌黑、光滑、发亮。她笔直地坐在椅子上，好像从来不会懒洋洋地往椅子上靠一会儿似的。她身材修长，穿着一件黑缎子上衣。衣服看起来线条分明、朴素大方，给人以美的享受。她脖子上戴着一串珍珠项链。除此之外，她唯一的珠宝首饰就是她结婚戒指上的巨大绿宝石。在这颗绿宝石暗淡的光泽映衬下,她的那双手越发显得白皙。但她那染着红色指甲油的手明显地暴露了她的年龄。那绝不是一双少女柔软的双手,手面上那圆胖的小窝不免令人沮丧。过不了多久,这双手就会变成食肉鸟的爪子一样。

伊丽莎白·弗蒙特的确是一位非凡的女性。她出生在贵族之家,是圣厄斯公爵七世的女儿。十八岁时,她嫁给了一个富豪,从此开始了极度奢华、淫荡无耻、挥金如土的生活。她高傲而不谨慎,鲁莽而不计后果。结婚不到两年,她的丈夫不得不因她那骇人听闻的丑闻和她离婚。后来,她便和涉案的三名被告中的一人结了婚。十八个月后,她又抛弃了他;接下来,就和一连串的情人做感情游戏。肆意放荡的感情生活把她搞得臭名远扬,她那惊艳的姿色和可耻的品行越来越吸引世人的目光,而她的放荡行为不久也成为人们饭后的谈资。她的名字在一些体面人当中越来越臭名昭著,是个嗜赌成性、挥金如土、水性杨花的女人。

虽然她对情夫们不忠,对朋友却颇讲义气。因此,她的周围总有一部分人从不计较她的所作所为,仍然认为她是个很好的女人。她性情坦率,活泼开朗,敢作敢当,绝不是个口是心非的人;她待人宽宏大量,诚心诚意。就是在那个时候,我慢慢结识了她。对于社会名流女士而言,借助宗教摆脱苦恼的风气已经不再盛行了——失意之时,往往通过艺术寻求精神寄托。也就是说,当她们遭到同阶层人的冷遇时,往往屈尊到作家、画家和音乐家的圈子里去寻找精神慰藉。我发现她是一位能给人带来愉悦的伙伴,是那种应该受到祝福的人。她敢于无拘无束地说出自己的想法（这样会节省不少宝贵时间），而且很还聪慧。她总是主动（用诙谐幽默的语言）谈起自己耸人听闻的过去。她的谈话虽然没有什么教益，但还是挺不错的。不管怎么说，她是个诚实的女人。

后来，她做了一件令人十分惊讶的事。四十岁那年，她和一个二十一岁的年轻小伙儿结了婚。她的朋友说，那是她一生中干得最疯狂的一件事儿。由于这个小伙儿的缘故，一些在任何情况下都力挺她的人如今都与她断绝了来往。他们认为，她利用了那个男孩的天真无知，实在太无耻，太过分了。他们预言一场灾难将会来临，因为伊丽莎白·弗蒙特从未能够忠于任何男人六个月以上。是的，朋友们也希望他们两人会如此。原因在于，似乎这是让这个可怜的年轻人识破她的可耻行径的唯一机会。这样，他才会离开她。可人们的预言全错了。我不知道是年轮改变了她的心，还是彼得·弗蒙特的天真纯朴之爱感动了她，反正事实摆在那里：她成为了世间丈夫令人羡慕的妻子。他们家境并不富裕。虽然她过去挥金如土，如今却变成了勤俭持家的家庭主妇。她突然那么在意维护自己的好名声，以至于外界对她过去丑闻的闲言碎语渐渐销声匿迹了。她唯一关心的就是彼得的幸福，再也没有人怀疑她对彼得忠贞不渝的爱情了。好长时间以来，人们在茶余后饭再也不谈论伊丽莎白·弗蒙特了。看起来，她的故事似乎已告一段落，她已完全变成了另外一个女人。就连我也不免为这样的念头而沉醉——待她年过花甲之时，每当回顾自己度过的完美而体面的岁月，过去的荒唐往事似乎并不属于她，而属于一个很久以前就已死去、与她似曾相识的人——女人们都有一种令人羡慕的忘却过去的本事。

可是，又有谁能预见到未来的命运呢？转瞬之间，一切都变了。彼得·弗蒙特度过了十年的理想婚姻之后，狂热地爱上了一个叫巴巴拉·坎顿的女孩儿。巴巴拉·坎顿是一度担任过外交部副部长的罗伯特·坎顿勋爵的小女儿。她非常美丽善良，一头蓬松的金发异常动人。当然，她还不能和当年的伊丽莎白小姐相提并论。许多人都知晓所发生的一切，但无人知道伊丽莎白·弗蒙特对此是否略有耳闻。人们都好奇地旁观着，看她将如何处理对她来说完全陌生的事情。过去总是她抛弃情人，从未有过情人抛弃她。就我对她的了解而言，我觉得她准会迅速解决坎顿小姐的问题，因为我知道她机智果敢。当我们一边吃着午餐、一边闲谈时，这种想法一直闪现在我的脑海中。她还跟以前一样快乐、迷人、直率，从举动看不出她有任何烦恼。她谈话仍跟平时一样幽默、滑稽、风趣，使我们谈论的各种话题显得更加轻松活泼，我乐在其中。因而我得出结论：一定是某种神奇的力量使她无从知道彼得的变心。我只能如此假设：她对彼得的爱十分伟大，不会想到彼得对她的爱已经发生了变化。

我们在一起喝着咖啡，又抽了几支香烟。然后，她问我几点钟了。

"两点三刻。"

"我得结账啦。"

"我来结账，好吗？"

"当然可以。"她笑了笑。

"您急着要走吗?"

"我和彼得约好三点见面的。"

"哦,他还好吗?"

"他很好。"

她微微笑了一笑。那是一种从容、快乐的笑容,我似乎察觉出了某种嘲讽之意。她犹豫了一下,谨慎地望着我。

"您喜欢看到奇怪的事情,是吗?"她说,"可能您永远也猜不出我不得不去办一件事情吧?今天早上,我给彼得打了电话,约他三点钟见面。我打算请求他跟我离婚。"

"您不会这么做吧!"我大声叫道。此时,我只觉得自己满脸通红,不知说什么好。"我原以为您们过得很好啊。"

"您以为别人都知道的事情我会不知道?我还不至于蠢到那种地步。"

她不是轻易跟别人说不可信的事情的女人,我不能再装作不明白她的意思。我沉默了一两秒钟。"您为什么要离婚呢?"

"罗伯特·坎顿是个古板的老顽固。即便我跟彼得离了婚,我也怀疑他是否会允许巴巴拉嫁给彼得。对于我,您是知道的,多离一次、少离一次都无所谓。"她耸了耸她那漂亮的肩膀。

"您怎么知道他想娶她?"

"他爱她爱得不能自拔。"

"是他对您这样讲的吗?"

"没有。他甚至不知道我已经知晓了此事,近来非常苦恼。可怜的宝贝,他一直在尽最大努力,力争不伤害我的感情。"

"也许他一时鬼迷心窍。"我贸然说道,"一切都会过去的。"

"为何会过去呢?巴巴拉既年轻又漂亮,是个很不错的女孩。他们真是天生一对。再说啦,即便一时的冲动真的过去了,又有什么好处呢?他们目前彼此相爱,爱得难舍难分。我比彼得大十九岁。一个男人不再爱一个老得足够作他母亲的女人,您想他会再回心转意吗?您是小说家,对于人性的问题,您一定比我懂得多。"

"您为什么要做出这种牺牲呢?"

"十年前,当他向我求婚的时候,我就向他承诺,什么时候他想离开我,我会同意放手。您看,我们的年龄是这么不相称!我觉得,只有那样做才比较公平。"

"那么,您要遵守的是一个他并未要求您遵守的诺言了?"

她轻轻晃动了一下那双修长的手。此刻,我不禁感到,她戒指上的绿宝石发出了某种不祥的暗淡光芒。

"哦,您知道我必须这么做。一个人的所作所为,就应该像个绅士嘛。实话告诉您吧,这就是今天我来这里吃午饭的原因。他当初就是在这张桌子上向我求婚的。那天,我们一起到这里来吃饭,您知道,我坐的恰好就是现在的位子。最令人讨厌的是,到现在为止,我还和当时一样深爱着他。"

停了一会儿,我能看得出她咬了咬牙,然后说:"好啦,我想我该走啦。彼得最恨让他等的人了。"

她无助地看了看我。我发现,她几乎无力从椅子里站起来了。但是，她笑了笑，突然一下子跳了起来。

"我送送您，好吗？"

"最远送到饭店门口吧！"她笑着说。

我们一起走过餐厅和酒吧。待我们走到饭店门口时，守门人拉开了旋转门。我问她是否叫一辆计程车。

"不，我愿意走一走。多好的天气呀！"她向我伸出手，"很高兴今天能碰到您。明天我就要出国旅行了。但我希望能在伦敦待一秋天。一定要给我打电话啊。"

她向我笑着点了点头，转身离去了。我看着她向戴维斯大街走去。午后的空气像春天似的，还是那么温暖。屋顶上，几朵小小的白云在蔚蓝的天空中悠然地漂浮。

她身板笔挺，昂首挺胸，身材仍旧那么苗条娇美，所经之处，总能引起过往路人驻足，并回头观望。我看见她对一个向她举帽致意的熟人和蔼地鞠了鞠躬。

我想，他万万也想不到，此时伊丽莎白·弗蒙特早已伤心欲绝。

我愿意再重复一遍：她是一位非常忠诚的女人。

珍珠项链

"真是太幸运了,我被安排在您旁边了。"当我们坐下一起吃晚餐时,劳拉说道。

"我也这么想。"我礼貌地回答。

"有话我们慢慢聊。我早就特别希望有机会跟您聊聊。我有个故事要告诉您。"

听到这话,我的心微微一沉。

"希望您还是谈谈您自己的事吧!"我回答说,"要不,谈谈我也可以。"

"啊,我必须把这个故事告诉您。我想,对您会有用的。"

"如果您一定要讲,那就请吧。不过,咱们还得先看看菜单。"

"难道您不想听我讲吗?"她有点委屈地说,"我还以为您愿意听呢。"

"我愿意听啊。您可能已经写好了剧本,要读给我听吧。"

"这些事情就发生在我的朋友身上,完全是真人真事。"

"这算得了什么?真实的事情并不见得比虚构的故事真实到哪里去。"

"您这话是什么意思?"

"没什么意思。"我承认,"不过,我觉得您这话听起来很好玩。"

"我希望您还是让我讲讲吧。"

"那我可就洗耳恭听了。汤我也不想多喝了,会让人发胖。"

她痛苦地看了看我,又瞟了一眼菜单,轻轻地叹了口气。"哦,好吧。如果您不想喝,我也就不喝了。上帝啊,我可不能拿自己的体形开玩笑。"

"可还有比放了大块黄油的汤更鲜美的吗?"

"罗宋汤①。"她叹着气说,"我就喜欢喝罗宋汤。"

"不要介意。请给我讲讲您那个故事吧。鱼上来之前,咱们会把食物全部忘掉的。"

---

① 用甜菜根和圆白菜做的一种汤。

"好吧。事情发生的时候，我也在场。当时，我正跟利文斯顿一家人在吃饭。您认识利文斯顿的家人吗？"

"不认识。我想，我不认识。"

"呃，你可以去问问他们，他们可以证明我说的每个字都是真的。有一次，他们要宴请自家的家庭女教师，因为有位女客人到开宴时还没有来——你知道，有些人根本就不考虑别人——原本在那儿就餐的应该有十三个人啊。他们的家庭女教师叫鲁宾逊小姐，是个很不错的女孩儿，很年轻。你知道，也就是二十或二十一岁的样子，长得相当漂亮。就我个人而言，我是绝对不会雇一个既年轻又漂亮的女孩儿当家庭教师的。谁晓得会出什么事呢。"

"可是，人凡事都得往最好处想嘛。"

劳拉根本就没注意到我这句话，连理都没理。

"可能发生的情况是，她会整天满脑子都想着年轻小伙子，哪里还顾得上履行自己的职责啊。等她对您这里的一切都熟悉后，就会马上辞职，结婚去了。不过，鲁宾逊小姐有很好的推荐信。我必须承认，她是个既漂亮又让人敬佩的姑娘。我相信，实际上她还是牧师的女儿呢。"

"同桌就餐的还有位先生，我想您根本就没听说过这个人。但他在自己从事的领域相当有名气，就是波西里伯爵。波西里伯爵对宝石的了解超过世上的任何人。那天，他就挨着玛丽·林格特坐。玛丽因戴了一串珍珠项链而洋洋得意。谈话间她就问他，她的项链怎样，伯爵说相当漂亮。听了这话后，玛丽相当不满。她告诉伯爵说，这串项链值八千英镑。

"'对,对,得值那么多钱。'他说道。

"鲁宾逊小姐正好面对伯爵坐着。那天晚上,她看起来格外楚楚动人。当然啦,我可认出来她穿的是索菲穿过的旧裙子。可要是你事先不知道这位小姐的情况,想不到她只不过是家庭教师。

"'那位年轻小姐戴的项链可真漂亮!'波西里赞许道。

"'哦,不就是利文斯顿太太家的家庭女教师嘛。'玛丽鄙视地说。

"'我不管那个。'伯爵回答说,'她戴的项链,就珍珠的大小而言,是我平生见到的最好的项链。一定能值五万英镑。'

"'简直是胡说!'

"'我敢担保。'

"玛丽探过身子去,尖声嚷嚷起来:'鲁宾逊小姐呀,听到波西里伯爵说的话了吧?'她大声叫道,'他说你戴的项链能值五万英镑啊。'

"此时,大家都停止了交谈,每个人都听得一清二楚。我们都转过身来看着鲁宾逊小姐。她的脸微微一红,笑了笑说:

"'哎呀,我可真是捡了个大便宜,只花了十五先令就买到了它。'

"'你可真是捡到大便宜了。'

"我们全都笑了起来。这当然很荒唐。大家都听说过妻子拿着昂贵的货真价实的珍珠项链骗丈夫说是假的。这样的故事都老掉牙了。"

"谢谢!"我说道。此时,我想起了自己编过的一个小故事。

"如果一位姑娘能够戴得起价值五万英镑的珍珠项链还去当家庭女教师,就有点儿荒唐可笑了。很显然,这位伯爵大人搞错了。可接下来,一件离奇的事情发生了。真是'巧事胳臂长'啊!"

"不该这么用词吧?"我反驳道,"这个词用得太滥了。难道你没查过那本迷人的《英语用法词典》吗?"

"希望你别打断我,我就要讲到精彩之处了。"

可是,我不得不再次打断她。此时,一条烤得又香又嫩的大马哈鱼被悄然放在了我左胳膊肘处的餐桌上。"利文斯顿太太给我们端上来丰盛的晚餐啦。"我说道。

"鲑鱼会使人发胖吗?"劳拉问。

"当然会了。"我一边说,一边吃了一大口。

"骗人。"她说道。

"接着讲吧。"我恳求她,"'巧事胳臂长'是指胳臂要做个姿势吗?"

"呃,就在此时,男管家弯下腰向鲁宾逊小姐耳语了几句。我发现她的脸色突然变得有点儿苍白。不涂脂抹粉真是个大错。你永远都搞不懂老天爷给你开了什么玩笑。鲁宾逊小姐看来真有点儿慌了,就探过身来对利文斯顿太太说:'利文斯顿太太,多森说大厅里有两个人急着找我,想跟我谈谈。'

"'好,你最好去看看吧。'索菲·利文斯顿说道。

"鲁宾逊小姐站起身,离开了房间。当然,大伙的脑海里闪过了同一个想法,但我是第一个说出口的:'希望他们来这里不是逮捕她的。"我对索菲说,"对你来说那太可怕了,我亲爱的。"

"'波西里,你敢肯定那条项链是真的吗?'她问道。

"'哦,绝对是真的。'

"'如果项链是偷来的,今晚她也没胆量戴出来啊。'我说道。

"尽管索菲·利文斯顿化了妆,但仍然面色惨白。我看到,她想知道自己首饰匣子里的首饰是否安然无恙。虽然我只戴了一小串钻石项链,也本能地用手摸摸脖子,看它是否还在。

"'别乱说了!'利文斯顿先生说话了,'鲁宾逊小姐怎么会有机会偷那串贵重的珍珠项链呢?'"

"'也许她是个窝赃犯吧。'我说道。

"'哦,可她的推荐信写得很好啊。'索菲说道。

"'推荐信都是那样写的啊。'我说。"

我实出无奈,不得不再次打断劳拉:"您似乎对此事的看法不太明确。"我评论道。

"当然啦,对鲁宾逊小姐不利的证据我倒是一无所知。相反,我真有理由认为她是个很不错的女孩儿。但要是能查出她是个无恶不作的大盗,且是国际盗窃团伙的著名成员,那才刺激呢。"

"这就很像一部电影了。恐怕只有在电影里,这种令人刺激的事情才会发生。"

"是啊。我们都屏住呼吸,焦虑地等待着。屋子里静得出奇。我希望听到从大厅传来打斗声,或者至少也是令人窒息的尖叫声。我觉得，这种沉寂是一种不祥之兆。不久，门开了，鲁宾逊小姐迈步走了进来。我马上就注意到她脖子上的项链不见了。只见她脸色苍白，情绪激动。她回到餐桌旁，一屁股坐了下来，并笑着把一样东西扔在上面。"

"扔在了什么上面？"

"桌子上呗。你这个傻瓜，一串珍珠项链。"

"'这才是我的项链。'她说道。

"波西里伯爵往前探了探身子。'咦！可这些珠子是假的呀。'伯爵惊异地说道。

"'我就告诉你那是假的嘛。'她笑了起来。

"'这可不是您几分钟之前戴的项链啊。'他说道。

"她摇了摇头，神秘地笑了。我们都懵了。我真不明白，为什么当索菲·利文斯顿的家庭女教师成为大家瞩目的中心时，她还是那么开心。当她提议让鲁宾逊小姐谈谈事情的前因后果时，她的言语里还带着嘲讽和怀疑的意味。哦，鲁宾逊小姐说道，当她走进大厅时看见两个人，说是从扎罗特商店来的。正如她所言，她在那个店里花了十五先令买了一串项链；后来由于挂钩松了又送回店里修理，直到今天下午才取回来。来人说，他们给她项链时把真假搞错了。有个人把一串真的珍珠项链送到店里换串珠宝的线，店员不慎把两串项链给混淆了。我真的搞不懂有人竟那样傻，把那么贵重的项链送到扎罗特店里去换线。因为这类事情他们遇见的并不多，甚至连珍珠的真假都分不清。可是你看，有些女人是多么傻啊！不管怎样，刚才鲁宾逊小姐戴的价值五万英镑的项链，当然得把它还给他们啦——我想她别无选择,尽管那是极其痛苦的事情——他们把她的那串儿还给了她。当时,他们还说,虽然他们没有义务这样做——你是知道的,当他们装得非常专业时,他们的谈话总是愚蠢之极、自高自大——但奉老板之命,作为抚慰金或以其他名义吧,送给她一张三百英镑的支票。鲁宾逊小姐还真的拿出支票给大家看,一副洋洋得意的神态。"

"呃,她真幸运啊,不是吗?"

"人们本来都该这么想的。可是,结果证明这把她给毁了。"

"哦,这又是怎么回事啊?"

"唉,到她该休假的时候,她告诉索菲·利文斯顿说,她决定到多维尔去待一个月,要把那三百镑花光。索菲自然竭力阻止她这么做,并苦口婆心地劝她把钱存到银行去。可她听不进去,还说她从没碰上过这样的机会,恐怕今后也不会碰到了。她的意思是,要过上至少四个星期贵夫人一样的生活。索菲见劝说无用,只得依了她,还把许多自己不想穿的衣裳卖给了鲁宾逊小姐。她一年四季总穿这些衣裳,早就烦了。她对我们说,她要把衣服送给鲁宾逊小姐的。可是,我看她才不愿意白送呢——我敢说,她卖得很便宜就是了——这样,鲁宾逊小姐就独自动身去多维尔度假了。你猜以后发生了什么事?"

"不知道。"我回答道,"希望她玩得很开心的。"

"就在假期届满前一周,她给索菲写了封信,说她改变了计划,要从事其他行业;并说如果她不回来了,请利文斯顿太太原谅。可怜的索菲自然气得火冒三丈。事情的真相是,鲁宾逊小姐在多维尔勾搭上了一个阿根廷富翁,并随他一起去了巴黎。从那时起,她就一直在巴黎居住。我还在佛罗伦萨一家大酒店亲眼见过她,她整个小臂上都戴满了镯子,脖子上还挂了好几条珍珠项链。当然,我并没有理她。有人说她在布洛涅树林公园有一处房产,还有一辆劳斯莱斯豪车呢。可没过几个月,她就抛弃了阿根廷富豪,和一位希腊人好上了。谁知道她现在又和谁在厮混呢。说来说去,她已成为巴黎最聪明的妓女了。"

"我可以这样给您归纳一下,当您说她已经毁了时,只是从专业角度而言的。"我说道。

"我弄不懂您那样说是什么意思。"劳拉说道,"难道您不觉得能由这个故事再编一个故事吗?"

"很遗憾,我已经写过一个和珍珠项链有关的故事了。不能总是没完没了地写这种故事啊。"

"我倒是有点儿想亲自写写这类故事。当然,我需要做的只是把结局改一改。"

"哦,您怎么改呢?"

"哎,我得让她和一个银行职员订婚。这个人在战争中严重伤残,只有一条腿,或半边脸被炸没了;他们穷得一贫如洗,几年之内都结不起婚。那个男人把毕生的积蓄都花在购买城郊的一所小房子上,打算把最后一笔房贷付清后才结婚。最后,才让这女人掏出三百英镑支票。他们简直不敢相信这是真的,两人都非常高兴,男人甚至偎依在女人的肩头喜极而泣,哭得像个孩子。他们终于买到了郊区的小房子,并结了婚;我还得让男人的老母亲和他们一起生活,男人每天到银行上班;如果女人小心不让自己怀孕,还可以出去做全日制家庭女教师;让男人常常生病——因为他负过伤,你知道的——女人得照顾他。这一切会是多么可怜,又多么甜蜜美好啊!'

"这结局听起来相当平淡啊!"我贸然说道。

"是有点儿平淡,可合乎道德准则呀。"劳拉说。

逊小姐在多维尔勾搭上了一个阿根廷富翁,并随他一起去了巴黎。从那时起,她就一直在巴黎居住。我还在佛罗伦萨一家大酒店亲眼见过她,她整个小臂上都戴满了镯子,脖子上还挂了好几条珍珠项链。当然,我并没有理她。有人说她在布洛涅树林公园有一处房产,还有一辆劳斯莱斯豪车呢。可没过几个月,她就抛弃了阿根廷富豪,和一位希腊人好上了。谁知道她现在又和谁在厮混呢。说来说去,她已成为巴黎最聪明的妓女了。"

"我可以这样给您归纳一下,当您说她已经毁了时,只是从专业角度而言的。"我说道。

"我弄不懂您那样说是什么意思。"劳拉说道,"难道您不觉得能由这个故事再编一个故事吗?"

"很遗憾,我已经写过一个和珍珠项链有关的故事了。不能总是没完没了地写这种故事啊。"

"我倒是有点儿想亲自写写这类故事。当然,我需要做的只是把结局改一改。"

"哦,您怎么改呢?"

"哎,我得让她和一个银行职员订婚。这个人在战争中严重伤残,只有一条腿,或半边脸被炸没了;他们穷得一贫如洗,几年之内都结不起婚。那个男人把毕生的积蓄都花在购买城郊的一所小房子上,打算把最后一笔房贷付清后才结婚。最后,才让这女人掏出三百英镑支票。他们简直不敢相信这是真的,两人都非常高兴,男人甚至偎依在女人的肩头喜极而泣,哭得像个孩子。他们终于买到了郊区的小房子,并结了婚;我还得让男人的老母亲和他们一起生活,男人每天到银行上班;如果女人小心不让自己怀孕,还可以出去做全日制家庭女教师;让男人常常生病——因为他负过伤,你知道的——女人得照顾他。这一切会是多么可怜,又多么甜蜜美好啊!'

"这结局听起来相当平淡啊!"我贸然说道。

"是有点儿平淡,可合乎道德准则呀。"劳拉说。